GOLDMANN

Von Joseph Hansen liegen außerdem vor:

Mondschein-Trucker (5020)
Tote Hunde bellen nicht (5059)
Frühe Gräber (5073)
Verbrannte Finger (5451)
Keine Prämie für Mord (5454)

JOSEPH

HANSEN

Jeder hat einen Feind

Ein Fall für Dave Brandstetter

TROUBLEMAKER

Aus dem Amerikanischen von
Friedrich A. Hofschuster

GOLDMANN VERLAG

Der Goldmann Verlag
ist ein Unternehmen der Verlagsgruppe Bertelsmann

Made in Germany · 12/89 · 2. Auflage

Umschlaggestaltung: Design Team München
Druck: Elsnerdruck, Berlin
Krimi 5464
Ge/Herstellung: Klaus Voigt
ISBN 3-442-05464-8

Die Hauptpersonen

Dave Brandstetter	Ermittler einer Lebensversicherungsgesellschaft
Heather Wendell	eine alte, verbitterte Frau, die um ihren einzigen Sohn trauert
Larry Johns	ein Strichjunge, der in der Falle sitzt
Ace Kegan	ehemaliger Boxer; Teilhaber einer Homo-Kneipe
Tom Owens	gefragter Architekt mit unausgeglichenem Innenleben
Gail Ewing	seine verwitwete Schwester
Vern Taylor	ein Mann, dem im Leben vieles schiefgegangen ist

Der Roman spielt in und um Los Angeles

Kapitel 1

Sie hatte Jeans an, dazu hohe Arbeitsstiefel und einen alten Pullover mit grobem Rentiermuster. Ein Skipullover, der früher einmal jemand anders gehört haben mußte, jemandem, der noch größer war als sie. Ihrem Sohn? Sie mußte um die Sechzig sein, aber nichts an ihr deutete auf die Gebrechlichkeit des Alters hin. Die Hände, die den gemaserten Harkenstiel umfaßten, waren rauh wie Männerhände. Ihr kurzgeschnittenes Haar war weiß. Sie trug keinerlei Make-up. Ihre Haut war gerötet, ihre Augen waren leuchtend blau. »Herzhaft« wäre die richtige Beschreibung gewesen. Bis auf den Mund. Der wirkte mürrisch. Irgend etwas hatte die Freude am Leben verdorben und den Schaden nicht wieder gutgemacht. Nicht erst vor kurzem – vor langer Zeit. Das Leben selbst wahrscheinlich.

Er fragte: »Mrs. Wendell?« und streckte ihr die Hand mit seiner Visitenkarte entgegen. Sie nahm die Karte, las sie. Darauf stand der Name der Versicherung, bei der er arbeitete – Medallion Leben. Sein eigener Name, Dave Brandstetter, stand dezent in der rechten unteren Ecke, und darunter: »Abteilung Versicherungsansprüche«. Er unternahm erst gar nicht den Versuch, es zu sagen. Seine Kehle war trocken, der Vormittag heiß. Es war ein langer Weg hier herauf gewesen, vom Pinyon Trail über gewundene Treppen auf den steilen, pinienbewachsenen Hügel – rostbraune Nadeln auf den Stufen, die dadurch gefährlich rutschig wurden –, bis dahin, wo das breite, ebenerdige Redwoodhaus stand und niemand an die Tür gekommen war, als er geklingelt hatte, und dann hinüber zur ehemaligen Garage.

Jetzt diente die Garage als Stall. Daneben, in dem von Pinienzweigen gefilterten Sonnenlicht, beschnupperte ein rotbrauner Wallach, der nicht mehr jung sein konnte, hinter einem Weidenzaun einen Haufen Bohnenklee. Vor den Garagentüren befand sich eine Veranda aus rohen Querbalken und eine Treppe, über die man einen Holzboden erreichte, welcher über den ursprünglichen Zementboden gelegt worden war. Drinnen harkte Heather Wendell Dung und zertrampeltes Stroh aus einer Pferdebox. In anderen Boxen schnaubten Pferde, trampelten Hufe auf den hohl klingenden Planken des Bodens. Die große Frau steckte die Karte in eine Tasche ihrer Jeans, wandte sich ab und fuhr fort mit ihrer Arbeit.

»Morde«, sagte sie. »Untersuchungen, Kummer und Leid. Den Pferden ist das egal.« Es war eine männliche Stimme. Und sie klang alles andere als freundlich. »Was wollen Sie von mir?«

»Ihr Sohn Richard war bei uns lebensversichert.«

»Ich selbst habe darauf bestanden.« Sie nickte, grimmig und selbstbewußt. »Er selbst hätte nie an so etwas gedacht. Nicht, daß er egoistisch war. Er hatte nur keine Phantasie. Es kam ihm überhaupt nicht in den Sinn, daß er einmal sterben würde. Und dann stände ich heute schön da. Das habe ich alles schon einmal durchgemacht – ich danke. Beim Tod meines Vaters. Ich wollte es nicht noch einmal durchmachen müssen. Nicht, solange ich lebe.« Ihr kräftiger Ellbogen stieß Dave in die Seite. »Entschuldigen Sie.« Sie harkte den Haufen an seinen Füßen vorbei, hielt inne, blinzelte Dave an. »Haben Sie den Scheck gebracht – ist es das?«

»Das ist die andere Abteilung.« Dave lächelte entschuldigend. »In meiner Abteilung werden Fragen gestellt.«

Sie gab einen knurrenden Laut von sich, begann wieder zu harken und schob den Haufen hinaus ins Freie. Dann vertauschte sie die Harke mit einem kurzen Besen und kehrte die Reste von der Holzveranda auf die Seite. »Ich hatte ein Dutzend Polizeibeamte hier, mit und ohne Uniform. Die ganze Nacht und den folgenden Tag. Mindestens die Hälfte von ihnen hat mir Fragen gestellt. Dieselben Fragen, immer und immer wieder.«

Sie lehnte den Besen neben die Harke an eine ungehobelte

Holzwand. Über Sägeböcken, an denen Sättel hingen, baumelten dicke Taue von rostigen Haken. Heather Wendell holte einen Zaum herunter und trug ihn zu der Box neben der, welche sie vorhin gereinigt hatte. Ein Metallteil des Zaumzeugs klapperte gegen Zähne, eine Lederschnalle klatschte. Dann führte sie eine kleine Stute heraus, die den Kopf nach hinten warf und wieherte, als sie Dave sah.

»Könnten Sie einen Augenblick zurücktreten, ja? Männer machen Buffy nervös. Danke.«

Sie hielt Buffy an der Trense und schob sie mit der Schulter hinaus zur Tür. Rostige Angeln kreischten, das Tor zur Weide. Als es zufiel, hörte man es klappern. Dann kam Heather Wendell zurück, um auch Buffys Stall zu säubern.

»Ich gehe davon aus, daß wenigstens einer von diesen Polizisten klug genug war, um schreiben zu können. Vermutlich der Japaner. Oder gewährt die Polizei den Versicherungen keinen Einblick in ihre Protokolle?«

»Lieutenant Yoshiba«, sagte Dave. »Ich habe seinen Bericht gelesen.«

»Gut. Dann hätten Sie sich die Zeit für die Fahrt hierher sparen können. Und meine auch. Die Pferde sind seit Tagen nicht gepflegt und nicht geritten worden. Das geht nicht. Und ich hab's eilig. Heute nachmittag ist die Beerdigung.«

»Sie waren an dem Abend im Kino«, sagte Dave. »In Los Santos. Sie sind hier kurz nach sieben weggefahren. Der Film begann um acht und lief drei Stunden, aber Sie waren schon vor zehn hier, und die Fahrt dauert knapp eine Dreiviertelstunde. Was ist geschehen?«

»Ich bin einfach gegangen. Der Film war ekelhaft. So sind sie alle heutzutage. Grausig, blutig, pervers. Ich wollte mich zwingen zu bleiben – es kostet Geld und Mühe, dort hinzukommen. Und Rick sagt mir immer, ich lasse mich gehen, werde alt und hänge immer hier oben herum. Ich sollte hier und da zurückkehren zur Zivilisation.« Die Harke klapperte an der Rückwand der dunklen Koje. Heather Wendell stieß wieder einen Laut des Unwillens aus. »Zivilisation! Wissen

Sie, was man in diesen Filmen mit den Pferden tut? Die Tierschutzvereine hier in den Staaten würden nicht zulassen, daß man Fangdrähte benützt – Sie wissen schon, damit die Tiere filmgerecht stolpern und fallen. Aber zum Filmen geht man heutzutage ja ins Ausland, und dort ist es den Behörden egal. Die Pferde brechen sich die Beine und nicht selten das Genick. Das alles für einen miesen, billigen Film. Reden Sie mir bloß nicht von Zivilisation.«

»Ich hatte nicht die Absicht«, sagte Dave. »Sie kamen also gegen zehn nach Hause?«

»Ich parkte den Wagen, wo ich ihn immer parke. Unten, beim Briefkasten. Sie sehen ja, die Garage wird nicht mehr für Autos benützt.« Die Harke stand einen Augenblick lang still, während Heather Wendell mit dem Daumen über die Schulter zeigte. »Früher sind wir von dort oben zur Garage gefahren – es ist die alte Straße; sie windet sich nach oben und endet unten am Pinyon Trail. Heute führen wir nur noch die Pferde über die Auffahrt. Vom Asphalt ist kaum noch was übriggeblieben. Aber die Treppen hier herauf sind eine gute Übung. Mein Vater hat immer gesagt: ›Gehen ist nur für die Pferde gut‹, und er ist mit neunundvierzig gestorben.«

»Schon möglich«, sagte Dave. »Haben Sie einen Schuß gehört?«

»Als ich halb die Treppe heroben war. Ich hab' nicht gewußt, was es war. Es klang wie eine Fehlzündung von unten, von der Straße. Hier in den Bergen gibt es viele Echos. Und ich dachte nicht im Traum an so etwas. Ich war noch wütend über diesen Film.«

Jetzt ging sie wieder an Dave vorbei und schob den Mist aus Buffys Box mit der Harke nach draußen. »Ich habe Milch auf den Herd gesetzt, in einem Topf, um sie warmzumachen. Ich wollte mich beruhigen, damit ich danach gut schlafen konnte. Dachte, ich ziehe mich gleich zum Schlafengehen um, während die Milch warm wird, und ging auf mein Schlafzimmer zu. Da sah ich Licht in Ricks Zimmer. Das konnte nicht sein – er war in Los Angeles bei der Arbeit. Und dann fiel mir ein, daß sein VW unten stand beim Briefkasten, wo ich geparkt hatte. Normalerweise kommt er nicht vor drei Uhr nach Hause.« Sie fügte mit Stolz hinzu: »Er besitzt eine Bar, wissen Sie. Zusammen mit Ace Kegan.«

»Das *Hang Ten*«, sagte Dave. »Eine Homobar. Am Ocean Front Walk in Surf.«

»Ja.« Sie schaute ihn eine Sekunde lang nachdenklich an, dann fuhr sie fort, den Mist aus dem Stall durch die Tür ins Freie zu schieben. »Ich fürchtete, Rick könnte krank sein. Also dachte ich, ich gehe hinüber und sehe nach. Es ist eine getrennte Einheit, war ursprünglich ein Gästehaus, Sie verstehen. Zwei Schlafzimmer und ein Bad. Rick hat eines der beiden Zimmer umgebaut, um einen Raum zu haben, wo er sich entspannen, Musik hören und fernsehen konnte, ohne mich zu stören. Wir haben verschiedene Tageszeiten. Hatten. Die Tür war offen. Und da war dieser Junge, diese Kreatur – wie heißt er noch? Johns. Er stand pudelnackt am Schreibtisch, Papiertaschentücher in der Hand, und wischte einen Revolver ab, während mein Sohn tot zu seinen Füßen lag.«

»Ebenfalls pudelnackt«, fügte Dave hinzu.

»Nein.« Sie blieb unter der Tür stehen, eine gedrungene Silhouette, und hob den Kopf. Im Gegenlicht konnte Dave ihren Ausdruck nicht erkennen. Aber ihre Stimme hatte sich verändert. Sie gehörte jetzt einer alten Frau. »In seiner Brust war eine große, klaffende Wunde. Daran erinnere ich mich. War er nackt? Ja.« Sie ließ die Schultern sinken. »Ich nehme an, er war auch nackt.«

»Kann ich die Räume sehen?« fragte Dave.

»Die Polizei hat Fotos gemacht.« Der Griff der Harke schlug gegen die Wand. Heather Wendell kehrte das schmutzige Stroh hinaus aus dem Stall. Wütend jetzt, wahrscheinlich über sich selbst, weil sie menschliche Schwäche gezeigt hatte. »Sie haben diese scheußlichen, kleinen Blitzlichtbirnen einfach in den offenen Kamin geworfen.«

»Ich habe die Fotos gesehen«, sagte Dave. »Jetzt möchte

ich die Zimmer sehen. Sie können ruhig weitermachen mit Ihrer Arbeit. Zeigen Sie mir nur den Weg.« Er zuckte zusammen, als er hinaustrat in das helle Licht und die Treppen hinunterging.

Heather Wendell baute sich vor ihm auf. »Ich weiß nicht, ob man mich dazu zwingen kann. Was wollen Sie hier? Nein – machen Sie sich nicht die Mühe, mich anzulügen. Ich kenne die Versicherungen. Ich habe sie schon neunzehnhundertsiebenunddreißig kennengelernt. Als alle Policen, die mein Vater seit Jahren aufbewahrt hatte, für ungültig erklärt wurden, weil er am Schluß ein paar Zahlungen versäumt hatte. Als er hilflos und krank war. Und Sie wollen nur eine Möglichkeit herausfinden, wie Ihre Firma Geld behalten kann, das mein Sohn für mich bestimmt hat. Damit ich davon leben kann. Fünfundzwanzigtausend sind weiß Gott wenig genug heutzutage. Hätten Sie Lust, davon bis zum Ende Ihrer Tage leben zu müssen?«

»Nein«, sagte Dave. »Aber es wird dauern, bis das Geld ausgezahlt werden kann, Mrs. Wendell. Bis nach dem Prozeß. Sie verstehen das sicher.«

Sie schaute ihn mürrisch an. »Nein, das verstehe ich nicht. Warum? Die Polizei weiß, daß der Bursche es getan hat. Der Staatsanwalt weiß es auch.«

»Die Geschworenen müssen es wissen«, entgegnete Dave. »Und zwar so, daß jeder vernünftige Zweifel auszuschließen ist. Und Geschworene sind unberechenbar.«

»Aber er hat doch dagestanden mit dem Schießeisen in der Hand!« schrie sie. »Die Waffe, mit der mein Sohn getötet wurde.« Ihre Unterlippe zitterte, und sie biß heftig darauf.

»Es war doch die Pistole Ihres Sohnes, oder? Sie haben der Polizei gesagt, daß er sie in seinem Schreibtisch aufbewahrte.«

»Die Hippies überschwemmen diesen Canyon.« Sie trat an Dave vorbei in das Dunkel des Stalles. Zaumzeug klimperte. Sie nahm es vom Haken. »Wir sind hier oben ziemlich isoliert, jede Hilfe ist weit entfernt. Wenn das Telefon mal nicht funktioniert, sind wir praktisch abgeschnitten. Und das kommt vor, wissen Sie.« Ihre Arbeitsschuhe dröhnten auf den Planken, und ihre Stimme kam gedämpft aus dem hinteren Teil des Stalles. »Los Santos hat nicht gerade die modernsten fernmeldetechnischen Anlagen. Ein Gewittersturm, ein *Santana* – und schon ist die Leitung kaputt.« Aus einem kleinen Fenster fiel Licht in die hinterste Box. Dave sah, wie Heather Wendell das Zaumzeug über einen großen, dunklen Pferdekopf zog. »Es wäre verrückt, wenn man hier oben keine Pistole hätte.«

»Pistolen sind meistens nur für Fernsehschauspieler gut«, erwiderte Dave, »nicht für die wirklichen Menschen. Ihr Sohn könnte heute gesund und munter sein.«

Sie gab keine Antwort. Jetzt redete sie auf das Pferd ein, leise, beruhigend. Hufe klapperten, kamen zum Stehen. Dave ging hinunter auf den von Piniennadeln gepolsterten Boden des Hofes und schaute zu, wie sie das Pferd auf die Koppel führte. Ein mageres Tier mit knubbeligen Kniegelenken und einer strähnigen Mähne. Im Licht der Sonne sah man frisch geheilte Narben an den Flanken. Ein Riß zwischen den Augen war noch blutverkrustet und rot. Heather Wendell schloß das Tor und verriegelte es. »Der ist mit Stacheldraht gepeitscht worden«, erklärte sie. »Von einem Verrückten. Der Tierarzt wollte ihn schon einschläfern. Das konnte ich nicht zulassen. Jetzt geht es ihm bald wieder gut.« In ihren Worten lag etwas Beruhigendes. Ihre Stimme klang sanft. Das galt nicht Dave, sondern dem Pferd. Dann wandte sie sich wieder Dave zu, und er erklärte ihr:

»Es ist nicht das einzige an diesem Fall, aber die Pistole macht mich nachdenklich. Auch die Geschworenen werden sich daran festbeißen. Ein Mann vom Labor der Polizei wird aussagen, daß an der Hand Ihres Sohnes Schmauchspuren waren. Und an seiner Brust. Die Pistole wurde aus nächster Nähe abgefeuert. Es könnte Selbstmord gewesen sein.«

»Die Geschworenen bei der Voruntersuchung haben das nicht gesagt.«

»Sie entschieden nur, daß sich Johns vor einem Gericht

verantworten muß. Das war alles. Diese Entscheidung bindet keineswegs die Jury, die bei dem Prozeß anwesend sein wird. Die wird gar nichts davon wissen. Und wenn die Geschworenen Johns freisprechen, kompliziert das einiges für meine Gesellschaft. Sollte sich herausstellen, daß Richard Wendell Selbstmord begangen hat, können wir die Summe nicht ausbezahlen. Das steht in der Police.«

»Ja.« Ihr Mund verzog sich zu einem mürrischen Lächeln. »Und das würde Ihrer Gesellschaft so passen, wie?« Sie ballte die Fäuste. »Aber dazu kommt es nicht. Es wäre völlig aus der Luft gegriffen. Ein Mensch bringt sich nicht in Anwesenheit eines anderen um. Eines Fremden.« Sie trat auf Dave zu, und ihre Worte waren wie Steine, die sie auf ihn schleuderte. »Die Erklärung für die Schmauchspuren sind naheliegend. Rick hat die Pistole in der Hand gehabt. Er hat vermutlich den Burschen dabei überrascht, wie er etwas klauen wollte. Die beiden kämpften, die Pistole ging los und traf Rick in die Brust.«

»Vielleicht«, sagte Dave. »Johns erzählt es ein bißchen anders.« Die Sonne brannte. Dave zog sein Jackett aus und hängte es sich über den Arm. »Er erklärt, daß sie im Bett waren und daß Rick ein Geräusch in seinem Studio hörte. Er ging hinüber, um nachzusehen. Johns hörte Stimmen – die von Ihrem Sohn und von einem anderen Mann – und einen Schuß. Er war entsetzt und brauchte einen Augenblick, bis er sich bewegen konnte. Als er aus dem Schlafzimmer kam, lag Ihr Sohn auf dem Boden. Johns bückte sich und schüttelte ihn. Kein Lebenszeichen. Blut. Die Pistole. Er nahm sie in die Hand, war zu benommen, um klar denken zu können. Dann wurde ihm klar, daß er einen Fehler gemacht hatte und daß er die Fingerabdrücke auf der Pistole abwischen, sich anziehen und davonlaufen mußte. Aber die Zeit reichte nicht dazu. Sie kamen herein.«

»Und ich nahm ihm die Pistole ab.« Ihre Mundwinkel zuckten verächtlich. »Einsachtzig groß, langer Schnauzbart, langes Haar. Er hat geheult wie ein Mädchen, hat gebettelt und gefleht. O ja, ich kenne diese Geschichte. Er hat sie mir ein halbes dutzendmal erzählt, während wir auf die Polizei warteten.« Ihr Lachen war kurz und zornig. »Lügen. Aussichtslos. Er hat Rick umgebracht.«

»Wegen Geld?« fragte Dave. »Die Brieftasche Ihres Sohnes lag in seinem Schlafzimmer, unberührt. Zweihundert Dollar waren drin. In kleinen und großen Scheinen.«

»Für den Fall, daß im *Hang Ten* das Wechselgeld ausgeht«, sagte sie. »Er hat immer Geld bei sich gehabt. Natürlich war es noch da. Der Bursche hat es nicht genommen, weil er nicht die Zeit hatte dazu. Ich habe ihn gestört.«

»Und was ist mit der offenen Tür?« fragte Dave. Sie schaute ihn verständnislos an, und er sagte es ihr. »Sie fanden die Tür offen, erinnern Sie sich? Bei dem, was die beiden getan haben, hätten sie eigentlich die Tür zusperren müssen, finden Sie nicht? Sie hätten sie nicht nur zugemacht, sondern abgesperrt.«

»Es gibt kein Schloß«, sagte sie. »Das heißt, das Schloß ist da, aber wir haben keinen Schlüssel dazu. Und das Schnappschloß ist mit Farbe verklebt. Das hier ist ein alter Besitz. Als wir ihn kauften, brauchte man hier oben keine Schlösser. Zu abgelegen. Und wir hatten Homer, unsere große Dogge. Die ist jetzt tot.«

»Aber die Tür stand offen«, sagte Dave. »Das wird Johns bei seiner Verteidigung helfen.«

»Er kann sich nicht verteidigen«, sagte sie tonlos. »Er hat sie selbst geöffnet und aufgelassen. Rick hörte ihn, kam heraus, und –«

»Nackt?« fragte Dave ruhig.

»Ich weiß nicht, was Sie damit sagen wollen«, erklärte sie, »aber der Bursche ist ein Hippie. Die sind hier überall. Wer weiß, was in ihren Köpfen vor sich geht. Es ist bekannt, daß sie sich mit Rauschgift kaputtmachen. Er ist nicht mit dem Wagen gekommen. Die Polizei jedenfalls hat keinen Wagen gefunden.«

»Johns sagt, Ihr Sohn hat ihn unterwegs getroffen und mit

hierhergebracht. Und seine Kleidung war nicht im Wohnzimmer, Mrs. Wendell. Sie lag im Schlafzimmer.«

Sie öffnete den Mund und schloß ihn wieder. Dann drehte sie sich um und ging hinein in den Stall. »Ich habe zu tun.« Als sie herauskam, hatte sie einen Pferdestriegel in der Hand, eine Bürste mit Holzrücken und Metallzähnen, die in der Sonne funkelten. Sie ging hinüber zur Koppel und begann den Fuchs zu striegeln.

Dave kam heran an den Zaun, stellte einen Fuß auf die unterste Querlatte, verschränkte die Arme auf der obersten und stützte das Kinn darauf. »Ich bin gestern abend in dem Kino gewesen«, sagte er. »In Los Santos. Ich habe mit dem Abendpersonal gesprochen. Sie könnten dort nicht unbemerkt hingehen, Mrs. Wendell. Aber niemand erinnert sich daran, Sie gesehen zu haben.«

Die Striegelbürste hielt in der Bewegung inne. Mrs. Wendell drehte sich um. »Mr. Brandstetter, außerdem sind meine Fingerabdrücke die einzigen auf der Pistole. Weder das eine noch das andere hat irgend etwas zu bedeuten. Da sie nicht so viel Verstand besitzen, das einzusehen, werde ich es Ihnen erklären. Mein Sohn verdiente zwölf- bis vierzehntausend Dollar pro Jahr. Er hat mir ein Dach gegeben und Kleidung, er hat mich ernährt. Er ließ mich meinem Hobby nachgehen, das nicht ganz billig ist. Nicht ohne Protest – aber er hätte mir nie irgendeinen Wunsch versagt. Warum hätte ich ihn umbringen sollen? Für fünfundzwanzigtausend Dollar Versicherungsprämie?«

»Das ergäbe keinen Sinn«, räumte Dave ein. »Wie fast alles andere in diesem Fall. Das ist es, was mir Sorgen macht.« Er seufzte, richtete sich auf und wandte sich vom Zaun ab. »Aber es wird einen Sinn ergeben. Ganz sicher.« Er schaute hinunter auf die von Bäumen beschatteten Dächer. »Sind das seine Zimmer, in dem L-förmigen Anbau dort unten?«

Kapitel 2

Sie gab keine Antwort, und er ging über eine Steintreppe hinunter, zwischen terrassenförmig angelegten Blumenbeeten, wo wilder Hafer, Efeu und Sonnenblumen, ein paar Iris, Nelken und Kapuzinerkresse überwucherten und fette weiße Rosen ihre Blütenblätter verstreuten. Eine Eidechse lief ihm fast den ganzen moosbewachsenen Weg zwischen Haus und Gästehaus voraus und verschwand schließlich in einem Haufen trockenen Laubs zwischen Blumentöpfen, in denen geschossene Geranien welkten. Heather Wendell hatte offenbar zuletzt im vergangenen Jahr im Garten gearbeitet. Damals mußte sie weniger Pferde gehabt haben.

Die Tür des Gästehauses hatte quadratische Fensterscheiben und eine Schilfjalousie auf der Innenseite. Dave drehte den Knopf, der aus facettenförmig geschliffenem, farbverkleckstem Glas bestand, und ging hinein. Richard Wendell hatte die Wände mit billigem Birkenholz vertäfelt. Auf Regalen standen eine Stereoanlage, ein tragbares Fernsehgerät, ein Diaprojektor, Schallplatten, Bücher, Stapel von Zeitschriften. Der Teppich war grünblau gemustert, genau wie die Vorhänge.

Auf der einen Seite des Raums standen Rohrsessel vor einem offenen Kamin, auf der anderen konnte man von einer blauen Couch aus durch die Fenster schauen, die von Farnen eingerahmt wurden, und die Stämme großer Kiefern sehen. Die Fenster standen offen. Auch sie waren in quadratische Scheiben unterteilt, waren an Scharnieren befestigt und wurden mit Stangen offengehalten, die man in farbverklebten Ösen festmachte. Ein kleiner Sekretär stand mit dem Rücken zur Couch. Neben dem Sekretär war der Teppich geschrubbt worden und noch ein wenig feucht. Auf dem Sekretär lagen Papiere in Stapeln.

Es waren Rechnungen, Bestellformulare, eine bunte Werbeschrift für ein Buch über das Italien der Renaissance mit Reproduktionen berühmter Gemälde. Aus einem blauen Holzkasten hingen Papiertaschentücher. Ein Kugelschreiber mit der billigen Goldprägung THE HANG TEN lag neben einem braunen Briefumschlag. Auf der Rückseite des Umschlags hatte jemand ein Rechenproblem gelöst, hatte Prozente von 25 000 errechnet. Heather Wendell mußte am vergangenen Abend hier gesessen und ihre finanziellen Aussichten berechnet haben. Bei einem Zinssatz von fünfeinviertel Prozent hätte sie mit dem Ertrag gerade die Pferde füttern können.

Er zog die kleine Mittelschublade auf. Briefmarken, Papierclips, Gummibänder, Adressenaufkleber in einer kleinen Plastikschachtel, Bleistifte, noch ein paar Kugelschreiber aus der Bar. Er öffnete die linke Schublade. Briefumschläge, Schreibpapier, ein Adreßbuch in Kunstleder. Dave nahm alles heraus. Darunter lagen einige Farbdias. Nackte junge Burschen in den üblichen Sexpositionen. Dave legte sie zurück und gab den Inhalt der Schublade wieder darüber.

Das Adreßbuch hatte ein Buchstabenregister am Rand. Er nahm den Buchstaben J, schlug das Buch auf. Drei Namen, die ihm nichts bedeuteten. Einer davon war ausgestrichen. Er schaute nach dem Telefon. Es stand auf einem niedrigen Regal neben einer Sammlung braunglasierter Keramiktöpfe. Hübsch. Die Art, wie man sie in lokalen Töpfereien bekam. Solche Keramikarbeiten standen zu Hunderten in Doug Sawyers neuem Geschäft herum. Die meisten stammten von einem schlaksigen, jungen Kerl namens Kovaks. Kovaks hatte buschiges Haar und einen ungepflegten Bart. Dave zuckte mit den Schultern und versuchte, den Gedanken zu verscheuchen. Er würde ihm noch Kummer bereiten, aber noch war es nicht so weit, und Dave hatte zu arbeiten. Er wählte die Nummer neben dem ausgestrichenen Namen.

Es klingelte einmal, dann hörte man einen Krach und Hundegebell. Dave zuckte zusammen und hielt sich den Hörer weiter vom Ohr weg. Eine Mädchenstimme schalt die

Hunde und rief dann: »Hallo?« Die Hunde bellten immer noch. Das Mädchen rief: »Macht, daß ihr rauskommt!« Jemand fluchte. Die Hunde bellten. Eine Tür fiel ins Schloß. Stille.

Dave fragte: »Mit wem spreche ich?«

»Mit wem wollen Sie sprechen?« Schnell, nett und auf der Hut. Das war kein törichtes Kind, dem er Informationen entlocken konnte. Es war besser, wenn er sich auf einen Fehlschlag gefaßt machte.

»Larry Johns«, sagte er.

»Tut mir leid, der ist nicht hier.«

Dave merkte, daß er unwillkürlich grinste. Die einzige Adresse, die die Polizei von Johns hatte, stammte von seinem Führerschein. Ein billiges Hotel in Brownsville in Texas, eine Behausung von der Art, daß niemand fragte, woher man kam und wohin man ging. Schon gar nicht, wenn die Polizei es wissen wollte. Larry Johns war natürlich nach Los Santos gegangen, einem stillen, kleinen Ort in den Küstenbergen nordwestlich von Los Angeles. Aber so klein er war, die Hausnummern der Straßen von Los Santos gingen in die Tausende. Und Larry Johns hatte seine Adresse nicht angegeben. Warum nicht, interessierte Lieutenant Tek Yoshiba offenbar wenig. Aber Dave interessierte es. Er sagte vorsichtig: »Wann erwarten Sie ihn denn zurück?«

Sie machte es wieder genau wie zuvor und beantwortete die Frage mit einer Frage. Nett und freundlich. »Wer spricht denn, bitte?«

Er sagte es ihr, und sie bat ihn zu warten, also wartete er und sah zu, wie vor dem Fenster ein Blauspecht an einem Pinienzapfen hackte. Dann nahm jemand den Hörer eines Zweitapparates ab. Eine Männerstimme sagte: »Was ist das mit Versicherungen? Ich habe eine Versicherung. Und ich werde sie demnächst in Anspruch nehmen.«

»Ich will Ihnen keine verkaufen«, sagte Dave. »Ich möchte Larry Johns erreichen. Wohnt er nicht bei Ihnen?«

Danach entstanden fünf tote Sekunden. »Wie, zum Teufel,

sind Sie auf diese Nummer gekommen?« Hinter ihm redeten Frauen mit lauten Stimmen, an einem Ort, wo es stark hallte. Absätze klapperten.

Dave sagte: »Sie steht in Richard Wendells Adreßbuch.«

»O mein Gott«, stöhnte der Mann. Dann sagte er scharf: »Nein, Gail, warte!« Und eine Frau sprach ins Telefon. Nicht die, welche zuerst am Apparat gewesen war, mit den Hunden. Diese Stimme klang älter. »Sie sind falsch verbunden«, sagte sie und legte auf. Aber nur den Hörer der Nebenstelle. Über den anderen Apparat vernahm Dave, wie sich eine Männer- und eine Frauenstimme anbrüllten. Dann bellten wieder die Hunde. Die Absätze kamen näher, die Leitung wurde unterbrochen. Dave legte den Hörer auf.

Er hatte sein Jackett über die Lehne des Stuhls vor dem Sekretär gehängt. Jetzt zog er ein kleines Notizbuch heraus und schlug eine Nummer nach. Als er sie gewählt hatte, meldete sich Ray Lollard vom Zentralbüro der Pacific Telephone Company. Lollard war ein dicklicher, femininer Mann, der Antiquitäten sammelte und ein Freund von Rod Fleming gewesen war – einem Dekorateur, mit dem Dave zusammengewohnt hatte und der im letzten Herbst gestorben war. Rod hatte für Lollard ein altes Herrenhaus am West Adams Boulevard wieder hergerichtet – Säulenhalle, Kuppeln, Buntglasfenster. Es war sehr schön und auffallend geworden.

»Davey!« Lollard schien sich zu freuen, aber das war nichts Ungewöhnliches. Er gab sich immer diesen Eindruck. »Ich finde, wir müssen uns mal wieder im *Romano* treffen.« Er meinte das Restaurant in West Los Angeles, wo sie sich vor vielen Jahren kennengelernt hatten. »Aber es scheint, daß du in diesen Tagen nicht zum Essen gehst. Rod hat immer gesagt, du würdest verhungern, wenn er dich nicht ans Essen erinnert. Aber so hältst du natürlich deine elegante Figur.«

»Wir können uns ja mal verabreden«, sagte Dave. »Hör zu, Ray – du könntest mir einen großen Gefallen erweisen, wenn du herausfindest, wem diese Nummer gehört.« Er nannte sie ihm. »Wenn du sie, sagen wir, in zehn Minuten hast, ruf mich bitte hier an.« Er las die Nummer von der Wählscheibe ab.

»Mit Vergnügen«, erwiderte Lollard. »Wie geht es dir? Was macht Doug? Glücklich? Die neue Galerie scheint ja zu blühen, nicht wahr?«

»Er fühlt sich einsam«, sagte Dave. »Besuch ihn doch mal. Nichts von dem, was er verkauft, ist wirklich alt, aber er hat ein paar schöne Stücke. Und er braucht Kunden.«

»Anscheinend brauchst du keine Kunden!«

»Nun ja, die Leute hören nicht auf zu sterben«, sagte Dave. »Hör zu – wenn du bis in zehn Minuten nicht angerufen hast, versuche ich später Kontakt mit dir aufzunehmen. Ich weiß noch nicht, wo ich nachher sein werde.«

Lollard sagte etwas Freundliches, das nichts bedeutete. Dave folgte seinem Beispiel, dann legte er auf und ging mit gefurchter Stirn zum Sekretär. Der Umschlag mit den Prozentrechnungen auf der Rückseite war aus kräftigem, schwerem Papier. Er drehte ihn um. *Security Bank, Pier Street 132, Los Santos* stand in der linken oberen Ecke. Das war alles. Keine Adresse. Der Brief konnte also nicht mit der Post gekommen sein. Und der Umschlag war nicht ganz leer. Drinnen ertastete Dave drei Banderolen, auf die die Zahl »500 $« gestempelt war. Er warf einen Blick auf das Telefon, aber er hatte keinen Bekannten bei der Security Bank. In diesem Fall mußte er den üblichen Weg beschreiten. Er steckte die Banderolen in seine Jackentasche.

Die rechte Schublade enthielt ein Durcheinander aus Scheckkopien, bezahlten Rechnungen, Steuerformularen, Ansichtskarten und Fotos. Er sah die Fotos durch. Auf den meisten war das rotbraune Pferd zu sehen und eine gefleckte Dogge. Auf einigen hielt Heather Wendell den Hund an der Leine. Und ein großer, grinsender junger Mann lehnte an einem Wagen. Wie der Skipullover vermuten ließ, ein Riese.

Im hinteren Teil der Schublade lagen rote, silberne und blaue Rosetten an Bändern. *Los Santos-Hundeausstellung.* Aus den 60ern und den frühen 70er Jahren. Auf dem Boden der Schublade lag das vergilbte Hochglanzfoto eines dunklen, lockigen Jungen in einer Boxerhose. Er machte eine finstere Miene und betrachtete seine geballten Fäuste, die in Gaze eingebunden waren. Quer über das Foto hatte eine ungeübte Hand geschrieben: *Für Rick – mit Liebe – Ace.* Dave legte das Foto zurück und bedeckte es mit der Makulatur aus Rick Wendells Leben.

Anzüge, Hosen und Jacken der »Extra-Groß«-Stange hingen im Schlafzimmerschrank. Badetücher lagen auf den Schachmuster-Fliesen im Bad. Die Dusche tropfte hinter einem Plastikvorhang. Das Bett war zerknittert und zerwühlt. Die Decke war auf den Boden gefallen. Am Kopfende des Betts stand ein Achtmillimeter-Filmprojektor mit Spulen. Dave zog die blaugrünen Vorhänge zu und schaltete den Projektor ein.

Auf der Leinwand gegenüber vergnügten sich nackte junge Kerle mit Cowboyhüten, Revolvergürteln und nietenbeschlagenen Stiefeln miteinander; der Hintergrund war ein Strand. Irgendein einsamer, sonnenheißer Strand, vielleicht an der Baja. Sand klebte an der verschwitzten, weißen Haut der Jungen, die zweifellos aus der Stadt stammten. Sie wirkten gelangweilt. Dave schaltete den Projektor ab, ging um das Bett herum, schaute auf den Boden. Ein Kamm, eine Schlüsseltasche aus Leder, ein Zehn-Cent-Stück, zwei Pennys. Und eine Jockey-Unterhose. Er hob sie auf. Größe 32. Also nicht die eines Riesen. Er ließ sie wieder fallen. Das Licht im Raum veränderte sich. Dave drehte sich um und schaute zur Tür.

Ein Riese stand dort, ein großknochiger, alter Mann. Sein dichtes graues Haar hätte wieder einmal geschnitten werden müssen. Sein billiger Anzug war lange nicht gebügelt worden. Das weiße Hemd und die schwarze Krawatte sahen aus, als ob sie ausgeborgt worden wären. Und er hatte ziemlich viel Schuhcreme benützt, um die Sprünge im Oberleder der Schuhe zu verdecken. Die Augen des Mannes waren geschwollen, mit schweren Tränensäcken, und die Haut an den Wangenknochen und um die Nase war eine Landkarte mit vielen bläulichen Flüssen. Aber der gepflegte Schnurrbart verriet, daß er einmal sehr eitel gewesen sein mußte. Er fragte: »Wer sind Sie?«

»Brandstetter«, stellte sich Dave vor. »Von der Medallion Lebensversicherung.« Er streckte dem Riesen die Hand entgegen. Der Mann umschloß sie mit einer Pranke, die es lange zuvor aufgegeben hatte, irgend etwas, das sie zu fassen bekam, auch zu halten.

»Das ist doch das Haus der Wendells, oder?« Er leckte sich die trockenen, aufgesprungenen Lippen, und seine blutunterlaufenen Augen richteten sich auf das Zimmer. So, als suchten sie etwas. Wahrscheinlich eine Flasche mit etwas Trinkbarem.

»Es ist das Haus der Wendells«, sagte Dave. »Ich versuche herauszufinden, was hier geschehen ist.«

»Dachte, die Polizei hätte den Dreckskerl schon eingesperrt.« Der Mann drehte sich um und trat hinaus ins Wohnzimmer. Dave ging um das Bett herum und folgte ihm. Der Mann öffnete Schranktüren unterhalb des Bücherregals. Er fand eine Flasche und Gläser. »Machen Sie mit?« Er hob die Flasche und schaute Dave an. »Ich bin Billy Wendell. Ricks Vater. Ich glaube, er hätte nichts dagegen, wenn sich sein alter Herr einen Schluck genehmigt.«

»Jedenfalls ist es zu spät, ihn danach zu fragen«, sagte Dave. »Haben Sie das nicht gewußt?«

»Ich hab' ihn eine Weile nicht gesehen.« Wendell schenkte sich drei Fingerbreit in ein Glas und reichte es Dave; dann schenkte er fünf Fingerbreit in sein Glas und stellte die Flasche ab. »Seine Mutter und ich – wir reden nicht miteinander.« Er riß den Kopf nach hinten und lachte ironisch. »Seit ein paar Jährchen.« Er trank, betrachtete das Glas, schaute dann Dave an. »Versicherungen, wie? Ein gutes Geschäft. Ich hab' auch mal in Versicherungen gemacht.« Er stieß einen wenig frohen Laut aus und trank wieder. »Ich hab' sozusagen schon fast alles gemacht. Aber in letzter Zeit sind es Gebrauchtwagen. In letzter Zeit? Gut gesagt. In den letzten zwanzig Jahren. Jetzt stirbt mir das Geschäft unter den Händen davon. Sie brauchen keinen Benzinfresser, oder?« Er gab Dave eine Geschäftskarte und musterte ihn von oben bis unten. »Sie sehen nicht so aus, als ob sie nachts vor Geldsorgen nicht schlafen könnten.«

»Ich fahre einen Firmenwagen«, sagte Dave. »Sie sind wegen der Beerdigung hier, nicht wahr?«

Wendell nickte. Seine Stimme brach. Tränen liefen ihm über das Gesicht. »Mein Junge. Mein einziger Sohn. Mein Gott – das mindeste, was ich tun kann. Armer Junge. Noch keine vierzig, und irgendein verrückter Perverser bringt ihn einfach um.« Er wiegte das Haupt. »Das einzige, worauf ich ein bißchen stolz sein konnte – ein guter Sohn.« Er kippte den Rest aus dem Glas.

»Klar«, sagte Dave. »Und wie haben Sie es erfahren? Hat Ihnen Ihre Frau geschrieben?«

»Verdammt, die wüßte nicht mal, wie sie mich erreichen kann. Nee, ich hab's in der Glotze gesehen. Über die *Times* hab' ich die Adresse bekommen. Mußte aufpassen, um den Artikel zu finden. Wahrscheinlich gibt es heute zu viele Morde – das ist schon gar keine besondere Nachricht mehr.«

»Es hat immer zu viele gegeben«, sagte Dave. »Sie leben in Los Angeles?«

»In Torrance«, sagte Billy Wendell. »Wenn man das Leben nennen kann.« Er stellte das Glas dorthin, wo es einen Abdruck auf der Politur hinterlassen würde. »Gibt es hier ein Badezimmer?«

Dave deutete mit dem Kopf darauf. Wendell ging hinaus und bewegte dabei die langen Beine, als habe er Schmerzen beim Gehen. Dave schaute auf die Armbanduhr, dann auf das Telefon. Es klingelte nicht. Er trank einen Schluck Whisky, ging dann zur Flasche hin und drehte sie so, daß man das Etikett lesen konnte. Solchen Whisky karrte man nicht kartonweise in die Bar. Er kramte in seiner Jacke nach Zigaretten, zündete sich eine an mit seinem stählernen Gasfeuerzeug, und das Schlurfen von klobigen Schuhen draußen vor der Tür bewirkte, daß er sich umdrehte. Heather Wendell stand dort, und die wuchernden Geranien leuchteten brennend rot hinter ihr.

»Wissen Sie, Mr. Brandstetter, ich kenne mich aus mit dem Tod. Es sind nicht die Toten, um die wir trauern sollten. Es sind die Lebenden. Als mein Vater starb, waren seine Sorgen vorbei. Die meinen hatten damit erst begonnen. Ich war fünfundzwanzig – eine erwachsene Frau. Aber er hatte mich wie ein Kind behütet und abgeschirmt. Ich brauchte niemals auch nur die Hand auszustrecken. Alles, was ich brauchte, oder was ich zu brauchen glaubte, hat man mir gegeben. Dann plötzlich wurde mir alles weggenommen. Ich hatte nichts mehr. Und einen dreijährigen Jungen, den ich großziehen mußte.«

»Sie hatten einen Mann«, sagte Dave.

Sie schüttelte den Kopf. »Nachdem das Geld zu Ende war, hat er mich verlassen. Er war nicht besser gerüstet als ich, um der Wirklichkeit ins Auge zu sehen. Es war keine Überraschung für mich.« Ihre Mundwinkel bewegten sich in der Andeutung eines Lächelns. »Wissen Sie, wie ich mich durchgeschlagen habe? Genauso, wie Sie mich heute gesehen haben: Ich habe Ställe gesäubert und Pferde gestriegelt. Pferde waren alles, was ich kannte. Dann kamen der Krieg und die Flugzeugfabriken. Man stellte Frauen ein, weil nur Frauen zur Verfügung standen. Ganz gleich, ob sie etwas verstanden von der Arbeit oder nicht. Ich habe Nieten und Schrauben sortiert, vier Jahre lang.« Das schiefe Lächeln verschwand. »Na ja, den Rest wollen Sie sicher nicht hören. Und ich möchte mich lieber gar nicht daran erinnern. Aber schließlich hat Rick Fuß gefaßt, und mein Alptraum war vorbei.« Sie zog ein wenig die Schultern hoch, als versuchte sie, das Gewicht abzuschütteln, das nun wieder auf ihr lag. »Natürlich, wenn ich die Wahl gehabt hätte, wäre es mir lieber gewesen, wenn er sein Geld mit einem anderen Geschäft verdient hätte. Aber ich hatte nicht die Wahl. Wenn ich es bedenke, hatte ich eigentlich nie im Leben die Wahl ...«

Die Spülung rauschte. Heather Wendell schaute mit gefurchten Brauen auf die Schlafzimmertür. Dave nahm sein Glas und trank einen Schluck. Billy Wendell kam herein und zupfte an einem Reißverschluß, der sich verhakt hatte. Er blieb stehen und blinzelte.

»Heather«, sagte er mit starker Betonung.

Sie kniff die Augen zusammen und reckte den Kopf nach vorne. »Billy?« Sie kam herein und streckte ihm unsicher die Hand entgegen. »Großer Gott – was ist dir denn passiert?«

»Passiert?« sagte er. »Ich bin fünfundsechzig Jahre alt.«

»Entschuldige«, sagte sie. »Es ist wirklich so ein Schock, das alles. Wo kommst du her?« Sie schaute ihn traurig an.

»Nicht von weit.« Er griff nach seinem Glas, wie ein Ertrinkender nach einem Stück Treibholz greift. Trank einen Schluck und wischte sich den Schnauzbart mit dem Handrükken. »Willst du einen Schluck? Es ist jetzt sowieso dein Whisky.«

»Willst du damit sagen, daß du in der Nähe...« Ihre Stimme klang nicht wütend, sondern traurig. »Du wohnst in der Nähe und hast dich nie hier blicken lassen?«

»Ich hatte ja keine Ahnung, wohin du gegangen bist.« Er bückte sich mühsam nach einem dritten Glas. »Ich erfuhr es erst, als ich von Rick in der Zeitung gelesen habe.« Er schenkte Whisky in das Glas, brachte es dann zu ihr. »Du bist anscheinend auf die Füße gefallen. Hübsches Haus hier, nette Möbel.« Er neigte den Kopf zur Seite. »Und da drüben das Bild von dir an der Wand mit einem großen Hund.« Er schaute sie von oben bis unten an, genau wie er zuvor Dave gemustert hatte, lächelte und ging dann zurück, um sich nachzuschenken. Er vergeudete hastig den guten Whisky. »Wieder Pferde, wie? Du weißt –« er trank, »– das freut mich. Ich hab' schon gefürchtet, du würdest nie mehr eigene Pferde bekommen. Es kostet viel Geld, sich Pferde zu halten.«

»Hast du dir vielleicht Gedanken gemacht über mich?« Sie wollte es so sagen, als glaubte sie ihm kein Wort, aber an ihren Augen sah man, daß sie gerührt war. »Ich hab' mir auch Gedanken über dich gemacht, Billy.«

»Du hast allen Grund dazu gehabt«, brummte er. Mit dem Rücken zu ihr blätterte er verlegen in dem obersten Heft auf dem Stapel im Regal. Dave sah nackte Männerkörper in Farbe, Billy Wendell schlug das Heft rasch zu. Dann drehte er sich um und schaute seine Frau an. »Ich bin nicht auf die Füße gefallen. Charme und gutes Aussehen haben damals nicht viel gegolten. Und als es wieder so weit war, da war ich ein Wrack.«

»Nein«, protestierte sie. »Ach, Billy. Es gibt so viel zu erzählen.« Sie schaute hinaus durch die offene Tür. »Kommst du mit? Zum Stall, dort oben?«

»Einen Augenblick noch, Mrs. Wendell«, sagte Dave. Er nahm seine Jacke und zog die Banderolen heraus. »Die waren in dem leeren Umschlag auf dem Sekretär – von der Bank.« Er legte sie in ihre Hand. »Was können die bedeuten? Wo sind die fünfzehnhundert Dollar geblieben?«

Sie schaute erst die Banderolen, dann Dave an. »Fünfzehn –« Sie erbleichte, dann errötete sie. »Dieser verdammte Kerl!«

»Er war nackt, vergessen Sie das nicht.« Dave ließ sich die Banderolen wiedergeben. »Jede dieser Banderolen enthielt fünfundzwanzig Zwanzigdollarnoten. Die hätten ein ganz schönes Paket abgegeben, selbst wenn er angezogen gewesen wäre.«

»Dann ...« Sie schaut auf ihre Hand, als sehe sie jetzt das Glas zum erstenmal, trank einen Schluck. Ihre blauen Augen wirkten unsicher. »Dann muß Rick das Geld in die Bar gebracht haben. Ja, natürlich.«

»Ohne den Umschlag?« sagte Dave.

»Offensichtlich.«

»Na schön.« Dave zog sich das Jackett an. »Danke für Ihre Hilfe.« Er ging zum Sekretär, nahm den Umschlag, steckte die Banderolen hinein und hielt ihn dann hoch. »Ich möchte das gern mitnehmen, wenn Sie nichts dagegen haben.«

Einen Augenblick lang blickte sie ihn zweifelnd an, dann zuckte sie mit den Schultern. »Warum nicht?«

»Warum nicht?« sagte Billy Wendell. Er sagte es laut zu

sich selbst, und die Flasche klimperte gegen das Glas. Dann leise: »Warum nicht? Das sage ich auch immer. Was macht das jetzt noch aus? Rick ist tot. Mein Sohn ist tot.« Er drehte sich um, schaute seine Frau an, und die Tränen liefen ihm über das Gesicht.

»Billy! Billy!« Sie ging mit ausgestreckten Armen auf ihn zu. Große, starke Arme, die zu verlassen sein schwerster Fehler gewesen war. Sie schlangen sich um ihn, hielten ihn fest.

Dave ging hinaus in die Sonne.

Kapitel 3

Ace Kegan sagte: »Es ist ein Mordstheater, den Namen zu ändern.«

Die Jahre hatten die Locken und fast alles Schwarz aus seinem Haar genommen, von dem ohnehin nicht mehr viel übrig war. Die dünnen Strähnen hatte er nach vorne gekämmt. Seine Taille war umfangreicher geworden, aber er sah immer noch kräftig und muskulös aus. Er stand barfuß und ohne Hemd in ausgebleichten Levis da und schaute durch die offene Schiebetüre aus Glas hinaus auf die Terrasse, wo ein schlanker, sonnengebräunter Junge von etwa achtzehn Jahren in sehr kurzen Shorts einen Punchingball an einem chromblitzenden Sprungfedermast mit den Fäusten bearbeitete. Sein schulterlanges, blondes Haar wehte im Wind und mit der Bewegung. Über der Oberlippe trug er einen seidigen, gelbblonden Schnurrbart. Und hinter der Terrasse kritzelte die Pazifikbrise weiße Zeichen auf blaues Wasser unter einem strahlenden Himmel. Die Brandung leckte an blassem Sand hinter einer Reihe roter Dünenzäune.

Kegan fuhr fort: »Ich hätte am liebsten den Namen *The Square Circle* mitgenommen, als wir das hier kauften. Aber zum Teufel, wer versteht hier schon was vom Boxen? Hier geht es nur ums Surfen. Das Zeichen *Hang Ten* war schon da, und Neon ist teuer – kaum zu glauben. Abgesehen davon sind die Tunten sowieso nicht fürs Preisboxen.« Sein Grinsen zeigte Dave gleichmäßige Zähne, die sehr weiß strahlten. Seine Nase war plattgedrückt. Über den Augen war die Haut dick von vielen Narben. Ein Ohr sah aus wie zerknüllt. Dennoch wirkte er attraktiv und sympathisch.

Dave grinste zurück. »Sind Sie denn nicht fürs Surfen?«

»Wenn, dann höchstens für die Surfer.« Kegan lachte. »Das heißt, das möchten die wohl gern.« Er hob seine Sandpapierstimme. »Bobby, komm mal rein und mach mir und dem Mann einen Drink.« Er nahm Dave am Ellbogen und steuerte ihn zwischen Hanteln, einer Rudermaschine und einem Trainingsrad zu einer Couch, die lang und niedrig war und mit einem synthetischen weißen Fell bedeckt war. »Setzen Sie sich, Mr. Brandstetter. Was wollen Sie wissen?«

Dave sagte: „Was für eine Entschuldigung hat Ihnen Richard Wendell genannt, als er am Montagabend nicht zur Arbeit erschienen ist?«

»Er war in der Bar«, sagte Kegan. »Eine halbe Stunde zu früh sogar, seit halb vier. Er ist erst kurz vor acht weggegangen.« Zu dem Burschen sagte er: »Schneller, wenn's geht, Bobby – ich bitte dich« und ließ sich auf das andere Ende der Couch sinken. »Was möchten Sie trinken?«

»Was Sie gerade haben«, sagte Dave und hoffte, es sei Kaffee. Aber was der Junge aus der Küche brachte, die sich hinter einem brusthohen Raumteiler mit Plastikblumen und Grünpflanzen befand, waren zwei hohe Gläser mit einer dicken, cremigen, orangefarbenen Mixtur. Kegan trank einen großen Schluck aus seinem Glas und leckte sich dann die Lippen. Dave schaute ihm skeptisch zu. »Na los, versuchen Sie's. Da ist jedes Vitamin und jedes Mineral drin, das der Mensch braucht. Ein Glas, und Sie halten fünfzehn Runden spielend durch.« Bobby stand vor ihnen, übte mit den Hanteln und schaute mit leeren braunen Augen auf Daves Glas. Kegan fragte ihn: „Habe ich recht, Baby?«

»Ach, Scheiße«, sagte Bobby. »Ein Stück trockener Toast und schwarzer Kaffee, das war mein ganzes Frühstück. Ich habe Hunger, Ace.«

»Ja, und du setzt so leicht Fett an. Du weißt genau, was das viele Fressen aus dir macht. Bobby Reich, gib David Brandstetter die Hand. Schau dir an, wie er gebaut ist. Wette, er frühstückt nur selten.« Ace drehte seinen dicken Arm und schaute auf eine Armbanduhr mit zwei Zifferblättern: analog und digital. »Lauf eine halbe Stunde. Aber wenn du zum Pier kommst, machst du einen großen Bogen um die Wurstbuden, klar? Momentan siehst du aus wie Apollo Belvedere. Mach das bloß nicht kaputt vor dem großen Abend.«

»Ja, okay.« Bobby eilte zur Tür.

»Und auch keine Colas, nichts von diesem lausigen Zuckerwasser. Wenn du zurückkommst, mache ich dir einen Salat und brate dir ein Steak.«

»Vielen Dank.« Bobby schnitt eine Grimasse wie ein Sechsjähriger.

»Du wirst mir dankbar sein, wenn du den Preis gewonnen hast«, sagte Ace. »Heute nachmittag ist T. S. Eliot dran, vergiß das nicht. Bevor wir zur Beerdigung gehen. Und danach *La Bohème*. Hast du gestern abend über Puccini gelesen, wie ich es dir empfohlen habe?«

»Ich bin eingeschlafen«, sagte Bobby.

»Ja. Natürlich. ›Ich wache, um zu schlafen und wache lang nicht auf.‹ Zitiere das unterwegs.«

»Du meine Güte!« sagte der blonde Junge und ging.

»Das ist ein Gedicht von Theodore Roethke«, sagte Dave. »Was für eine Art von Boxer wollen Sie aus ihm machen?«

»Boxer! Bobby?« Kegan lachte, schüttelte den Kopf und trank wieder einen Schluck von dem orangefarbenen Zeug. »Das ist wirklich komisch. Nein, das macht er alles für den Mr.-Wunderbar-Wettbewerb. Er wird von den Schwulen-Bars ausgeschrieben. Jede Bar präsentiert einen hübschen Jungen. Aber er muß auch was im Kopf haben, verstehen Sie? Kultur.«

»Sie sollten seinen Händedruck korrigieren«, sagte Dave. »Leute mit schlappem Händedruck sind solche, die viel einstecken müssen.«

»Er hat das nur getan, um Ihnen nicht weh zu tun«, erklärte Ace. »Keine Sorge. Der Freund von Ace Kegan braucht nichts einzustecken.«

»Aber jemand hat Richard Wendell eingesteckt«, sagte Dave.

Kegan schaute mürrisch drein. »Ja. Ganz und gar.« Er nickte in Richtung auf die Tür, hinter der Bobby verschwunden war. »Glauben Sie, der Bursche hier ist dumm? Da hätten Sie Rick kennen sollen. Nur, daß er groß und stur und kein Kind mehr war. Heather und ich haben unser Bestes getan, um ihm wenigstens eine Art Grundlage zu vermitteln, aber ...« Er ließ den Satz offen.

»Wie meinen Sie das – eine Grundlage?« Dave traute seinem Getränk nicht. Er stellte es auf den niedrigen Glastisch mit Chrombeinen, wo Zeitschriften wie *High Fidelity* und *The New Yorker* mit Comicbooks wie *Batman* und *Creepy* wetteiferten und eine Stevie-Wonder-Schallplatte neben einer Kassette mit den vier Brahms-Symphonien lag. »War dieses Ende eine Frage der Wahrscheinlichkeit? Hat er oft Burschen wie Larry Johns mit nach Hause genommen?«

»Ha!« Kegan stand auf und trat über das Trainingsgerät, um einen Knopf am Plattenspieler zu drücken. Ein deutscher Tonarm senkte sich auf eine Schallplatte. Ein und derselbe Pianist spielte Eric Satie gleichzeitig in allen vier Ecken des Raums. Kegan wandte sich wieder Dave zu. »Sex allein wäre kein Problem gewesen. Ich habe versucht, ihn in die Saunen zu schicken. In einer Nacht bekommt man da genug Sex für ein ganzes Jahr. Ich habe ihm sogar Mitgliedskarten geschenkt. Aber er wollte nicht hingehen.«

»Aber er besaß Fotos, Zeitschriften und Dias«, sagte Dave.

»Ja. Zuverlässige Dinge. Man schaltet den Projektor ein, und man sieht immer dasselbe. Das war es, was er wollte – jemanden auf Dauer. Aber was er sich ausgesucht hat, kam dafür nie und nimmer in Frage. Meine Güte, wenn ich nur an den letzten denke!« Gewichte waren auf Stangen montiert und ruhten auf Stahlstützen. Kegan nahm eine Kurzhantel, trainierte erst den einen, dann den anderen Arm; dicke Muskeln bewegten sich unter der braunen Haut der Schultern, seines Rückens. »Mickey Sowieso. Seinen Familiennamen habe ich vergessen. Ich habe ihn übrigens nie Mickey genannt, sondern Monkey – Affe. Genauso hat er ausgesehen. Er hat Rick bis auf die Socken ausgenommen. In knapp sechs Wochen. Ich meine es ernst.« Kegan trainierte jetzt mit den Gewichten. Die Stange, an der sie befestigt waren, knarrte. »Er hätte Rick beinahe an den Rand gebracht, und mich dazu.«

»Wann war das?«

»Vor drei oder vier Jahren. Im Sommer. Es war heiß wie dieses Jahr. Ein langer, heißer Sommer. Vielleicht war der mit daran schuld.«

»Vielleicht auch etwas Naheliegenderes«, sagte Dave. »Zum Beispiel so etwas wie fünfzehnhundert Dollar.« Kegan ließ das Gewicht auf die Halterung fallen und drehte sich um. Dave hielt den braunen Umschlag hoch. »Auf dem Weg hierher habe ich mich bei der Bank erkundigt. Er hat fünfzehnhundert Dollar abgehoben, am Montag, kurz vor Geschäftsschluß. Um drei.«

»Ja. Ach so...« Ein Nerv zuckte neben Kegans Auge. Er kratzte sich den Bauch und trat von einem Fuß auf den anderen. »Das war – äh – für die Bar. Für Umbauten. Ja. Hab' ich fast vergessen.« Er beugte sich über den Tisch, nahm den Umschlag, drehte ihn mit seinen klobigen Fingern, starrte darauf. »Und wo ist das Geld?«

»Das wollte ich eigentlich Sie fragen«, sagte Dave. »Den Umschlag habe ich auf seinem Sekretär gefunden, in seinem Studio. Er war leer bis auf die Banderolen. Es müssen Zwanziger gewesen sein. Warum hätte er das Geld für Umbauten in kleinen Scheinen abheben sollen? Warum hat er nicht einen Scheck ausgestellt?«

»Hm.« Kegans Zunge bewegte sich hinter geschlossenen Lippen. Dann ließ er ein hilfloses Grinsen sehen. »Okay. Aber Sie müssen verstehen – er wollte es bar bezahlen. Sehen Sie, wir wollten die Theke niedriger machen. Nein, eigentlich wollten wir den Boden höher legen, rings um die Bar. So, daß wir keine Hocker mehr brauchten, sondern richtige Stühle. Wir hatten an Drehsessel gedacht, mit dicker Lederpolsterung. Aber die kosten eine Menge Geld. Ich nehme an, Rick hatte ein Angebot, direkt vom Lastwagen. Sie verstehen? Eine verlorengegangene Lieferung. Für ein solches Geschäft braucht man Bargeld.«

»Sie waren sein Partner«, sagte Dave.

Kegan schaute ihn an und gab ihm den Umschlag zurück. »Ich habe nichts davon gewußt. Wer hat denn das Geld bekommen? Dieser Johns?«

»In der Hose von Johns, die die Polizei auf dem Boden des Schlafzimmers fand, waren ein Hausschlüssel, drei Dollar und ein bißchen Kleingeld, und in seinem Hemd steckte eine Zigarettenpackung und ein Wegwerffeuerzeug. Der mexikanische Sarape hatte keine Taschen.«

»Und was sagt Heather?« Kegan nahm sein leeres Glas und Daves volles und brachte sie in die Küche. Das Schmatzen von Gummi sagte, daß er die Kühlschranktür geöffnet hatte. Eiswürfel klapperten in ein Glas. Die Tür fiel zu. Kegan stand neben den Kunstblumen mit etwas, das wie Whisky aussah, in einem hohen Becherglas. Als er daran roch, zuckte er zusammen.

»Sie meint, es muß für die Bar gewesen sein.«

»Ja nun, wie ich schon sagte...« Kegan zeigte Dave ein vages Lächeln, während er zur Tür ging und hinausschaute. »Fünfzehnhundert. Das tut weh.«

»Vielleicht hat Wendell ja das Geld abgeliefert.« Dave stand von der Couch auf und blieb neben dem kleinen, muskulösen Mann stehen. »Vielleicht werden die Stühle heute noch gebracht.«

Kegan schüttelte den Kopf. »Bei einem solchen Geschäft

bekommt man die Ware, wenn man das Geld aushändigt.« Er schaute Dave an. »Mein Gott, ich bin vielleicht ein Gastgeber. Das ist für Sie. Ich trinke keinen Alkohol.« Er streckte Dave die Hand mit dem Becherglas hin. »Es ist kanadischer Whisky. Okay?« Dave griff nach dem Glas, bevor es auf den Boden fallen konnte. Die Brise vom Meer her war warm. Sandpfeifer stakten auf dem nassen Sandstreifen hin und her.

Dave fragte: »Und was ist mit Monkey geschehen?«

»Er kam in die Bar – genau wie der Wilde vor ihm. Sie müssen Rick verstehen. Tausende kommen und gehen in unserer Kneipe. Im *Hang Ten*, und zuvor im *Square Circle*. Ein paar davon gehen auf den Strich. Und Rick, dieser große, sanfte Bär – man brauchte ihn nur anzusehen, um zu wissen, daß man ihn ausnehmen konnte. Wenn er sich verliebt hatte, ging ihm der Mund über. Es war kein Geheimnis.«

»Und der Sommer war heiß«, sagte Dave.

»Ja, sicher...« Kegan schaute zu, wie eine Möwe einem Kartoffelchips-Beutel hinterherjagte, der über den spärlich bevölkerten Strand getrieben wurde. »Er konnte lächeln und sich mit den Gästen unterhalten und neuntausendneunhundertneunundneunzig von ihnen in Ruhe lassen. Aber dann kam ein Affe oder ein Wilder, und er war verloren. Man mußte auf ihn aufpassen. Jeden Augenblick.«

»Und wie ist es bei Larry Johns gewesen?« fragte Dave.

»Von dem hab' ich nie etwas gehört«, sagte Kegan. »Bis zu diesem Abend. Normalerweise waren wir Rick überlegen. Aber in diesem Fall hatte er uns eins voraus. Eigentlich hätte er über den Burschen reden und reden müssen. Aber diesmal nicht. Er hat kein Wort gesagt.«

»Wir?« fragte Dave. »Meinen Sie seine Mutter und sich?« Kegan nickte düster, und Dave kostete den Whisky. Er schmeckte gut. »Vielleicht waren die fünfzehnhundert für ihn – ich meine, für Johns. Ein neuer Monkey, ein neuer Wilder. Wann war das mit dem Wilden?«

»Meine Güte, wer erinnert sich schon daran? Vielleicht vier- oder fünfundsechzig. So was vergißt man – aber nicht, wie Rick sich in eine Goldader verwandelte, wenn er einen sah, den er haben wollte. Monkey hat er einen Wagen geschenkt, einen nagelneuen MG. Der Wilde wollte nach Rom jetten. Also flogen sie nach Rom. Für einen Monat. Wegen Monkey hätte Rick beinahe das Haus im Canyon verkauft. Im Ernst. Dann hätte Heather schön dagesessen. Monkey hat es dort nicht gefallen: die Pferde, der Hund – und vor allem ist er nicht mit Heather zurechtgekommen.« Kegans Lächeln war schief. »Sie hat allerdings auch kein Geheimnis daraus gemacht, was sie von ihm hielt.«

»Wie ist es zu Ende gegangen?« fragte Dave.

»Die geschäftlichen Verhandlungen über das neue Haus dauerten zu lang«, sagte Kegan. »Ein Haus am Jachthafen. Weit über Ricks Verhältnisse. Aber, wie ich schon sagte, wenn er das war, was er ›verliebt‹ nannte, konnte er nicht mehr rechnen.« Kegan hob seine kräftigen Schultern und breitete die Hände aus. »Monkey ist es vermutlich leid geworden, zu warten. Er fuhr davon in seinem MG und ist nicht wieder aufgetaucht. Wir hatten Glück. Bis dahin hatte er fünfzehn oder zwanzig Tausender ausgegeben – von Rick, von mir, von Heather. Es hätten auch dreißig sein können, und – ›schau, Ma, kein Geschäft, kein Haus, keine Partnerschaft, kein gar nichts.‹« Er verschränkte die Arme und schüttelte vor Entsetzen den Kopf. »Wenn ich daran denke, komme ich heute noch ins Schwitzen. Ich meine, es hat nicht mehr viel gefehlt.«

»Für Mrs. Wendell läuft es jetzt auf dasselbe hinaus«, sagte Dave. »Auf der Bank habe ich erfahren, daß er weniger als zweihundert Dollar auf seinem Sparkonto hat. Sie muß die Pferde füttern –«

»Sie ist mindestens ebenso anfällig, wie Rick es war.« Kegan trat hinaus auf die Terrasse und bearbeitete den Punchingball. »Der kleine Falbe? Den hat sie von einem zehnjährigen Mädchen im Canyon. Ihre Eltern sagten, die Kleine könnte das Pferd haben, wenn sie sich selbst darum kümmert. Eine Zehnjährige!« Er bearbeitete den Ball mit allen Kräften. »Verrückt. Was haben die sich eigentlich gedacht? Also mußten sie es verkaufen. Aber Heather griff ein, sagte, sie würde es auf eigene Kosten pflegen, und das kleine Mädchen könnte reiten, wenn es Lust dazu hat. Dann dieses große, graubraune Pferd –«

»Sie hat mir davon erzählt«, sagte Dave. »Aber das wird jetzt aufhören müssen. Sie bekommt praktisch nicht mehr als die fünfundzwanzigtausend von Ricks Lebensversicherung. Vorausgesetzt, daß meine Gesellschaft zu der Auffassung gelangt, es handelt sich nicht um Selbstmord. Und daß sie ihn nicht umgebracht hat.«

»Was?« Kegan trat zurück.

»Ihre Fingerabdrücke sind die einzigen auf der Schußwaffe«, erklärte Dave. »Darauf wird sich der Verteidiger versteifen.«

»Mein Gott!« Angewidert drehte sich Kegan zur Seite und hämmerte mit den Fäusten auf das Geländer. Dann wandte er sich um. »Warum? Warum hätte sie Rick umbringen sollen? Warum nicht Johns?«

Dave zuckte mit den Schultern. »Vielleicht wollte sie Johns erschießen, ihr Sohn warf sich dazwischen, und die Waffe ging los.«

Kegan stemmte die Hände in die Hüften. »Warum hätte sie überhaupt jemanden erschießen sollen?«

»Vielleicht dachte sie, dieser Johns würde ein zweiter Monkey werden. Vielleicht wollte sie ihn auf diese Weise loswerden. Solange sie noch ihr Dach über den Kopf hatte.«

Kegan zog die Mundwinkel nach unten, schüttelte den Kopf und begann wieder den Ball zu bearbeiten. »Sie haben vielleicht eine Phantasie.«

»Erbt sie denn die Teilhaberschaft ihres Sohnes? Das würde ihre finanziellen Probleme lösen.«

»Das glauben Sie doch nicht im Ernst.« Kegan schnitt eine Grimasse, unterbrach aber nicht den Rhythmus seiner Fäuste. »Ich brauche einen Partner, der im Geschäft mitarbeitet. Sie haben sie wahrscheinlich im Overall erlebt, aber sie ist wirklich eine Lady mit Klasse. Sie würde keinen Fuß in die Kneipe setzen. Außerdem ist sie zu alt dafür. Die Arbeitszeiten würden sie umbringen. Und obendrein hat eine Frau in einer Schwulen-Kneipe nichts zu suchen.« Er hielt den Ball fest, damit er nicht mehr hin und her wippte, und kam zurück. Als er Daves leeres Glas wegnahm, schaute er ihm in die Augen. »Sie müßten das eigentlich wissen.« Er ging in die Küche.

»Ja, ich weiß das.« Dave kam ihm nach und lehnte sich an den Raumteiler. »Wendells Tür stand offen. Wenigstens in diesem Punkt sagen Johns und Mrs. Wendell das gleiche aus. Lassen wir die fünfzehnhundert mal für den Augenblick aus dem Spiel – wer könnte dort gewesen sein? Johns sagte, er hätte eine Stimme gehört, jemanden, der mit Wendell stritt. Wessen Stimme kann das gewesen sein?«

Kegan ließ die Eiswürfel fallen, die er in der Hand hatte. Sie rutschten über die glatten gelben Fliesen.

»Hat Wendell mit irgend jemandem Streit gehabt? Hat er vielleicht jemanden aus dem *Hang Ten* rausgeworfen oder sich sonst irgendwie Feinde gemacht?«

»Feinde? Rick?« Kegan lachte kurz, warf die Eiswürfel in die Spüle und öffnete den Kühlschrank, um neue zu holen. »Wenn man von irgend jemandem sagen kann, daß ihn jeder gern gehabt hat, dann von Rick Wendell.« Er gab zwei Würfel in Daves Glas und goß goldenen Whisky darüber. »Sie kommen sicher zu seiner Beerdigung. Da werden die Leute Schlange stehen, einmal um den Block. Er war wirklich ein lieber Kerl.« Damit reichte er Dave das Glas.

Dave ging zur Couch und setzte sich wieder. »Früher einmal *Ihr* lieber Kerl«, sagte er. »Ich habe die Widmung auf einem alten Foto gesehen, das in seinem Schreibtisch liegt.«

»Alte Geschichten.« Kegan biß in einen glänzenden, grünen Apfel und sprach, während er kaute. »Ja, ich war ganz verrückt nach ihm. So verrückt, wie es bei mir möglich ist, und so lange, wie so etwas bei mir hält. Ich bin Waage, mit dem Mond im siebten Haus.« Er schaute hinaus auf den hellen Strand. »Ich bin einfach nicht das, was man allgemein mit

›treu‹ bezeichnet. Es hat mich sehr belastet, ihm weh tun zu müssen, und, glauben Sie mir, niemand konnte einen so verletzt anschauen wie Rick. Aber ich konnte einfach nichts dagegen machen. Ich habe getan, was ich konnte. Ich habe unser erstes Lokal, den *Square Circle*, finanziert. Ich war ein guter Leichtgewichtler.« Bei der Erinnerung spannte er unwillkürlich die Bauchmuskeln an. »Na ja, so gut vielleicht auch wieder nicht, aber ich habe gut ausgesehen, wenn Sie verstehen, was ich meine. Die Leute haben bezahlt, um mich zu sehen. Und Rick hatte keinen Cent. Also habe ich die Bar gekauft, und er konnte sie führen. Ich hab 'ne Menge Geld verdient in den Fünfzigern. Damals hat es häufiger Fernsehübertragungen von den Kämpfen gegeben – erinnern Sie sich? Natürlich hat das den Kampfsport ruiniert. Aber mir hat es nicht weh getan.« Er holte mit der Linken gegen einen unsichtbaren Gegner aus und ging dann in die Küche, um den Apfelbutzen loszuwerden. »Nein, wenn mal jemand rausgeworfen werden mußte, habe ich das besorgt. Rick haßte Konfrontationen jeder Art.«

»Er hatte recht«, sagte Dave. »Die letzte ist sehr schlecht ausgegangen für ihn.« Er trank wieder, dann zündete er sich eine Zigarette an. »Diese fünfzehnhundert Dollar – wenn er damit nicht den Fahrer des Lastwagens mit den Möbeln bezahlt hat, müßten sie doch in dem Umschlag gewesen sein, oder? Wer sonst hätte davon wissen können?«

»Ich sage Ihnen doch.« Kegan kam, wischte sich die Finger an seiner Jeans ab und stieß mit der gebräunten großen Zehe des rechten Fußes gegen einen schiefen Stapel Zeitschriften. »Sowie ich mittags geöffnet hatte, kam ein Anruf. Ein Kerl wollte Rick sprechen. Die Stimme klang jung. Der Anrufer hat keinen Namen genannt. Aber – na ja, das ist nicht ungewöhnlich. Die Jungs glauben manchmal, wir sind ihre Freunde, wissen Sie. Das gehört nun mal zum Geschäft. Jeder, der sich für vierzig Cents ein Bier kauft, ist dein Freund. Und die Gäste wählen aus, entscheiden sich für den einen oder den anderen. Meistens war es Rick – er war so offen, hat viel geredet... Ich sagte es schon.« Er seufzte und schob Dave einen Aschenbecher hin. »Wenn sie in Schwierigkeiten kommen oder wenn ihnen langweilig ist, greifen sie zum Telefon. Aber als Rick um halb vier herkam, sagte er, der Anrufer hätte ihn zu Hause erreicht. Dann rief er daheim an und setzte, wie es sich anhörte, einen Streit mit Heather fort, die meinte, sie kriege nicht genug Geld. Er redete ihr ein, sie sollte am Abend ins Kino fahren. *The Sundown Studs*, ein Pferdefilm. Er würde ihr gefallen.«

»Aber er hat ihr nicht gefallen. Sie wollte nicht sehen, was man in dem Film mit den Pferden getan hat«, sagte Dave.

»Trotzdem ist sie hingefahren. Rick hat sie regelrecht beschworen, hat mit ihr fast eine halbe Stunde lang am Telefon diskutiert und ihr gesagt, was es für ein großartiger Film sei. Dabei wußte ich, daß er ihn gar nicht gesehen haben konnte. Er ist erst am Freitag angelaufen, und Rick hatte keinen freien Abend bis Montag. Am Nachmittag hätte er auch keine Zeit gehabt dazu. Nicht an einem Wochenende.« Er zog die Stirn in Falten und nickte. »Ja, ich hätte mir eigentlich denken können, was er vorhatte.« Er zeigte Dave ein finsteres Lächeln. »Aber, ehrlich gesagt, ich habe nur an Bobby gedacht und an diesen Wettbewerb. Wenn es nach dem Aussehen geht, kann er ihn leicht gewinnen. Aber ein paar Burschen, die sich auch beworben haben, sind mit ein bißchen Intelligenz und einer Menge Charme ausgestattet.«

»Als Wendell an dem bewußten Abend früh weggegangen ist«, sagte Dave, »haben Sie sich da nicht denken können, daß vielleicht ein neuer Monkey aufgetaucht war?«

»Nein«, erwiderte Kegan. »Und ich werde Ihnen sagen, warum. Es war Montag. Das Geschäft ging schleppend. Wir haben nur rumgestanden. Rick meinte, er könnte ebensogut mit Heather ins Kino gehen. Das war ganz normal.«

Draußen auf der Terrasse waren Schritte zu hören. Dann stand Bobby unter der Tür. Seine langen, bronzebraunen Muskeln glänzten vom Schweiß. »Salat?« keuchte er. »Steak? Ich rieche nichts.«

Kegan schaute auf die Armbanduhr. »Es ist noch keine halbe Stunde«, sagte er. »Okay, okay, geh duschen. Ich bin fertig, wenn du rauskommst.« Er schaute dem Jungen nach, der durch einen dunklen Korridor verschwand, wobei er die Hüften und das viel zu kleine Höschen schwenkte. Kegan seufzte und ging auf die Küche zu. »Wollen Sie auch ein Steak?«

»Danke für die Einladung, aber ich muß weiter«, sagte Dave. »Was ist eigentlich mit diesem Mr.-Wunderbar-Wettbewerb? Ich meine, wie ernst wird er genommen?«

»Ach, es ist lächerlich.« Kegan öffnete wieder den Kühlschrank. Dave schaute ihm durch die Trennwand mit den Blumen und Pflanzen zu, sah, wie er sich umdrehte und grünen Salat, eine Gurke und Tomaten auf eine mit gelbem Plastik überzogene Theke legte. »Sie meinen, wie ernst die Leute diesen Wettbewerb nehmen?«

»Sie haben's erraten«, sagte Dave.

»Nun ja – es bedeutet gute Werbung für die Bar, die gewinnt.« Kegan fand ein Messer in einer der Schubladen und schälte die Gurke. »Das heißt, wenn sie den Sieger ein paar Wochen halten können, was nicht immer ganz leicht ist. Der Sieger selbst gewinnt Kleidung, Manschettenknöpfe, Sportartikel, vielleicht ein Fahrrad. Lauter Zeug, das die hiesigen Geschäfte spendieren. Zunächst waren nur die schwulen Geschäftsbesitzer daran interessiert, aber jetzt kommen auch schon die normalen dazu.« Er schaute Dave mit einem ironischen Blick von der Seite an. »Wenn Sie das Wort ›normal‹ entschuldigen wollen. Und –« er nahm eine große, gelbe Schüssel aus einem Hängeschrank, zerzupfte die Salatblätter und ließ sie hineinfallen – »vielleicht bekommt er eine Rolle in einem Pornofilm. Außerdem Geld. Freilich nicht viel – nur das, was die veranstaltenden Kneipen dafür ausgeben wollen. Letztes Jahr waren es vier- oder fünfhundert Dollar.«

»Und wie standhaft sind die jungen Leute?« fragte Dave.

Kegan lachte. »Es sind Stricher, von irgendwo – Ausgeflippte, Waisenkinder, Verlierer. Armselige Nichts.« Jetzt begann er die Zwiebeln zu schälen und in Scheiben zu schneiden. »Möchtegern-Schauspieler, die sich nicht einmal ihren eigenen Namen merken können, Möchtegern-Rockstars, die eine Gitarre nicht von einer Bratpfanne unterscheiden können.«

Vom anderen Ende des Korridors her hörte man das Rauschen der Dusche. Dazu sang Bobby in rauhem Falsett: *»Sunshine on my shoulders makes me hap – py!«* Dave blickte in die Richtung und sagte: »Übrigens, Bobby ist der gleiche Typ wie Johns – Körperbau, Haut, Haarfarbe, Schnauzbart. Hübscher, aber der gleiche Typ. Könnte es sein, daß Johns ursprünglich von jemandem auf Sie angesetzt wurde?«

Kegan fiel das Messer aus den Fingern, und es klapperte auf die Theke. Er starrte Dave an und wurde blaß unter der gebräunten Haut. »Meine Güte«, keuchte er, »daran hab' ich noch gar nicht gedacht.« Seine Augen verengten sich. Er schlug mit der Faust der einen Hand gegen die Fläche der anderen. »Ja. Oder einer dieser verrückten Schweinehunde dachte, er könnte gegen Bobby nichts ausrichten ... Vielleicht hat er versucht, Johns umzulegen, weil er annahm, es sei Bobby, und hat statt dessen Rick erwischt. Mein Gott – wenn Rick diesen Johns vor dem *Hang Ten* aufgegabelt hat, und wenn sie zusammen weggefahren sind ...« Kegan sah aus, als ob ihm schlecht geworden wäre. »Mann, heutzutage laufen alle möglichen Typen herum.«

»Und die anderen Bewerber kennen Bobby?«

»Klar. Die Bilder der Bewerber sind in allen Bar-Zeitschriften erschienen.« Wieder wischte er sich die Hand an seiner Jeans ab, ging an Dave vorbei zum Couchtisch, nahm eine Zeitschrift vom Stapel, schlug sie auf und drückte sie Dave in die Hand. Bobby war zu sehen, mit seinem unsicheren Lächeln und nicht viel mehr. Das galt ebenso für die elf anderen. Kegan hatte recht. Keiner von ihnen war so hübsch wie Bobby – es sei denn, die Fotos trogen. Kegan sagte: »Nehmen Sie das Blatt ruhig mit, wenn es Ihnen hilft.« Er blinzelte Dave aus seinen Augen unter den buschigen Brauen an. »Glauben Sie, daß da was dran sein könnte?«

Am anderen Ende des Korridors sang Bobby: »*Sunshine in my eyes can make me cry.*«

Dave faltete die Zeitschrift zusammen und steckte sie in seine Jackentasche. »Wenn ich Sie wäre«, sagte er, »würde ich Bobbys Joggen am Strand vorläufig streichen. Es sei denn, Sie begleiten ihn.«

Ace Kegan schaute besorgt auf den Korridor. Aber er hatte gehört, was Dave sagte. »Ja«, erwiderte er leise. »Danke.«

Kapitel 4

Sieben Glas Bier, die Fahrt über die Schnellstraße und die Sonnenreflexe auf den Windschutzscheiben der anderen Wagen hatten bei Dave Kopfschmerzen verursacht. Er ließ den Wagen unter einem alten Feigenbaum stehen, in einer Ecke des Parkplatzes, den er und Doug vermietet hatten, und ging mit gelockerter Krawatte, das Jackett über dem Arm, die Robertson entlang, vorbei an Geschäften mit Markisen, wo wurmstichige Schaukelpferde, Hundekörbchen aus Weidengeflecht und Messingbettgestelle auf dem Gehsteig standen, zu dem blauen Haus mit Stuckfassade, das sie gemietet hatten, wobei Dougs Galerie das Erdgeschoß einnahm, während ihnen die großen, sonnenhellen, ungemütlichen Räume im oberen Stockwerk als Wohnung dienten.

Der Eingang der Galerie war eine Doppeltür, groß, mit Schnitzereien verziert, unbemalt – und abgesperrt. Er schaute auf seine Armbanduhr. Erst Viertel nach vier. Er drehte sich um, hob müde grüßend die rechte Hand zu seinem Porträt, das einsam hinter dem spanischen Bogenfenster stand, und sperrte eine blaue Tür an der Seite des Hauses auf. Sie öffnete sich auf eine schmale Treppe – eine der architektonischen Unmöglichkeiten, die Dave an dem Haus haßte. Als die Tür hinter ihm ins Schloß fiel und er die Treppe hinaufging, hörte er Stimmen. Die Akustik im Treppenhaus war schlecht. Von irgendwo dröhnte laute Rockmusik. Er konnte die Worte nicht verstehen.

Als er oben angelangt war, ging er den Stimmen nach. Dougs Zimmer: ein Atelierfenster, Staffeleien, ein farbbekleckster Tisch mit Zinkbeschlag und vielen kleinen Schubladen für Farben und Pinsel, leere Leinwände in Keilrahmen, die an der Wand lehnten. Kovaks saß nackt auf der Kante des ungemachten Betts: die blasse Haut des Stadtmenschen, schwarzes, emporstehendes Haar, ein zerzauster Schnurrbart. Er beugte sich nach vorn, die Ellbogen auf den Knien, ließ den Kopf hängen und hatte eine Bierdose in der einen Hand. Doug Sawyer, grauhaarig, kompakt gebaut und mit dunkler Haut, stand in der offenen Tür zu einer länglichen Dachterrasse, wo Gummibäume in Holzkisten ihre Schatten auf Gartenmöbel aus Redwoodholz warfen. Kovaks hob den Blick seiner blutunterlaufenen Augen auf Dave, schenkte ihm ein schiefes Lächeln und sagte etwas benommen: »Hallo, Dave.«

Dave schaute ihn nur an, schaute auch Doug nur an, als sich dieser ihm zugewandt hatte. »Er hat mit mir zu Mittag gegessen und ist danach eingeschlafen. Ich war bei meiner Mutter.« Die kleine Frau mit der spitzen Nase besaß eine Zoohandlung in einer Seitenstraße eines heruntergekommenen Viertels von Los Angeles, zwischen einem Fahrradladen und einem Schönheitssalon. Sie hatte in letzter Zeit Schwierigkeiten mit dem Gedächtnis, vergaß alles mögliche und litt an Halluzinationen. Die Ärzte meinten, es habe mit ihrer schlechten Blutzirkulation zu tun. Doug brauchte mehr und mehr Zeit, um bei ihr nach dem Rechten zu sehen.

Dave bückte sich und hob einen flachen Aschenbecher aus goldgelbem Glas auf, der neben verstreuter Asche auf dem Boden stand. Drinnen lagen zerdrückte Stummel handgedrehter Zigaretten, die ganz kurz abgebrannt waren. Dave hielt sie Doug hin. »Joints. Ich zähle drei.«

»Ich komme langsam runter«, sagte Kovaks plötzlich, dann kicherte er. »Dazu ist die Brühe hier gut.« Er trank aus der Dose.

»Ich habe dich nicht dazu gedrängt«, sagte Doug. »Du hast das Zeug freiwillig geraucht. Du wolltest arbeiten, weißt du noch? Du solltest diese schrecklichen Schmierereien für Mrs. Sowieso rahmen.« Er ging in einen anderen Raum. »Ich habe zwar nicht damit gerechnet, aber ich hoffte, du würdest wenigstens unten sein.«

»Ich war unten von halb zehn bis um eins«, sagte Kovaks. »Dann hab' ich Hunger gekriegt. Außerdem war mir danach sehr nach einem kleinen, faulen High. Und dann bin ich müde geworden. Ich wollte nur kurz die Augen zumachen.«

Doug lehnte in der Tür, schüttelte den Kopf, lächelte traurig und schaute Dave dabei an. »Er hat dagelegen wie ein Smörgåsbord.«

»Na komm«, sagte Kovaks. »Ein koscheres Smörgåsbord?«

»Ich möchte duschen«, sagte Dave und ging an Doug vorbei in den Korridor. Doug berührte seine Wange mit einem freundschaftlichen Kuß.

»Wau! Du riechst wie eine Brauerei.«

»Ich habe mich mit den Besitzern von Homo-Kneipen unterhalten«, sagte Dave. »Es ist eine lange, trübselige Geschichte. Ich erzähl' sie dir später.« Er ging in sein Zimmer, welches auf der rechten Seite lag und groß genug war, daß man darin Squash hätte spielen können, und zog sich aus, während er hörte, wie Doug zu Kovaks sagte:

»Siehst du? Visitenkarten. Die steckten unten in der Tür. Madge Dunstan und Ray Lollard. Freunde von uns. Die beiden hätten sicher etwas gekauft, wenn das Geschäft offen gewesen wäre. Vielleicht hätten sie sogar einen deiner Töpfe gekauft.«

»Entschuldige«, sagte Kovaks mit breitem, betont russischem Akzent. »Kovaks schlecht. Besser sein nächstes Mal. Versprechen.« Der Akzent hörte auf. »O mein Gott«, stöhnte er, und Metall knirschte. »Die Dose ist leer. Bring mir noch ein Bier, und ich geb' dir einen Kuß. Wohin du willst.«

Dave ging in das große Badezimmer, das mit bunten, spanischen Kacheln gefliest war. Er nahm drei Aspirin, drehte dann die Dusche auf und trat darunter. Er hatte Ray Lollard vergessen, nachdem er versucht hatte, ihn mittags von einer salzverkrusteten Telefonzelle am Los Santos Pier aus anzurufen. Er war zu dem Pier gefahren, weil er sich erinnerte, wie gut er dort einmal gegessen hatte, in einem weißen Holzschuppen mit dem Namen »Abalone«. Er hatte Lollard nicht erreicht – bei Tisch, hatte es geheißen. Und die Geschäftsführung im »Abalone« hatte gewechselt – nicht zum Guten.

Scholle in Butter mit Sesamsamen war sein Lieblingsessen gewesen. Diesmal waren die Schollenfilets ungenießbar, halb kalt, halb roh. Er begnügte sich mit der Aussicht, dem angenehmen Gefühl der Brandung, die die alte Pier erzittern ließ, und mit einer Tasse Kaffee; dabei studierte er die Barzeitschrift, um die Adressen der Barbesitzer zu finden, die sich an dem Mr.-Wunderbar-Wettbewerb beteiligten. Er hatte in Gedanken einen Plan entworfen, nach dem er sie der Reihe nach ohne allzu große Umwege besuchen würde. Auf dem Weg von Los Santos nach Los Angeles kam er auf diese Weise bei sieben Bars vorbei. Die übrigen konnte er abends besuchen.

Die Bars glichen einander so sehr, daß sie bereits jetzt in seinem schmerzenden Kopf verschwammen. Die Dekoration reichte von rohem Treibholz – *The Bunkhouse* – zu flockiger, scharlachroter Tapete – *The Queen and Court* –. Aber die alternden Besucher glichen einander aufs Haar, waren austauschbar. Genau wie die Musik aus den Musikboxen. Und wie die Besitzer – um die Vierzig und entweder zu fleischig oder zu knochig, in zu jugendlicher Kleidung und mit Perükken, die dem Haar-Styling des vergangenen Jahrs entsprachen – Männer, die sich zu lange im Dunst der Bars und im bissigen Klatsch der Gäste aufgehalten hatten. Dave hatte zugleich fünf der Wettbewerbsteilnehmer auf einmal kennengelernt. Sie hatten sich im *Rawhide* getroffen.

Kegan hatte recht: Einige verfügten über ein bißchen Charme, einige sogar über so etwas wie Mutterwitz. An dem Abend, als Rick Wendell ermordet worden war, hatten sie sich zu einer Party in den Hügeln von Hollywood getroffen und die Fertigstellung eines Films gefeiert, in dem sie mitgespielt hatten, wenn das das richtige Wort dafür war. Dave nahm an, es war dieselbe Art von Film, wie er ihn am Vormittag auf Rick Wendells Leinwand im Schlafzimmer gesehen hatte. Die Gönner der beiden übrigen Burschen erklärten, daß sie an dem bewußten Abend bei ihnen in der Bar gewesen seien. Falls das stimmte, engte es die Liste erheblich ein. Nicht, daß Dave es bedauerte, zumindest nicht nach dem, was er jetzt, nach dem schlechten Bier und der schlechten Luft, empfand.

Er seifte sich ein, spülte die Seife ab, duschte erst heiß, dann kalt, und kam zu der Erkenntnis, daß er es überleben würde. Er trat aus der Dusche, und Kovaks stand vor der Toilettenschüssel, noch immer nackt. Er drückte auf den Hebel, drehte sich um und musterte Dave von oben bis unten. »Für einen Greis hast du eine nette Figur.«

»Meinen herzlichsten Dank«, sagte Dave. »Entschuldige.« Er langte an dem schlaksigen jungen Kerl vorbei, um sich ein Handtuch aus dem Schrank zu holen, ging dann in sein Schlafzimmer und trocknete sich ab. Er hörte oder fühlte Kovaks hinter sich und fragte: »Wo ist Doug?«

»Unten in der Galerie.« Kovaks blies Dave in den Nacken, lachte leise und strich ihm mit der Hand über die Schulter und den Arm entlang. »Er stört uns nicht.«

Dave warf ihm das Handtuch vor die Brust. »Du bist schon gestört genug. Häng das bitte auf, dann zieh dich an und geh wieder zu deinem Ton und deinen Weidenruten.«

»Leider ist mir der Ton ausgegangen.« Kovaks ließ sich rückwärts auf Daves Bett fallen und zog sich das Handtuch übers Gesicht. »Alle Tonstationen in Los Angeles sind geschlossen. Sie haben Schilder an den Tonpumpen: Kein Ton. Es ist vermutlich eine Verschwörung der großen Tonproduzenten, die Amerikas Wirtschaft in die Knie zwingen wollen.«

Im Spiegel über der Kommode, wo Dave in den Schubladen nach frischen Socken suchte, sah er, wie Kovaks das Handtuch wegwarf und sich aufsetzte. Seine dunklen Augen mit den langen Wimpern schauten ihn ernst und bittend an. Er streckte die Hände nach Dave aus. »Komm schon, Dave. Machen wir's. Ich hab's dringend nötig.«

Dave zog sich Shorts an. »Schlag es dir aus dem Kopf.« Er hob das Handtuch auf, ging wieder ins Bad, hängte es an die Handtuchstange und begann dann damit, sich am Waschbecken die Zähne zu putzen. Kovaks stand wieder unter der Tür und sagte zu ihm: »Es geht um ein Wort mit vier Buchstaben aus dem Bereich des Menschlichen, aber es lautet nicht K-o-p-f.«

Dave spuckte den Pfefferminzschlamm aus, rollte die Augen, sagte »Aiii!« und gurgelte dazu. Dann ging er an Kovaks vorbei und erklärte: »Versuch's mit einer kalten Dusche.« Er trat wieder vor die Kommode und suchte seine Jeans.

»Ich brauche keine kalte Dusche, sondern einen warmen Körper«, sagte Kovaks.

»Tut mir leid.« Dave zog sich die Jeans an. »Jeder Kunde wird hier nur einmal bedient.« Er zog den Reißverschluß der Hose zu, fand ein kleines Notizbuch in der Anzugjacke, setzte sich auf das Bett und nahm das Telefon vom Boden. Es gab noch nicht viele Möbel hier; er und Doug waren erst vor sechs Wochen eingezogen und hatten Zeit, Energie und das meiste Geld darauf verwendet, die Galerie einigermaßen präsentabel zu machen. Hier oben war alles noch im Entstehen. Er rief wieder bei Roy Lollard an. Ein Mädchen sagte: »Er ist früh weggegangen, Mr. Brandstetter. Ich dachte, er wollte Sie besuchen.«

»Er hat es versucht«, sagte Dave. »Aber ich habe ihn verpaßt. Vielen Dank.«

Er legte auf, zog einen leichten Rollkragenpullover an, fand Kovaks in Dougs Zimmer, wo er wieder auf dem Bett saß, in einer lehmbefleckten Uniformhose mit abgelatschten Sandalen. Er knurrte: »Ich fühle mich wie Bette Davis in *The Old Maid*.«

»Du wirst nie eine alte Jungfer«, sagte Dave. »Jedenfalls

nicht, solange die Rolle des fünften Rads am Wagen noch zu vergeben ist.«

»Ich nehme Zurückweisungen ernst.« Kovaks zog sich ein rotschwarz gestreiftes Unterhemd über die flache Brust. »Irgendwie gehöre ich hierher. Ich weiß es. Es ist das Karma. Wenn du –«

Unten ging die Tür zur Straße auf. Eine Stimme rief: »Dave?« Das mußte Madge Dunstan sein. Sie war Daves älteste Freundin, eine erfolgreiche Designerin für Textilien und Tapeten, eine schlanke, gutaussehende Frau, schlau, hart, witzig. Dave freute sich stets, sie zu sehen. Jetzt freute es ihn besonders, weil er von diesem Kovaks genug hatte. Und er wollte ihn nicht allzu brutal rausschmeißen. Wenn Kovaks hier rausflog, mußte Doug das übernehmen. War Doug dazu bereit?

Dave schüttelte ungeduldig den Kopf, als er durch den leeren Raum ging, den sie als ihr gemeinsames Wohnzimmer bestimmt hatten. Zwei Paar Schuhe waren auf der Treppe zu hören. Er ging auf den Korridor und schaute hinunter. Hinter Madge, deren Kopf gesenkt war, weil sie auf ihre Füße achtete, kam Ray Lollard, der lächelte und sagte: »Wir sind vor Dougs verriegelter Tür zusammengestoßen und haben uns entschlossen, gegenüber einen Drink zu nehmen. Und du bist zurück, wie ich es vorhergesagt habe. Ihr beide.«

Kovaks baute sich neben Dave auf. »Alle drei«, sagte er.

Madge hob den Kopf, Lollard zog die Augenbrauen hoch. Als sie die oberste Treppe erreicht hatten, erklärte Dave: »Das hier ist Kovaks. Er versucht gerade, uns beide zu adoptieren.«

»Alle beide?« Madge gab dem jungen Mann mit dem buschigen Haar ihren harten Händedruck und ihr bestes freundliches Lächeln, aber die Neigung ihres Kopfes sagte Dave, daß Kovaks keineswegs eine neue Freundin gewonnen hatte. Noch nicht. »Ich dachte«, sagte sie, »die *ménage à trois* ist mit Noel Coward aus der Mode gekommen.«

»Sie kommt wieder.« Kovaks zeigte seine großen, gleichmäßigen weißen Zähne. »Mit dem Ragtime-Piano und dem John Held-Aussehen.«

»Kovaks.« Lollard schien laut zu denken. »Dann sind das da unten Ihre Keramiken, nicht wahr? Hübsch. Sie sind irgendwie sehr lebendig.«

»Ich bin übersext«, erläuterte Kovaks und schüttelte Lollard die Hand.

»Vielleicht solltest du hinuntergehen und deine Keramiken umdrehen«, sagte Dave, nahm Lollard am Ellbogen und steuerte ihn zurück in die Küche. »Ist es dir gelungen, den Namen und die Adresse ausfindig zu machen?«

Lollard folgte Dave nur zögernd und blickte über die Schulter. »Du bist vielleicht ein Glückspilz«, murmelte er neidisch. »Der ist ja ein Traum.«

»Von der einen oder anderen Sorte«, sagte Dave. »Der Name?«

»Was? Ach so. Ja, tut mir leid, daß es so lang gedauert hat, aber die Nummer ist neu und steht in keinem Verzeichnis.« Er reichte Dave einen Zettel.

»Thomas Owens«, las Dave laut.

Kovaks flache Sohlen klatschten die Treppe hinunter, und Madge trat zu Dave und Lollard. »Was ist mit ihm?«

In einer großen alten Küche, deren Blumenmuster-Kacheln blitzten, stellte sich Dave Gin, Wermut, einen Mixbecher, Gläser und Eiswürfel zurecht. »Ich glaube, ich kenne den Namen.«

»Natürlich kennst du ihn«, sagte Madge. »Du hast Owens bei mir kennengelernt. Du hast ihn sogar öfter als einmal gesehen. Ein Architekt, erinnerst du dich nicht? Netter Kerl. Und erfolgreich. Bis vor kurzem. Zu traurig.«

»Was heißt das?« Dave schnitt eine Zitronenschale spiralenförmig ab. »Ein hagerer, fanatischer Bursche mit gelben Augen, nicht wahr? Was war so traurig? Das habe ich vergessen.«

»Wir hatten ihn alle schon aufgegeben«, rief Lollard. Er stand an den Fenstern, die nach vorn hinausgingen, schaute hinunter auf die Straße und hoffte vermutlich, noch einen

Blick auf Kovaks werfen zu können. »Beruflich, meine ich natürlich.«

Madge sagte: »Er bekam stets Aufträge, aber dann wurde er sie schnell wieder los, weil er meinte, es sollte so gebaut werden, wie er es sich vorstellte, oder gar nicht.«

»So kann ein Architekt nicht zu Geld kommen, ja.« Dave nahm Eiswürfel aus dem Behälter und gab sie in den Mixbecher, der im Tiefkühlfach gestanden hatte und jetzt stark anlief. »Die Architektur ist nicht gerade die freieste der sieben Künste.«

»Aber es ist auch sehr merkwürdig«, sagte Madge. »Er ist so nett und so – so sanft und gütig – persönlich, meine ich. Ich glaube, das Wort wäre rücksichtsvoll. Jeder mag ihn. Sogar die anderen Architekten. Und ich meine damit nicht nur, daß man ihn respektiert. Das auch, aber man schätzt vor allem seine Güte, seine behutsame Art, sein beschützendes Wesen. Jeder möchte ihn unterstützen. Das ist das seltsame – es gelingt keinem.«

Dave rührte die Eiswürfel mit einem Glasstab um. »Hat er jemals einen Larry Johns zu dir ins Haus gebracht? Zwanzig, einundzwanzig, blond, einssechsundsiebzig, siebzig Kilo, langes, blondes Haar und Schnurrbart?«

»Er hat nie jemanden mitgebracht.« Madge ging in den Wohnraum und hinaus auf die Dachterrasse. Ihre Worte kamen durch das offene Küchenfenster. »Owen wohnt bei seiner verwitweten Schwester, die er seit Jahren unterstützt. Aber sie hat ein Kind, und sie ist nie zu mir gekommen. Sie würde sich vermutlich kaum wohl fühlen in einem Raum, der nicht mit zuverlässigen, heterosexuellen Matronen gefüllt ist. Übrigens, sein Glück scheint sich vor einiger Zeit gewandelt zu haben. Er baut zur Zeit ein paar hinreißende Strandhäuser.«

Lollard kam den langen Weg quer durch den Wohnraum zurück. »Für Filmleute«, sagte er, »und für Leute vom Showbusiness. Anscheinend hat er endlich jemanden gefunden, der viel zu sehr mit Tourneen und Shows in Las Vegas beschäftigt ist, als daß er sich um den Hausbau kümmern könnte. Was er gebaut hat, ist fabelhaft. Jetzt will jeder ein ähnliches Haus haben.«

»Erst kürzlich hat er sich selbst ein wunderschönes Haus gebaut, nur ein paar Meilen von mir entfernt«, rief Madge herein. »Wie heißt diese große Kletterpflanze mit den perforierten Blättern? *Monstera* irgendwas, nicht wahr?«

»Deliciosa«, sagte Dave. »Kennst du jemanden aus einem Geschäft für Bar-, Restaurant- oder Hotelausstattungen, Madge?«

»Soviel du willst.« Madge kam zurück, ein papierdrachengroßes Blatt in der Hand. Sie lehnte sich gegen den Kühlschrank, hielt das Blatt hoch und betrachtete es. »Was schwebt dir vor? Sicher, diese Wohnung ist groß und leer, aber vermutlich solltest du sie –«

»Nein, nein.« Dave gab ihr ein Glas in die knochige Hand mit Leberflecken, die nicht an dem Blatt herumfummelte. »Ich hätte nur gern gewußt, ob du in letzter Zeit von Diebstählen gehört hast, zum Beispiel von einem Lastwagen voller Ledersessel, die verschwunden sind.«

Madge hatte den Mund voll Martini; jetzt schüttelte sie den Kopf und schluckte. »Das war letztes Jahr. Ein betrügerischer Lastwagenfahrer hat die Ladung zum eigenen Profit verkauft, statt sie dort abzuliefern, wo sie hingehörte.«

»Gut.« Dave gab Ray Lollard ein Glas. Dann fragte er Madge: »Weißt du auch noch, wer die Sessel gekauft hat?«

»Moment mal – einen Augenblick.« Sie zog die Stirn in Falten. »Es waren keine Stühle, sondern eine Art Barhocker – diese großen, mit Lehnen und dicken Lederpolstern. Ja – eine Schwulen-Bar in Surf. Wie heißt sie? Sie haben die Bar umgebaut, die Theke erhöht, die Wände mit Nußbaumholz vertäfelt und alles mit Leder gepolstert. Als die Polizei kam, haben sie die Hocker zurückgegeben. Sie hatten angeblich nicht gewußt, daß es sich um gestohlene Ware handelte.«

»Das *Hang Ten?«* fragte Dave.

Sie nickte rasch. »Ja, das ist die Bar.«

Kapitel

5

Es lag in den Dünen wie das elegante Wrack einer Jacht. Als er näher kam, sah er, daß die in alle Himmelsrichtungen ragenden Planken in Wirklichkeit Wände und Dächer waren. Nachdem er die letzte Düne erklommen hatte, Hartgras mit Widerhaken an den Hosenbeinen, formte sich das, was von weitem zerbrochen und verstreut gewirkt hatte, zu einer bemerkenswerten Struktur. Unter hölzernen Vorsprüngen tranken Dreiecke aus Rauchglas das Licht. Das gleiche Glas in riesigen Scheiben, vom Fensterbrett bis zum Giebel, spiegelten die Brandung, den Himmel, den Horizont. Eine Terrasse aus schrägen Planken reichte über die gezackten Felsen hinaus.

Als er die breite, flache Holztreppe hinaufging, bellten im Inneren die Hunde. Zwei kleine sprangen an den dunklen Glasscheiben einer breiten, holzgerahmten Tür hoch. Der eine hatte kürbisfarbenes, glattes Haar, dazu einen Ringelschwanz. Er hüpfte wie ein Akrobat. Der andere zeigte wilde, kleine Zähne. Er war struppig. Hinter ihnen stand ein großer Hund ernst und ungeschlacht im Raum und bellte in tiefem Baß. Er sah aus wie ein deutscher Schäferhund, hatte aber Schlappohren.

Ein Mädchen erschien zwischen den Hunden. Sie hatte eine Sonnenbrille vor den Augen. Ihr Mund war geschwollen und blutunterlaufen. Sie hatte ihr strohblondes Haar in der Mitte gescheitelt und nach hinten frisiert. Das Männerhemd, das sie trug, war mit Blumen bestickt. Seine Schöße hingen über eine graue Hose. Sie war barfuß und lächelte Dave an. Erschreckenderweise fehlten ihre beiden oberen Schneidezähne. In gespielter Verzweiflung über das Hundegebell hielt sie sich die Hand an die Ohren. Dann scheuchte sie damit den großen Hund, der zurückwich und beleidigt zu sein schien. Sie packte den kleinen mit dem glatten Haar am Halsband, dann den struppigen Hund und zog sie in einen Raum, den Dave nicht sehen konnte. Dort hörten die Hunde sofort zu bellen auf. Als die Frau zurückkam und die Tür öffnete, atmete sie etwas beschleunigt und hatte rosa Flecken auf den Wangen. »Was kann ich für Sie tun?«

»Ich bin Brandstetter. Ich habe gestern angerufen – erinnern Sie sich? Um mit Tom Owens zu sprechen. Das hat nicht geklappt. Ich dachte, vielleicht habe ich mehr Glück, wenn ich selbst herkomme. Können Sie ihm sagen, daß ich hier bin? Er wird sich an mich erinnern. Wir haben uns bei Madge Dunstan kennengelernt.«

»Ach?« Sie schaute ihn halb entschuldigend, halb vorwurfsvoll an. »Das haben Sie aber am Telefon nicht gesagt.«

»Da wußte ich seinen Namen noch nicht«, antwortete Dave. »Ich hatte nichts als die Telefonnummer. Kann ich ihn sehen?«

»Ja, also ...« Ihre Stirn runzelte sich. Sie schaute über die Schulter. »Momentan hat er Besuch. Vern – irgendwas. Ein alter Schulfreund.« Sie zog die Mundwinkel nach unten. »Die beiden tun so, als hätten sie die Schulzeit noch nicht hinter sich. Die Männer werden nicht älter, oder? Ich meine, im Inneren. Sie bleiben ihr ganzes Leben lang sechzehn.«

»Wir versuchen es nur geheimzuhalten«, sagte Dave. Er trat einen Schritt auf sie zu. Sie konnte ebensowenig jemanden am Eintreten hindern, wie sie ihn am Telefon abwimmeln konnte. Jetzt wich sie zurück. »Ja, also – okay.«

Der Raum, den er betrat, war lang und luftig und voller Licht. Rohe Korbmöbel mit Segeltuchkissen standen um einen schwarzen, offenen Kamin in einer Ecke. Von einer langen Couch aus Korbgeflecht mit einem niedrigen Tisch davor konnte man den Strand sehen. Der schimmernde Holzboden wies Inseln von Navajoteppichen auf, große und schöne Exemplare. Die erzielten heutzutage astronomische Preise. Dave wußte Bescheid. In dem Laden mit indianischem Silberzeug und polynesischen Federmasken unter dem alten Museum von Los Angeles hatten sich er und Doug solche

Teppiche angesehen. Nachdem sie den Preis gehört hatten, ließ ihr Interesse schlagartig nach.

Das Mädchen verschwand geräuschlos. Dave zählte die Segelboote, die zwischen dem Ufer und den Ölbohrinseln weit draußen im Dunst auf dem Wasser schaukelten. Hinter ihm knarrte Holz, und er wandte sich um. Ein riesiges Gemälde, das vielleicht Möwen im Sturm oder auch nur weiße Flecken auf Ultramarin darstellte, beherrschte die ganze Rückwand unter einer Galerie. Ein Junge von ungefähr zwanzig Jahren kam über die Galerie. Er war dunkel gebräunt von der Sonne. Sein Helm schwarzen Haars reichte bis über die Ohren. Er trug ein gebatiktes Hemd in Blaßgelb und Orange, dessen Ärmel ausgerissen waren, und eine Surferhose. Ein Lederbeutel an einem Schulterriemen schlug gegen seine Hüften, als er die Stufen herunterkam, die wie hölzerne Vögel geformt waren.

»Trudy!« rief er, sah Dave, blieb stehen und drehte mißtrauisch den Kopf zur Seite. »Wer sind Sie?«

»Brandstetter«, sagte Dave.

»Es ist wegen Larry, nicht wahr?« fragte der Junge.

»Ja. Und wer sind Sie?«

Der Junge lachte humorlos. »Sie hat gedacht, niemand findet es heraus. Ich hab' ihr gleich gesagt, daß das lächerlich ist. Ein Mord! Sie würden es herausfinden, weil sie sich darum bemühen. Tom hat es gewußt. Aber Gail nicht. Sie hat es nicht geglaubt.«

»Niemand bemüht sich darum«, erwiderte Dave. »Nur ich. Die Polizei ist zufrieden mit Johns. Ich bin es nicht.«

Der Junge schaute ihn ungläubig an. »Sie sind doch ein Privatdetektiv, oder? Gibt es das heute überhaupt noch? Ich meine, wie Cannon und all die anderen in der Glotzkiste?« Sein Lachen war laut und gezwungen. Seine Augen blieben wachsam.

»Soviel ich weiß, nicht«, sagte Dave. »Ich arbeite für eine Versicherung. Da geht es um Geld, nicht um Phantasie. Wohnen Sie hier? Kennen Sie Larry Johns?«

»Ich bin den Sommer über hier, als Trudys Gast. Vom College. Ja, ich kenne ihn. Tom hat Trudy Zeichnungen und Pläne und alles mögliche über das Haus geschickt. Aber von Larry hat er nie etwas geschrieben. Ich wäre am liebsten gleich zurückgeflogen, aber mein Flugticket gilt erst nach vierzig Tagen für den Rückflug.«

»Haben Sie ihn nicht gemocht?«

Der Junge bewegte den Mund, als hätte er in etwas Fauliges gebissen. »Mögen Sie den Typ *Midnight-Cowboy*? Ich nicht.«

Dave zog eine Augenbraue hoch. »So sehen Sie ihn also?«

»So ist er. Nur, daß der Kerl in dem Film keinen Erfolg hatte, als er seinen Arsch verkaufen wollte. Larry hat es besser gekonnt.« Der Junge warf einen Blick auf den Raum. »Sehen Sie doch, wo er gelandet ist.«

»In Schwierigkeiten ist er gelandet«, sagte Dave. »Und zwar von der schlimmsten Sorte. Warum wollten Sie zurückfliegen? Das ist ein großes Haus. Mußten Sie über ihn stolpern?«

»Ich nicht«, sagte der Junge säuerlich. »Aber Trudy. Zum Kotzen. Ein texanischer Stiernacken.« Er zog die gerade Stirn über den buschigen Brauen in Falten. »Was ist bloß an denen dran, um alles in der Welt? Ich meine, sie beherrschen die sogenannte Zivilisation, ganz plötzlich. Im Ernst – momentan ist doch alles Country und Western. Ist Ihnen das nicht aufgefallen? Sogar die Politik. Washington ist voll von ihnen. Und dieser Dialekt – zum Kotzen. Sogar bei den Reportern. Mir kommt es vor, als würden alle Fernsehgeräte in Amarillo hergestellt, oder was. Sein Vater hat auf den Ölfeldern gearbeitet und konnte kaum seinen Namen schreiben. Damit hat er auch noch geprahlt!«

»Waren Sie vielleicht ein bißchen eifersüchtig?« fragte Dave.

Er verengte die Lider und zeigte die Zähne. »Braunauge«, zischte er, »sag, daß du mich liebst, oder ich töte dich.« Dann ließ er die Parodie sein. »Nee. Ich hab' ihr gesagt, was er ist. Ein Strichjunge. Hat ihren Onkel ausgenommen, so gut er konnte. Aber das hat ihr gar nichts ausgemacht. Er tat ihr leid!«

Irgendwo hinter hölzernen Schotten rief das Mädchen: »Mr. Brandstetter?« Dave ging ein paar Schritte und reckte den Kopf. Sie stand unter einer Tür, und ein Licht wie auf den Bildern von Vermeer fiel auf sie. »Entschuldigen Sie mich«, sagte er zu dem Jungen und ging auf die Tür zu. Der Junge kam hinter ihm drein, und seine nackten Füße klatschten auf dem Holzboden.

Das Licht kam durch eine große Luke oberhalb der Tür. In dem Raum dahinter stand ein hohes Krankenhausbett, aber eigentlich war es ein Arbeitszimmer. Unter den Fenstern ein Zeichentisch: Quadrate, Rechtecke, Dreiecke. Lichtpausen, Etagenpläne, Aufrisse. Halbleere Regale. Rohe ungebeizte Hocker aus einem Möbelgeschäft, die Preisschilder noch an den Querstreben. Dachfenster, die das Nordlicht hereinließen. Unten in einer Ecke ein Fenster, das wie ein Bilderrahmen Felsen umgab, und die schäumende Brandung.

Tom Owens lag im Bett. Etwa fünfunddreißig, mit langen Knochen, langem, hellrotem Haar, einem hellroten Schnauzbart. Gelb war nicht die richtige Farbbezeichnung für seine Augen. Lohfarben wäre besser gewesen. Ein Gestell am Fußende des Betts war mit Gewichten und Zügen versehen, die Tom Owens' Beine hochhielten. Die Beine waren beide in Gips. Das Bett war übersät mit Zeitschriften und Taschenbüchern. Ein Mann stand an der gegenüberliegenden Seite. Eine braune Sporthose, ein T-Shirt, ein dünner, roter Anorak – jungenhaft, und alles neu. Er lachte, aber der Eindruck, den er vermittelte, war eher traurig. Er war vielleicht etwas jünger als Owens, aber das Leben hatte ihm härter mitgespielt. Owens lächelte über das, was er gesagt hatte. Dann drehte er den Kopf auf dem Kissen, sah Dave, und das Lächeln verschwand. Aber er streckte ihm die Hand entgegen.

»Dave Brandstetter. Nachdem Sie gestern angerufen hatten, erinnerte ich mich an Sie.«

Dave schüttelte ihm die Hand. »Wir haben uns bei Madge Dunstan getroffen.«

»Wie geht es Madge?« Owens nahm eine Zigarettenschachtel von einer zusammengefalteten Zeitung. Die *Los Santos Tide*. BEERDIGUNG DES ERMORDETEN BARBESITZERS. »Kennen Sie schon meine Nichte Trudy?« Er zündete sich eine Zigarette an. »Und Mark Dimond? Ihr –« er blinzelte ihr amüsiert zu, »hör mal, sagt man eigentlich immer noch Verlobter?«

Trudy schüttelte den Kopf. »Freund«, verbesserte sie.

»Ihr Alter«, sagte Mark Dimond.

»Richtig.« Trude lachte und gab ihm einen Kuß auf die Nase. Dann schaute sie ihren Onkel an. »Alles in Ordnung? Kann ich dir was bringen? Ich weiß nicht, warum Mutter nicht schon lange zurück ist. Wir wollten Möwen und Brandung und so weiter auf Band aufnehmen.«

»Geht nur zu.« Owens lächelte. »Ich fühle mich wohl und habe alles, was ich brauche.«

Sie gingen. »Wir nehmen die Hunde mit«, rief Trudy, und Mark Dimond stöhnte.

Dave sagte: »Madge geht es gut, aber was ist Ihnen denn passiert?«

»Ich habe mich ans Terrassengeländer gelehnt.« Er richtete den Kopf nach oben, um anzudeuten, welche Terrasse er meinte. »Es war nicht ordentlich verankert, nur provisorisch, mit Nägeln. Ein Detail, das Elmo Sands übersehen hat. Mein Bauunternehmer. Ich konnte es kaum glauben. Er vergißt sonst nie etwas. Niemals. Aber das Geländer gab nach, und ich landete unten auf den Felsen. Nicht sehr elegant, wie Sie sich denken können.«

Dave zuckte zusammen bei dem Gedanken, und der Mann auf der anderen Seite des Betts sagte: »Hör zu, Tommy, ich glaube, ich muß jetzt gehen.« Er schaute Dave mit weichen Kinderaugen unter dichten, langen Wimpern an. »Du hast Wichtigeres zu tun.«

»Vern –« Owens streckte die Hand aus und drückte den

Arm des anderen. »Es war gut, daß du hergekommen bist. Dave Brandstetter – Vern Taylor. Vern ist nach siebzehn Jahren wieder aufgetaucht. Was sagt man dazu?« Owens' Augen lächelten den Mann mit echter Zuneigung an, wie ein kleiner Junge seinen Spielkameraden anlächelt.

»Wir sind in dieselbe Schule gegangen. In West Los Angeles.« Taylor kam um das Bett herum und schüttelte Dave die Hand. »Wir haben in der gleichen schäbigen Straße gewohnt. Und unsere beiden Väter haben Kurzwaren bei Sears verkauft.« Er musterte Dave von oben bis unten. Dave kam sich vor, als sollte sein Preis geschätzt werden. Taylor zeigte ein Kindergeburtstagslächeln, das von schlecht reparierten Zähnen verunziert wurde. »Und jetzt ist er ein großer Architekt. Sie auch?«

»Versicherungen«, sagte Dave. »Schadensermittlung.«

Mit Taylors Lächeln war etwas passiert. Er sagte vorsichtig: »Ach, tatsächlich?« Dann versuchte er, seine Euphorie wieder aufleben zu lassen. »Es sieht vielleicht verrückt aus für einen Fremden, aber ich bin wirklich begeistert. Kein anderer aus unserer Klasse hat es geschafft. Ich schon gar nicht.« Sein Lachen war nicht einmal ironisch, nur traurig. »Ich habe geradezu nach dem klassischen System versagt. Genau wie mein Dad. Aber schauen Sie sich den hier an!« Er hob die Hände und ließ sie wieder sinken. »Schauen Sie ihn an! Ist das nicht großartig? Als ich ihn zuletzt sah, stolperte er über die Hürden beim Turnunterricht, genau wie wir alle. Und wann hab' ich ihn danach gesehen? Bei einer großen Talkshow im Fernsehen. Auf bunten Seiten in teuren Zeitschriften – Strandhäuser für Filmstars, aufsehenerregende Stadthäuser. Er ist eine Berühmtheit.« Taylor griff nach Owens' Hand und schüttelte sie kräftig. »Hör zu, Tommy, ich komme wieder. Aber jetzt hast du zu tun – ich meine, du hast wichtigeren Besuch als mich. Wieviel Zeit bleibt dir schon für einen Niemand wie Vern Taylor?«

Als er an der Tür angelangt war, drehte er sich um. »Aber wir haben gelacht, nicht wahr? Über die alten Zeiten?«

»Es war ein netter Vormittag«, sagte Owen. »Komm doch wieder, wann immer du Lust hast.«

»Schön, aber jetzt muß ich weiter.« Taylor hob grüßend eine Hand und ging.

»Setzen Sie sich«, sagte Owens zu Dave. Seine Stimme klang schwer und ein wenig belegt. Dave setzte sich in einen von zwei neuen Regiesesseln – gebeiztes Kiefernholz, orangefarbene Leinenbespannung. Owens sagte: »Jetzt haben Sie also herausgefunden, wo er wohnte. Ist das wichtig? Ich meine, müssen Sie das wissen? Er wollte es nicht verraten.«

»Er wollte nicht, und er hat es auch nicht verraten«, sagte Dave. »Warum eigentlich?«

»Um mich zu schützen«, antwortete Owens. »Sie haben sich vermutlich Ihre Meinung über Larry gebildet. Das hat jeder. Und es ist immer dieselbe. Ein Strichjunge. Ohne Moral. Nun, ich muß Ihnen sagen, daß das nicht stimmt.«

»Was hatte er in Rick Wendells Bett zu suchen?«

Rote Flecken erschienen auf Owens' Wangen. »Darüber rede ich nicht. Ich weiß es nicht, aber ich weiß, daß er es mir erklärt hätte.«

»Und Sie hätten akzeptiert, was er sagte?« fragte Dave. »Ein angenehmes Arrangement. Für ihn.«

»Ich wollte vorhin sagen, er könnte niemanden töten. Er hat das gar nicht in sich.«

»Warum ist er mit Wendell gegangen?« Dave schaute sich um. »Ich habe das Haus von Wendell gesehen. Hier ging es Johns sicher besser. Sie haben ihn ausgehalten, nicht wahr?«

Owens erwiderte verteidigend: »Er hatte keine Familie. Sein Vater hat seine Mutter verlassen, als er geboren wurde. Die Mutter hat ihn in ein Heim gesteckt, dann ist auch sie untergetaucht. Er ging von Hand zu Hand, bis er alt genug war, selbst zu entscheiden, wohin er gehen wollte. Keine erwähnenswerte Erziehung, keine Möglichkeit. Ich wollte das ändern.«

»Jeder Strichjunge vom Hollywood Boulevard erzählt diese Geschichte«, sagte Dave.

»Vielleicht ist sie wahr.« Owens war bereit zum Kampf. »Vielleicht sind sie deshalb am Hollywood Boulevard.«

Dave brummte, beugte sich vor und hielt Owens seine Zigarettenschachtel hin. »War Wendell vielleicht mit ihm befreundet? Oder hat sich Johns hier einsam gefühlt, ist hinaufgegangen zur Straße und hat den Daumen hochgehalten? Und Wendell hat angehalten? Er war angeblich unterwegs, um seine Mutter ins Kino abzuholen.«

»Ich weiß es nicht.« Owens nahm eine Zigarette, rollte sie mit seinen langen, knochigen Fingern und schaute sie dabei mit grimmiger Miene an. »Wenn Sie glauben, ich hätte in den letzten Tagen gut schlafen können, dann täuschen Sie sich. Ich habe viel darüber nachgedacht.« Dave ließ sein stählernes Feuerzeug aufschnappen, und Owens steckte sich die Zigarette zwischen die Lippen und wandte den Kopf zur Seite, um sich von Dave Feuer geben zu lassen. »Danke. Vielleicht ist der Kaffee in diesem Ding hier noch heiß.« Auf einem Drehtisch neben dem Bett standen Keramikbecher neben einer dickbauchigen Plastikkanne. Dave ging hin, schraubte den Verschluß ab, schenkte zwei Becher ein und schraubte die Kanne wieder zu. Owens drehte einen Knopf am Bettrahmen, der einen kleinen Motor zum Summen brachte und den Kopfteil des Betts ein wenig nach oben hob. Dave reichte ihm einen Becher. Owens sagte: »Wendell war der Besitzer einer Schwulen-Bar. Vielleicht hat Larry ihn gekannt.«

»Das *Hang Ten*«, sagte Dave. »Waren Sie schon mal da?«

»Nein. Ich habe Anzeigen in Zeitschriften gesehen. Am Strand unten, in Surf?«

»Genau. Hat Johns jemals davon gesprochen?«

»Nicht daß ich wüßte.« Owens trank den Kaffee, preßte dann die Lippen zusammen und schüttelte den Kopf. »Larry war in vielen Dingen sehr vage. Er hat mir auch nicht gesagt, wie lang er schon hier in der Szene war. Ich habe ihn nicht gedrängt, es war mir auch egal. Ich war glücklich, ihn gefunden zu haben.«

»Lassen sie mich raten«, sagte Dave. »Er ist der erste.«

»Früher gab es die Saunen, die Rücksitze im Wagen, billige Motels. Bis ich es unerträglich fand.« Owen lachte traurig. »Aber ja, er war der erste, den ich mit nach Hause genommen habe. Früher lebten wir ziemlich eng beisammen. Gail, Trudy und ich.« Er schaute sich in dem weiten Raum um. »Wenn ich mich daran erinnere, kommt es mir vor wie ein böser Traum. So, wie wir gelebt haben. Meistens vom Arbeitslosengeld. Ich bekam Gelegenheitsjobs als Konstrukteur und Zeichner. Regierungsprojekte – für das County, den Staat: Schulen und Krankenhäuser. Es dauerte immer nur so lange, bis mir irgendein sogenannter Architekt eine zu stupide Arbeit gab. Nicht, daß ich es ihm sagte – das war nicht meine Art. Ich bin einfach gegangen und habe mich nach einem neuen Job umgeschaut. Und nachts habe ich Häuser nach meinem eigenen Geschmack entworfen.« Er zuckte etwas beschämt mit den Schultern. »Sicher, ich habe von einem Larry Johns geträumt, aber es war nicht vernünftig. Ich hatte ja nicht einmal die Zeit dazu. Ganz zu schweigen vom Geld. Ich hatte eine Familie, um die ich mich kümmern mußte.«

»Haben Sie Trudy bei sich aufwachsen lassen?« fragte Dave. »Das war sehr großzügig von Ihnen.«

Owens wischte es beiseite. »Es ist einfach so gekommen. Sie war vier, als ihr Vater in Korea umgekommen ist. Nicht im Krieg, erst danach. Als Besatzungssoldat. Ein Unfall mit dem Jeep. Seine Pension reichte nicht für zwei. Gail hätte arbeiten müssen. Aber sie war ungeschickt. Außerdem – wo hätten wir das kleine Mädchen lassen sollen?«

»Nun ja, ein Baby war sie nicht mehr«, sagte Dave. »Und jetzt haben Sie Zeit. Und Geld. Und ein eigenes großes Haus. Also konnte es einen Larry Johns geben, nicht wahr? Wo haben Sie ihn aufgegabelt?«

Wieder errötete Owens, blickte zur Seite und murmelte: »Er stand als Anhalter an der Auffahrt zur Schnellstraße. Ich war bei einem Dinner der Architektengilde gewesen. Ich war total erledigt.« Er wandte sich wieder Dave zu. »Ich dachte mir, morgen früh tut es dir leid, aber es war nicht so.«

»Tut es Ihnen jetzt leid?« fragte Dave. »Sie haben sich nicht gerade gerissen darum, ihm in seiner derzeitigen Situation zu helfen.«

»Ich griff sofort nach dem Telefonhörer, nachdem ich am Dienstag abend die Nachrichtensendung gesehen hatte.« Er warf einen Blick auf das Fernsehgerät, das in einem Regal stand. »Gail hat mir das Telefon weggenommen. Genau wie sie gestern aufgelegt hat, als Sie anriefen. Sie weiß immer, was gut ist für mich.« Er schnitt eine Grimasse. »Ich glaube, ich habe ihr das zu lange durchgehen lassen. Im Lauf der Jahre ist es zur Gewohnheit geworden. Eine schlechte Gewohnheit, für uns beide.«

»Ihre Schwester versucht, Sie zu schützen«, sagte Dave. »Bei Johns haben Sie das respektiert.«

Die gelben Augen blinzelten. »Okay – *touché*. Sie haben recht. Sie liebt mich. Wie eine Bärenmutter.«

»Wollten Sie einen Anwalt anrufen?« fragte Dave.

Owens nickte. »Gail sah nur, daß mein Name in den Dreck gezogen werden konnte. Ein Skandal! Homosexualität. Mord. Mir war es egal. Ich liebe ihn. Und er liebt mich.«

»Aber er ist zu Wendell gefahren«, sagte Dave.

»Trotzdem liebt er mich.« Owens blieb stur. »Das erkennt man schon daran, wie er meinen Namen aus der Sache herausgehalten hat. Und Tag für Tag – es gibt Dinge, die man einem nicht vorspielen kann.«

»Kommt ganz darauf an, wer sie beurteilt.« Dave wandte sich dem Fenster zu und trank einen Schluck Kaffee. Draußen beugte sich Trudy über das Tonbandgerät, das auf einem Felsblock stand, während die Hunde um sie herumsprangen und Dimond in der Brandung stand und ein Mikrofon hochhielt. »Was hat er ihnen gesagt – wo wollte er an diesem Abend hin?«

»Er hat gar nichts gesagt. Ich hatte Tabletten genommen.« Er nickte in Richtung auf seine Gipsbeine. »Das Jucken kann einen verrückt machen. Als ich aufwachte, war er nicht mehr hier. Er war nicht mehr im Haus. Trudy war da. Ich ließ sie nachsehen.«

»Was ist eigentlich mit Trudys Gesicht passiert?«

»Sie hat den Wagen ihrer Mutter kaputtgefahren. Ein Vega, noch keine sechs Monate alt. Die Bremsen versagten. Sie und Mark waren weiter oben im Canyon, wollten zu einem Rock-Festival. Der Wagen Totalschaden, aber die zwei sind einigermaßen glimpflich davongekommen. Er hat sich ein paar Rippen angeknackst, und sie hat zwei Zähne verloren und ein blaues Auge bekommen. Aber wenn man bedenkt –«

Dave zog die Stirn in Falten. »Wann war das?«

»Am Sonntag vor einer Woche. Zwei Tage später bin ich von der Terrasse gefallen.« Owens trank seinen Kaffee aus. »Es hätte viel schlimmer ausgehen können. Auf einmal schien meine Glückssträhne zu Ende zu sein. Immerhin – ich lebe, und die Kinder sind auch wohlauf. Die Sequoia-Versicherung hat ohne Murren bezahlt. Also war alles mehr oder weniger in Ordnung. Dann kam diese Sache mit Larry. Man sagt, das Pech sucht einen dreimal nacheinander heim. Ich hoffe, damit ist die schlechte Strähne zu Ende.«

»Bestimmt nicht für Larry«, sagte Dave. »Für ihn hat sie eben erst begonnen. Die Polizei und der Staatsanwalt bringen ihm nicht so viel Vertrauen entgegen wie Sie. Die wollen ihn für immer hinter Gitter sehen.«

»Und Sie?« fragte Owens. »Was wollen Sie?«

»Ich will herausfinden, was wirklich geschehen ist. Keine Versicherung ist glücklich, wenn einer ihrer Kunden ermordet wird. Schon gar nicht, wenn dabei so viel ungewiß ist und so viele Fragen bleiben. Zum Beispiel: Hätte Johns fünfzehnhundert Dollar gebraucht?«

Owens drückte seine Zigarette aus und riß den Kopf hoch, als er Daves Satz verstanden hatte. »In den Nachrichten stand nichts von einem Raubmord.«

»Und er hat Sie nicht um Geld gebeten?«

»Weder damals noch je zuvor«, sagte Owens. »Also ein ziemlich merkwürdiger Strichjunge, finden Sie nicht?« Er lachte kurz, dann zog er die Stirn in Falten. »Was hätte er mit fünfzehnhundert Dollar anfangen sollen?«

»Ich weiß es nicht, und er hat sie auch nicht bekommen.« Dave beugte sich vor, um seine Zigarette auszudrücken. »Aber Wendell hat das Geld auf dem Weg zur Arbeit von der Bank abgehoben, der leere Umschlag lag zu Hause auf seinem Schreibtisch, und mich hat man belogen, was den Verwendungszweck des Geldes betrifft.« Dabei fiel ihm Ace Kegan ein; er schaute auf die Uhr und reichte dann Owens die Hand. »Ich muß weg. Tut mir leid, wenn Ihnen dieses Gespräch unangenehm gewesen sein sollte.«

Owens hielt Daves Hand einen Augenblick. »Sie können ihm helfen, nicht wahr? Madge sagt, Sie sind Spitze in Ihrem Beruf. Sie finden die Antworten, wenn die Polizei versagt.«

»Aber nur, wenn es Antworten gibt.« Dave ging zu der Tür mit dem Fenster darüber. Als er die Hand auf dem Griff hatte, drehte er sich um. »Ist Larry Johns gefestigt – ich meine, emotionell? Oder leidet er an – sagen wir, depressiven Stimmungen?«

»Sie meinen, ob er vielleicht den Verstand verloren hat und Wendell tötete, weil dieser versucht hat, ihn zu verführen? Nein. Larry ist unkompliziert. Es gab vor einiger Zeit eine Redensart, die seine Haltung ziemlich genau beschreibt: ›Wenn du dich dabei gut fühlst, tu es.‹«

»Und das schließt nicht das Töten von Menschen ein?« fragte Dave.

»Bestimmt nicht«, sagte Owens.

Kapitel 6

Der kleine Wagen war mindestens zehn Jahre alt – schwedisch, französich, italienisch? Die Farbe dunkelrot wie getrocknetes Blut. Er stand an der Leitplanke, einem breiten Stahlband, das an festen Stahlpfosten montiert war und die Straße vom Strand abgrenzte. Die kleine Motorhaube am Heck des Wagens war aufgeklappt und gewährte Einblick in einen verdreckten, kleinen Motorraum. Vern Taylor stand da und starrte hinein; der Wind vom Meer zupfte an seinem dünnen, roten Anorak. Dave lenkte seinen Wagen auf den Randstreifen und stieg aus. Taylor zog erst die Stirn in Falten, dann lächelte er.

»Oh, hallo. Nett, daß Sie angehalten haben. Ich weiß nicht, was kaputt ist. Er ist auf einmal stehengeblieben.« Möwen kreisten kreischend über ihnen. Taylor schaute hinauf, als wären sie an seiner Panne schuld.

»Verdammt, ich hab' das Ding erst vor ein paar Wochen gekauft.« Sein Lächeln wirkte gezwungen. »Na ja, hat nicht viel gekostet. Aber man hätte doch denken können, es hält wenigstens ein paar Monate.«

»Es hält meistens nur so lange, bis der Händler umgezogen und seiner Firma einen neuen Namen gegeben hat.« Dave bückte sich, um hineinzuschauen in den Motorraum. »Haben Sie schon alles versucht?«

»Ich hab' zwar eine Weile in Garagen gearbeitet, aber ich kenne nicht alle Tricks.« Taylor hatte aufgegeben. Er schaute hinauf zum leeren Himmel, hinüber zu den leeren Hügeln und hinaus auf den leeren Ozean. »Ausgerechnet hier draußen. Können Sie mich mitnehmen? Nach Surf?«

»Kein Problem.« Dave knallte den blechernen Motorraumdeckel zu und ging zu seinem Electra, der in der Sonne silbern funkelte, öffnete die Beifahrertür, schritt um den Wagen herum und setzte sich hinter das Lenkrad. Taylor stieg vorsichtig ein, als fürchtete er, die neuen Polster zu verdrecken. Er zog die Tür behutsam zu und saß dann steif da wie ein Kind in der Kirche. Dave steuerte den Wagen wieder hinaus in den Verkehr der Küstenstraße.

»Schöner Wagen«, sagte Taylor. »Versicherungen machen viel Geld, wie? Ich hab' das mal irgendwo gelesen. Es sind die reichsten Gesellschaften des Landes.«

»Mein Vater ist die Gesellschaft«, sagte Dave. »Ich selbst bin nur ein Angestellter. Der Wagen gehört der Firma.«

»Medallion«, sagte Taylor. »Das ist der Glas- und Stahl-

Turm am Wilshire Boulevard. Schön. Wissen Sie, was mein Vater gemacht hat?«

»Er hat Kurzwaren bei Sears verkauft«, sagte Dave.

»Richtig. Ich hab' mal in einem Buch gelesen, wenn der Vater erfolgreich war, wird es der Sohn auch.«

»Er hat schwer dafür gearbeitet«, sagte Dave.

»Und wenn er stirbt, erben Sie alles.« Taylor fand eine ramponierte Zigarette in seinem roten Anorak und zündete sie mit einem Streichholz an. »Als mein Vater starb, was glauben Sie, hab' ich geerbt? Seine Rechnungen. Ich mußte sie bezahlen. Damals ging es mir ein bißchen besser als ihm. Ich hatte keine Frau und keine Kinder zu versorgen. Ich habe dieses Buch Lügen gestraft. Wenigstens für 'ne Weile. Aber das war schon vor einiger Zeit.« Er hielt das brennende Streichholz in der Hand. Dave zog den Aschenbecher aus dem Armaturenbrett heraus. Taylor legte das Streichholz sorgfältig hinein. »Ich habe auch in Architektur gemacht, wissen Sie. Nun ja, eigentlich mehr als technischer Zeichner. Tom und ich haben gemeinsam in einem Büro gesessen, nebeneinander. Ich verdiente immerhin genug, um das bezahlen zu können, was mein Vater an Schulden hinterlassen hat. Wenn er heute sterben würde, wüßte ich nicht, was ich tun sollte. Ich bin nicht mehr technischer Zeichner.«

»Was machen Sie dann?« fragte Dave.

»Ich spüle Geschirr«, antwortete Taylor mit dünner Stimme. Aber als Dave ihn anschaute, lächelte er wie ein mutiger kleiner Junge, der sich das Knie aufgeschlagen hat. »Am Marina. Dort gibt es 'ne Menge feiner Restaurants. Ich meine, eigentlich fülle ich ja nur diese großen Spülmaschinen. Die tun dann die Arbeit. Aber man nennt das doch Geschirrspüler. Ich wette, Tom ißt dort, wo ich das Geschirr spüle. Ist das nicht ein Witz? Sein Vater hat auch bei Sears gearbeitet. Sie wohnten genau wie wir in einem kleinen Häuschen im selben Block.«

»Vorläufig wird er nicht in Restaurants essen«, sagte Dave.

»Ach, Sie meinen, wegen der Beine. Waren Sie deshalb

heute bei ihm? Wegen dem Unfall? Junge, das war wirklich schlampig von der Baufirma. Wenn man sich das vorstellt – ein so schönes Haus! Und dann ist nicht mal das Geländer der Terrasse festgemacht.«

»Es hätte schlimmer kommen können«, sagte Dave. »Owens könnte jetzt tot sein.«

»Das glaube ich nicht«, antwortete Taylor.

Dave warf ihm einen Blick zu.

»Wirklich. Ich hab' mal in einem Buch gelesen, wenn man viel Geld hat, passieren einem kaum ernsthafte Unfälle. Oder Krankheiten. Das heißt natürlich, solange man nicht alt ist. Und die Reichen altern nicht einmal so schnell wie die Armen. Ist das nicht interessant? Ich meine, es gibt Statistiken darüber. Das Geld bewirkt so etwas wie Magie. Es ist die Magie unserer Leistungsgesellschaft. Geld schützt einen vor allem. Nichts kann das Geld übertrumpfen. Angenommen, Tom hätte jemanden umgebracht.«

Dave kniff die Augen zusammen. »Glauben Sie, daß er jemanden umgebracht hat?«

»Nein, nein. Aber ich meine, was wäre, wenn? Er käme davon. Leute wie er können sich teure Anwälte leisten, und die wissen, wie man einen Prozeß hinauszieht, immer wieder, wie man eine Berufung nach der anderen einlegt. Sie können bis zum Obersten Bundesgericht gehen, wenn das nötig ist. Und wenn man ihn dort immer noch schuldig spricht, bekommt er nur eine geringe Strafe. In ein paar Monaten ist er wieder draußen. Wenn man arm ist, sitzt man schon monatelang, bevor der Prozeß beginnt.« Er quasselte plötzlich wie ein aufgeregtes Kind. Sein Ton freilich war bitter. »Und dann nageln sie dich fest.«

An einer Kreuzung, wo rechts die verkohlten Überreste eines ausgebrannten und zusammengesackten Vergnügungspiers in die Höhe ragte, bog Dave mit seinem Electra in die Jetty Street ein. An der Ecke standen eine Chilibude, die Miniaturausgabe eines Leuchtturms, dessen Gipsverkleidung schon abbröckelte, mit dreckigen, rotgerahmten Fenstern.

Auf Abstellplätzen mit verrosteten Zäunen ruhten vergessene Boote kieloben auf überwucherten Gerüsten. Autofriedhöfe grenzten an verlassene Verkaufsbuden. Hölzerne Steuerräder mit abgeblättertem Furnier hingen neben den Türen zu kleinen Strandhäusern. »Vielleicht sollten Sie ein anderes Buch lesen«, sagte Dave.

»Wieso?« Taylor zog ein kleines Notizbuch aus einer Hüfttasche und legte seinen Anorak zusammen, damit er ihn als Schreibunterlage benützen konnte. »Und wie heißt es?«

»Ich meine, irgendein Buch«, sagte Dave. »Auf jeden Fall ein anderes.«

Taylor steckte das Notizbuch weg. »Sie sind also nicht meiner Meinung? Nein, das kann ich sehen. Sie sind ja selbst reich. Ich meine, psychologisch gesehen ist es ja ganz normal. Genau wie es normal ist für mich, zu glauben, was in meinem Buch steht. Weil ich arm bin.«

»Wo soll ich Sie absetzen?« fragte Dave.

»Ach, biegen Sie an der nächsten Ampel rechts ab. Die Cortez. Es ist in der Mitte des Blocks.« An einer trübseligen, aber sonnenhellen Ecke warteten schwarze Frauen mit leuchtend bunten Kopftüchern in einem Gewühl von kleinen Kindern vor einem Geschäft, an dessen Fenster ein Schild mit der Aufschrift LEBENSMITTELMARKEN hing. Taylor streckte den Arm aus. »Dort.« Das Haus, auf das er zeigte, war ein viereckiges, hellbraunes, dreistöckiges Gebäude. Eine windschiefe Außentreppe führte seitlich nach oben, und an der falschen Fassade verblichen die Buchstaben ZIMMER MIT MEERESBLICK – WOCHENMIETEN! Dave hielt am Randstein.

»Es ist eine Lüge.« Taylor zeigte wieder sein Kleines-Jungen-Lächeln mit den schlechten Silberfüllungen in den Zähnen. »Man sieht keinen Quadratmeter Ozean. Bestimmt nicht von meinem Zimmer aus. Die billigen gehen nach hinten raus. Was ich sehe, sind Ölbohrtürme. Aber es ist schön, so nahe am Strand zu wohnen. Zuvor habe ich immer in Los Angeles gewohnt. Hören Sie, vielen Dank, daß Sie mich mitgenommen haben. Sie haben mich wirklich gerettet. Hoffentlich mußten Sie keinen allzu großen Umweg machen meinetwegen. Es war wirklich nett, Sie kennengelernt zu haben.« Er streckte Dave die Hand entgegen. »Sie sind der einzige neue Freund von Tom, den ich kennengelernt habe. Und Sie sind genauso, wie ich es erwartet habe.«

»Ja«, sagte Dave. »Ich trage Dreihundertdollaranzüge und fahre einen Achttausenddollarwagen. Mr. Taylor – hören Sie auf, die Leute danach zu beurteilen.«

»Es ist typisch amerikanisch«, sagte Taylor.

»Und nigerianisch. Und bolivianisch«, sagte Dave. »Bei den Sumerern hat es angefangen.«

»Verstehen Sie mich nicht falsch«, erklärte Taylor. »Ich freue mich über Toms Erfolg. Ich meine, schließlich haben wir gemeinsam das Leben angefangen. Wir waren gute Freunde.« Seine weichen, braunen Augen richteten sich auf Dave. Sie waren zu ruhig. »Sehr, sehr gute Freunde. Besonders einen Sommer lang.« Eine leichte Röte verdunkelte die rauhe Haut seiner Wangen. »Wenn Sie verstehen, was ich damit sagen will.«

Dave brachte ein Lächeln zustande.

»Sicher wissen Sie es. Ich wußte, daß Sie es wissen. Also verstehen Sie auch, wie glücklich es mich macht, daß sich wenigstens einer von uns einen Platz im Leben erobert hat. Es ist die Wahrheit. Ich freue mich darüber nicht weniger, als wenn es mir selbst so ergangen wäre.«

»Richtig.« Dave schob seine Manschette zurück und schaute auf die Uhr.

Taylor verstand die Geste und öffnete die Wagentür. »Sie müssen weiter, haben es eilig. Wenn man in Ihre Einkommensgruppe kommt, muß man den ganzen Tag arbeiten. Wenn einer denkt, daß man es sich mit Geld leicht machen kann, ist er ein Idiot. Ich hab' das in einem Buch gelesen. Ich weiß es.« Er stieg aus, drückte die Tür zu und bückte sich, daß das Fenster sein verwittertes Jungengesicht einrahmte, während der Wind an seinem weichen Haar zerrte. »Vermutlich reden Sie jetzt mit dem Besitzer der Baufirma über das Terrassengeländer.«

»Jetzt nicht«, sagte Dave. »Aber früher oder später.«

»Er wird es auf einen Arbeiter schieben«, erklärte Taylor. »Und der arme Teufel wird gefeuert.«

»Was ist mit Ihrem Wagen?« fragte Dave.

Taylor schaute ihn zweifelnd an. »Ich werde mir was einfallen lassen müssen. Ich brauche einen Wagen. Verdammt, gerade heute hab' ich eine wichtige Verabredung.« Jetzt zeigte er wieder das ausgefranste Lächeln. »Außerdem muß ich beweglich sein, muß das eine oder andere erledigen. Haben Sie gewußt, daß es jetzt Filme gibt, wo sie *alles* zeigen?« Sein Grinsen wirkte vorpubertär. »Und Jungs, die nackt in den Bars tanzen? Man nennt sie Go-go-Boys. Die Bars haben einen Wettbewerb ausgeschrieben für den hübschesten Jungen.« Er stützte sich auf den Fensterrahmen und erhob sich. »Das will ich nicht versäumen.« Er wandte sich ab. »Und meine Freunde«, sagte er versonnen. »Ich muß meine Freunde besuchen.«

Der Wind hatte Bobbys langes, gelbblondes Haar in sein Gesicht geweht. Er schlief in seiner kleinen weißen Badehose auf einem großen Handtuch, das mit bunten Blumen bedruckt war. Der Strand war bevölkert – Surfer, Mädchen, die so gut wie nackt waren, Babys, ganz nackt, Hunde. Aber selbst aus der Entfernung von Ace Kegans Terrasse aus – niemand zu Hause in der Wohnung dahinter –, hatte Dave den Jungen deutlich erkannt. Dave watete durch eine Brandung aus Gitarrenakkorden und Bongotrommeln und setzte sich neben dem Handtuch hin. Er zog einen Schuh aus, schüttelte den Sand heraus, zog ihn wieder an. In Bobbys Ohr plärrte ein kleines Batterieradio mit breiter Ekelstimme etwas von Limonaden. Dave band den Schuh zu und sagte zu Bobby: »Hat Ace Ihnen nicht gesagt, daß es riskant ist für Sie, allein hierherzukommen?«

Der Junge öffnete nicht die Augen. Sein hübscher Mund

murmelte: »Ich bin hier nicht allein. In meiner Nähe sind fünftausend Leute.«

»Wo ist Ace?« Dave leerte den zweiten Schuh. »Ich möchte ihn etwas fragen.«

»Er ist bei irgendeinem Rechtsanwalt.« Bobby wischte sich das Haar aus den Augen, stützte sich auf den Ellbogen und blinzelte gegen den hellen Himmel. »Warum – ist was?«

»Vielleicht.« Dave zog den zweiten Schuh an und band die Schnürsenkel zu. »Es sei denn, er spricht mit dem Anwalt über den Umbau seiner Bar.«

»Was?« Bobby schnitt eine Grimasse, dann schaltete er das Radio ab. »Umbauen? Das *Hang Ten*?«

»Das hat er mir gesagt.«

»Dann haben Sie ihn falsch verstanden. Die haben das Lokal ja erst letztes Jahr umgebaut. Und das war teuer – sie haben alles mit Leder ausgeschlagen.« Auf dem Handtuch lagen eine leere Limonadendose, Papiertaschentücher in einer kleinen Schachtel, die mit alten Automodellen bedruckt war, eine braune Flasche mit Sonnenöl, eine Schachtel Marlboro. Bobby tastete nach seiner Sonnenbrille, setzte sie dann auf. Polaroid. Die Gläser spiegelten silbern. »Warum sollte er schon wieder umbauen? Das kostet viel Geld, und außerdem sieht die Bar noch wie neu aus.«

»Richtig.« Dave warf einen Blick auf die Taschenbücher, die neben dem Handtuch im Sand lagen. *Ein besserer Wortschatz in 30 Tagen. – Zeitgenössische amerikanische Lyrik. – Zen für Anfänger. – Die Besten und die Klügsten.* »Wenn man nicht genau hinschaut, könnte man denken, Sie lernen.«

»Ja, klar – Mensch, ich war eben müde. Ich war bis zwei Uhr morgens in dieser verdammten Bar.« Jetzt nahm er eine Zigarette aus der Packung und bemühte sich, ein Papierstreichholz anzuzünden, das der Seewind ausblies. »Wissen Sie, Ace ist hartnäckig, wenn er was aus einem machen will. Voller Energie. Er kann sich gar nicht denken, daß es mir nicht alles auf der Welt bedeutet, wenn ich diesen blöden Wettbewerb gewinne.«

Dave nahm sein Feuerzeug heraus und hielt die Hand vor die Flamme, bis Bobby seine Zigarette angezündet hatte. »Es ist doch nur zu Ihrem Besten«, sagte er.

»Ach, Scheiße.« Bobby drehte sich auf den Bauch und stützte das Kinn auf die verschränkten Arme. Der Rauch aus seinen Nasenlöchern trieb den Strand entlang. »Er sieht einfach nicht ein, daß ich nicht drei Dinge gleichzeitig tun kann. Er möchte einen Barkeeper, einen Collegestudenten und einen Bodybuilder – alles in einer Person.«

Dave wandte sich von den Büchern ab. »Sind Sie oft in der Bar beschäftigt?«

»Ace ist nervös; er rennt herum wie eine weiße Ratte, Sie wissen schon, wie man sie in den Labors hat. Er ruft fast jeden Abend an und sagt: ›Mach, daß du herüberkommst.‹«

Dave sah zu, wie Surfer vor einer großen Welle dahinglitten und dann in einem Durcheinander aus Armen, Beinen und Gischt verschwanden. Er sagte sehr behutsam: »Zum Beispiel am letzten Montag.«

»Ja, zum Beispiel«, antwortete Bobby. »Ganz plötzlich, um acht. Ich meine, da stapelt er Schallplatten von Opern und Sinfonien, die ich anhören soll, und eine halbe Bibliothek zum Lesen. Was heißt lesen – ich soll das, was in den Büchern steht, möglichst auswendig lernen. Dann ruft er an und sagt, ich soll den Abend im *Hang Ten* an der Bar aushelfen.« Er drehte sich wieder auf den Rücken. »Und morgens um sieben stellt er mir dann Fragen zu meinem gekochten Ei. Tolles Frühstück, zwei Tage die Woche – gekochte Eier. Er veranstaltet ein Quiz über die Musik und die Bücher. Wie hätte ich diese Scheißbücher denn lesen sollen? Ich habe gearbeitet, habe Hunderte von Biere gezapft, für hundert verrückte Tunten – da weiß man, was Arbeit ist.«

»Kann ich mir denken«, sagte Dave. »Hat er Ihnen gesagt, warum er weg mußte?«

»Moment mal.« Bobby setzte sich auf. »Das war der Abend, an dem Rick umgebracht worden ist.« Er drückte die Zigarette im Sand aus. »Wer sind Sie eigentlich?« Jetzt nahm er die Sonnenbrille ab. »Eine Art Bulle?« Er kniete im Sand. »Ja, vermutlich. Was gibt's sonst noch Neues? Scheiße.« Bobby hieb mit der Faust auf den Sand ein. Dabei sah er aus, als ob er im nächsten Augenblick heulen würde. »Jetzt hab' ich ihn auch noch in Schwierigkeiten gebracht.«

»Er war bereits in Schwierigkeiten.« Dave stand auf und klopfte sich den Sand vom Anzug. »Vermutlich besucht er deshalb seinen Anwalt.«

»Es ist wegen der Partnerschaft«, sagte Bobby laut. »Jetzt, wo Rick tot ist, gibt es eine Menge zu regeln.«

»Wann ist er am Montagabend zurückgekommen in die Bar?« fragte Dave.

»Gar nicht. Er war daheim, als ich dort ankam. Weggetreten, wenn Sie es genau wissen wollen. Hatte eine halbe Flasche Canadian Club getrunken.« Bobbys Augen wirkten plötzlich erschreckt.

»Aber er trinkt doch keinen Alkohol«, sagte Dave.

»Deshalb war er ja so weggetreten«, antwortete Bobby. »Hören Sie – was wollen Sie? Ihm den Mord an Rick anhängen?«

»Nein. Das ist Sache der Polizei. Aber es gefällt mir nicht, daß sich die Polizei mit diesem Verdächtigen zufrieden gibt. Da ist vieles, was mir unlogisch vorkommt. Was meinen Sie? Sie kennen Ace. Könnte er Rick Wendell umgebracht haben?«

»Jetzt machen Sie aber 'nen Punkt.« Bobby zitterte, und seine Lippen wirkten bläulich unter dem safrangelben Schnurrbart. »Gehen Sie, lassen Sie mich in Ruhe. Bitte, gehen Sie weg.«

»Immer mit der Ruhe«, sagte Dave. »Ich bin kein Polizist. Und ich will niemandem etwas antun. Nicht Ihnen und nicht Ace. Es läuft sowieso meistens anders, Bobby. Die Leute tun sich selbst etwas an. Und manchmal können ihre Freunde das schlimmste von ihnen abwenden. Wie zum Beispiel jetzt.«

Bobby sagte düster: »Er hat oft ziemliche Launen.« Jetzt setzte er die Brille wieder auf, kniete sich hin und sammelte seine Sachen ein. »Lassen Sie mich in Ruhe, ja. Ich will nicht mehr mit Ihnen reden, ist das klar?« Er ging weg und zog das bunte Handtuch hinter sich her. Dave folgte ihm.

»Solche Launen, daß er möglicherweise jemanden erschießt?«

»Nein. Er kennt nur Fäuste. Er schlägt. War schon mal deshalb vor Gericht.« Bobby ging mit längeren Schritten auf die Terrasse zu, wo der Chromständer des Punchingballs in der Sonne funkelte. Dave hielt Schritt mit dem jungen Burschen.

»Rick hatte einen neuen Freund. Hat sich Ace vielleicht Sorgen gemacht?«

»Was?« Bobby drehte sich um. Das Radio fiel zu Boden. Ein brauner, struppiger Hand kam unter einem Sonnenschirm hervor und schnüffelte daran. Bobby gab dem Hund einen Fußtritt und hob das Radio auf. Der Hund verschwand wieder hinter dem Sonnenschirm, wo ein Berg ältlichen Fleisches auf einer Bastmatte schlief. »Er hat nie etwas davon gesagt. Außerdem hätte er Rick nie weh tun können. Er hat ihn immer beschützt, diesen großen, dummen Bären. Sie waren Freunde, seit langen Jahren.«

»Bis daß der Tod sie schied«, sagte Dave.

»Ja. Und jetzt verpissen Sie sich, okay?«

Zwei Meilen strandaufwärts von Ace Kegans Terrassenwohnung saßen auf zerkratzten und zerschundenen Bänken entlang einem Kiesweg, der die verwitterten Apartmenthäuser mit Meeresblick und die kleinen, heruntergekommenen Läden vom Strand abgrenzte, alte Männer in der Sonne und stritten und diskutierten laut miteinander – in Jiddisch. Langhaarige, bärtige Burschen spielten Gitarre und Tamburin und grinsten, als eine alte Frau mit krummen Beinen und einem Papiertaschentuch auf dem Kopf einen langsamen, polnischen Dorftanz vorführte. Ein Rudel rasseloser Hunde rannte mit heraushängenden Zungen vorbei.

Das *Hang Ten* wandte der Szene seine nackte Gipsfassade zu. An seine Tür war die Figur eines Surfers aus Holz geschraubt, ein ungelenkes, klobiges Flachrelief. Der Wind hatte Abfall vor seine Füße getrieben, fettiges Burrito-Papier, Big-Mac-Kartons, Plastikbecher. Sie knirschten unter Daves Sohlen, als er seine Brille aufsetzte, um eine vergilbte Karte zu lesen, die mit Reißnägeln an der Tür befestigt war. In ausgebleichter Filzstiftschrift stand zu lesen: „Geöffnet von 12 Uhr mittags bis 2 Uhr morgens.« Er schaute auf seine Armbanduhr. Es war schon nach zwölf, aber die Tür war noch mit drei Vorhängeschlössern gesichert.

Er fand eine Telefonzelle, rief in seinem Büro an. Es hatte ungefähr ein halbes Dutzend Anrufe gegeben. Seine Sekretärin teilte es ihm mit dünner, weinerlicher Stimme mit. Miß Tanney, ein ängstliches kleines Mädchen von sechzig Jahren, hatte ihr ganzes Leben am Rande eines Nervenzusammenbruchs verbracht. Drei von den Anrufen sagten Dave gar nichts. Der vierte kam von Lieutenant Yoshiba von der Polizei in Los Santos; er schien sich über irgend etwas fürchterlich aufzuregen. Der fünfte Anrufer war Heather Wendell gewesen, die sich über etwas fürchterlich aufgeregt hatte. Und der sechste war Gail Ewing, Tom Owens' Schwester – fürchterlich aufgeregt.

Yoshiba war zu Tisch. Im Hause Wendell nahm der hagere Riese Billy den Hörer ab – der verlorene Vater und Ehemann. Dave vermutete, daß er von dem Telefon im Studio seines Sohnes sprach. So war er den Flaschen ein wenig näher. Es hörte sich an, als hätte er eine davon in der Hand – seit Stunden. Oder zwei Flaschen. Billy Wendell versuchte, sich indigniert zu geben. Warum Dave seine Frau nicht in Ruhe lasse? Ob es nicht schon schlimm genug sei, den Sohn verloren zu haben? Was habe Dave gemeint, als er Ace Kegan sagte, er glaube, daß sie Rick umgebracht hätte? Er, Billy, habe selbst gehört, wie Ace das bei der Beerdigung behauptete. Wo Heather sei? Bei ihrem Anwalt.

»Ich komme auf sie zurück«, sagte Dave.

»Da werden Sie Ärger bekommen«, warnte Billy.

»Da werde ich nicht der einzige sein«, erwiderte Dave.

In Tom Owens schöner, gestrandeter Arche bellten wieder die Hunde ins Telefon. Gail Ewing sagte: »Ich bin außerordentlich unglücklich darüber, daß Sie Tom beunruhigt haben. Er hat nichts zu tun mit dieser schrecklichen Geschichte. Es war sein Fehler, diesen Jungen bei sich aufgenommen zu haben. Wie man sieht. Aber das heißt noch lange nicht, daß Leute wie Sie das Recht haben, Tom zu belästigen.«

»Leute wie ich sind noch gar nichts im Vergleich zur Polizei«, erklärte Dave. »Ich habe der Polizei noch nichts von der Beziehung zwischen Johns und Ihrem Bruder gesagt, Mrs. Ewing. Nach der Auskunft Ihres Bruders bestand dazu keine zwingende Notwendigkeit. Abgesehen davon hatte ich nicht den Eindruck, daß er sich belästigt fühlte. Aber Sie scheinen sich zu beunruhigen. Warum? Nein, ich will es Ihnen selbst sagen. Sie wissen etwas, was Ihr Bruder nicht weiß. Was ist das, Mrs. Ewing? Haben Sie am Montag an einem Zweitapparat mitgehört, wie Larry Johns Rick Wendell um fünfzehnhundert gebeten hat?«

Dave hörte, wie sie scharf einatmete.

»Das ist doch der Grund, weshalb Sie mich angerufen haben, oder?«

»Ja«, sagte sie. »Nein.«

»Ich kann Ihnen auch Lieutenant Yoshiba schicken«, bot er an.

Sie fragte mit tonloser Stimme: »Wo sind Sie jetzt? Ich möchte nicht hier mit Ihnen sprechen.«

»Es ist Mittagszeit«, sagte Dave. »Ich kenne ein Lokal in der Nähe des Kinos von Los Santos mit dem Namen *Csardas*. Dort gibt es ein wunderbares Zigeunergulasch.«

»Ich habe keinen Hunger«, sagte sie. »Aber ich bin in einer halben Stunde dort.«

Kapitel 7

Eine Westernfiedel heulte von einer zerkratzten Schallplatte. Über einer kleinen, dunklen Bar am Ende des schummerigen Raums füllte sich ein riesiger, deutscher Bierkrug auf einem Reklametransparent mit gelbem Schaum. Dave saß auf einem Hocker mit Rohrbeinen aus Metall, die bei jeder Bewegung knarrten, und rauchte eine Zigarette, trank dazu Gin und Tonic und sprach mit einer untersetzten Frau in mittleren Jahren, die hinter der Bar stand. Ihre Schürze war von Soßen verschmiert, die runden Wangen waren von der Hitze des Herds gerötet. Außer Dave waren keine Gäste im Lokal. Die Frau war aus der Küche gekommen, als die Glocke über der Tür bei seinem Eintreten gescheppert hatte.

»Am Montagabend«, sagte er. »Sie ist eine große, ältere Frau.« Er hielt die Hand hoch, um Heather Wendells Körper zu beschreiben. »Groß wie ein Mann. Weißes Haar. Sie trägt es kurzgeschnitten. Es müßte gegen halb neun gewesen sein.«

Runde, schwarze Augen beobachteten ihn.

»Sie dürfte mit einem kleinen, dunkelhaarigen Mann beisammengewesen sein. Jünger als sie. Um die Vierzig. Schwarzes, schütteres Haar, in die Stirn gekämmt.« Er strich sich über seine Stirn. »Gebrochene Nase. Muskulös.« Er ballte die Fäuste und hielt sie sich vor das Kinn. »Ein Preisboxer, verstehen Sie?«

»Ich verstehe«, sagte sie. »Ja, die hier. Ich erinnere mich, weil sie bestellen Essen und dann nicht essen. Macht meinen Mann wütend.« Sie lächelte spöttisch. »Nicht auf sie. Niemals wütend auf die Gäste. Aber auf uns. Mich. Meinen Sohn. Die Schwiegertochter. Wenn Leute nicht essen, er immer wütend.«

»Die beiden haben sich miteinander unterhalten«, sagte Dave.

»Nur so.« Sie nickte und ging dann auf die Schwingtür zu, die in die Küche führte. »Sie entschuldigen! Ich allein hier.«

»Sind sie zusammen weggegangen?« rief Dave.

»Entschuldigung.« Man hörte das Klappern von Blech, das Zischen von Dampf. Es roch gut nach Essen. Die Frau kam zurück, eine tiefe, schwere Schüssel in den Händen, mit einem großen Schöpflöffel aus Stahl. »Was – entschuldigen – was Sie fragen?«

»Sind sie zusammen weggegangen?«

»Zugleich«, sagte sie. »Sie warten nicht auf Rechnung. Meine Schwiegertochter nicht gehabt Zeit zum Addieren. Und keiner an Kasse.« Sie bewegte den Kopf in die Richtung, wo die Registrierkasse auf einem Tischchen neben der Tür stand. »Einfach Zehndollarschein liegen lassen und gehen.« Dazu zeigte sie ein eiliges Lächeln und wandte sich wieder um. »Entschuldigen.«

Dave nickte. »Danke.« Er drückte seine Zigarette aus, trank einen Schluck aus dem Glas mit dem Pfefferminzzweig, und die Glocke über der Tür schepperte wieder. Helles Licht strömte von der Straße herein. Eine knochige, blonde Frau in einem grünen Schneiderkostüm stand in der Öffnung. Die Tür fiel zu, und die Frau kam durch die Dämmerung auf Dave zu. Ihre Augen waren wie die ihres Bruders – beinahe gelb. Aber in ihnen lag keine Wärme. Das galt auch für ihre Stimme. Sie sagte: »Sie irren sich, wenn Sie glauben, ich verheimliche Ihnen etwas.«

»Mrs. Ewing?« Dave rutschte vom Hocker. »Was möchten Sie trinken?«

»Gar nichts«, sagte sie. »Danke. Der Grund, weshalb ich Sie angerufen habe, Mr. Brandstetter – es war wegen Larry Johns. Was geschehen ist, hat er allein sich selbst zuzuschreiben; das hat nichts mit Tom zu tun. Gar nichts.«

»Sie meinen, was den Mord betrifft?«

Sie schüttelte ungeduldig den Kopf. »Darüber weiß ich erst recht nichts.«

Mit einem Achselzucken blickte Dave hinüber zu den abgewetzten lederbezogenen Nischen, wo unangezündete Kerzen auf karierten Tischtüchern standen. Gail Ewing zögerte und ging dann steif mit ihm in eine der Nischen. Er hatte sein Glas von der Bar mitgenommen und ließ sich ihr gegenüber am Tisch nieder. »Worüber wissen Sie etwas?«

Sie legte ihre grüne Handtasche auf die Lederbank neben sich, zog die grünen Handschuhe aus und faltete sie auf der Tasche. »Ich weiß, daß er Besuch hatte. Larry, meine ich.«

Dave zog die Augenbrauen hoch. »Im Haus Ihres Bruders?«

»An dem bewußten Montag. Morgens. Ein Mann kam, ein großer Kerl in mittleren Jahren. In einem schrecklichen, purpurnen Satinhemd mit Stickereien. Irgendein verrücktes Cowboykostüm, nehme ich an. Und einen großen Stetson, wie ihn Präsident Johnson getragen hat. Die Stiefel mit Beschlägen, verstehen Sie? Er war unrasiert, und seine Augen waren rot. Er hat mir überhaupt nicht gefallen. Ich hätte ihn keinen Augenblick allein im Haus gelassen. Larry war bei Tom.« Ihre Mundwinkel zogen sich nach unten. »Ich habe ihn gerufen und gewartet, bis er herauskam aus Toms Zimmer. Der Mann grinste über sein ganzes häßliches Gesicht und nannte Larrys Namen, dann streckte er ihm die Hand entgegen, aber man konnte deutlich erkennen, daß Larry ihn nie zuvor gesehen hatte. Er näherte sich ihm äußerst zurückhaltend.«

Dave reichte ihr die Speisekarte in einem schlappen Kunstledereinband. »Was hat er gesagt?«

Sie warf einen Blick auf die Speisekarte und schüttelte den Kopf. »Ich habe nicht so lange gewartet. Ich bin herausgegangen, um zu sehen, ob Tom etwas brauchte. Ach ja.« Sie hob eine Hand und ließ sie wieder sinken. »Ich habe einen Namen gehört. Joe May. Nein ...« Sie zog die Stirn in Falten. »Ich glaube, es war ein einziges Wort. Jomay? Ja.«

Dave nahm seine Brille heraus, schlug die Speisekarte auf und las das hektografierte Blatt, das zwischen dem Einband lag. »Und was geschah danach?«

Gail Ewing sagte: »Sie gingen hinaus und machten einen Spaziergang durch die Dünen. Larry wollte diesen Mann offenbar ebenso wenig im Haus haben wie ich. Ich habe die beiden beobachtet. Tom hatte keine Wünsche. Also ging ich nach oben. Larry und der Mann stritten miteinander. Es war deutlich an ihren Gesten zu erkennen. Der Mann drohte Larry immer wieder mit einem Zeigefinger, den er ihm vors Gesicht hielt. Und dann begannen sie zu brüllen.«

Dave zog die Brille ganz nach vorne auf die Nase und schaute Gail Ewing über den Rand hinweg an. »Was haben sie gebrüllt?«

»Kann ich nicht sagen. Die Hunde wurden nervös und begannen zu bellen. Es ist unmöglich, ein Wort zu verstehen, wenn erst das Gebell angefangen hat.« Sie atmete tief ein. »Jedenfalls, Larry ist dem Mann hinauf zur Straße gefolgt. Nicht aus freien Stücken, nehme ich an.«

Dave stellte die Speisekarte zwischen den Kerzenständer und die Salz- und Pfefferstreuer aus Glas. »Hinauf zur Straße?«

»Dort parkte ein Camper. Ziemlich ramponiert und verdreckt. Als sie in die Nähe kamen, stieg ein Mädchen aus dem Wagen. Ein junges Mädchen. Larry blieb stehen. Von da an redete nur noch dieser Mann. Er redete viel mit den Händen. Dann ging das Mädchen zur hinteren Treppe des Campers und öffnete sie. In diesem Moment drehte sich Larry um und ging weg.«

Dave trank sein Glas aus. »Erzählen Sie weiter.«

»Der Mann machte einen Satz und packte ihn am Arm. Larry riß sich los und lief auf das Haus zu. Über die Zufahrt aus Holzplanken, die Tom über die Dünen gelegt hat. Der Mann folgte ihm ein paar Schritte, blieb dann aber stehen und hatte Larrys Jackenärmel in der Hand. Das Mädchen kletterte wieder aus dem Camper. Rückwärts. Ich bin sicher, es war jemand drinnen, jemand, den sie herauslocken wollte. Aber dann ging der Mann zu ihr hin und sprach ein paar Worte mit ihr. Sie stieg wieder in den Camper, schlug die Tür von innen zu, und eine Minute später fuhr der Camper weg.«

Die untersetzte Frau kam aus der Küche, einen Block und einen Bleistift in der Hand. Die schmutzige Schürze hatte sie abgenommen.

Dave fragte Gail Ewing: »Wollen Sie wirklich nichts essen?«, und als sie den Kopf schüttelte, bestellte er für sich. Die Frau nahm Daves leeres Glas und verschwand. Dave fragte: »Und danach hat Larry Johns Rick Wendell angerufen, nicht wahr?«

»Ich wußte nicht, wen er anrief«, erwiderte sie scharf. »Ich habe gehört, wie er ins Haus kam, vom Parkplatz her. Als ich herunterkam, telefonierte er von der Küche aus. Vermutlich hatte er mich auf der Treppe gehört. Er senkte die Stimme. Aber es war klar, daß er nervös war und daß es sich um einen Notruf handelte.«

»Aber Sie hörten nicht, daß es um Geld ging?«

»Ich habe gehört, wie er mehrmals seinen Namen sagte«, antwortete sie. »Das ist alles. Er hat ihn wiederholt, als ob er ihn jemandem nennen würde, der ihn noch nie gehört hatte. Ich habe nicht gelauscht. Die Hunde und die Kinder hatten den Wohnraum am Sonntag ganz schön verdreckt. Ich habe erst mal aufgeräumt. Als Larry aus der Küche kam und mich sah, bat er mich, Tom nichts zu sagen von dem Mann, der ihn besucht hatte.«

»Und Sie haben nichts gesagt. Warum?«

Die gelben Augen wurden hart, genau wie ihre Stimme. »Weil Larry in Schwierigkeiten steckte, und weil es genau das war, was ich wollte. Tom hätte ihn da sicher rausgeboxt, und das wollte ich verhindern. Ich wollte, daß Larry Johns endlich verschwindet.«

»Deshalb haben Sie Tom das Telefon weggenommen, als er die Fernsehnachrichten gesehen hatte und einen Anwalt anrufen wollte. Und deshalb haben Sie aufgelegt, als ich anrief.«

»Die Leute nützen Tom nur aus.«

Daves Lächeln war dünn. »Die anderen. Sie nicht.«

Ihre Augen wurden erst ganz groß, dann verengten sie sich

wieder. Durch die zusammengepreßten Zähne sagte sie: »Was meinen Sie damit?«

»Warum unterhalten wir uns hier? Warum nicht in Tom Owens' Haus? In Tom Owens' Zimmer? Weil er nicht wissen soll, was Sie ihm angetan haben. Nicht Larry Johns – nein, Ihrem geliebten Bruder.«

Gail Ewing nahm die Handschuhe und die Tasche. »Ich habe Tom Owens nie im Leben weh getan!« Sie rutschte aus der Nische und stand dann zitternd davor. »Wo wäre er heute, wenn ich ihm nicht geholfen hätte? Sie kennen ihn nicht.« Tränen liefen ihr über das Gesicht. Wütend wischte sie sie weg. »Er ist nie vernünftig gewesen, kann sich nicht selbst schützen. Wenn ich ihn nicht schützen würde –«

»Ja«, schnitt ihr Dave das Wort ab. »Das hat er gesagt. Sie treffen viele Entscheidungen für ihn. So hat er es bezeichnet. Ich nehme an, er ist ein gütiger, großzügiger Mensch – immerhin hat er sie und Trudy in all den Jahren unterstützt.«

»Er ist sehr großzügig«, zischte sie.

»Ich rede jetzt nicht von Dollars und Cents«, sagte Dave. »Ich meine, er hat Ihnen sein Leben geopfert. Er sagte mir, daß er vor Larry Johns noch nie jemanden mit nach Hause gebracht hat.«

»Er hat zuviel Respekt vor mir, vor seiner Familie.« Sie zog sich die Handschuhe an und zupfte sie gerade, mit ruckartigen Bewegungen. Ihre Stimme klang trotzig. »Er hätte immer tun können, was er wollte. Ich hätte es ihm nicht verboten. Er hat kein Recht, so etwas über mich zu sagen.«

»Haben Sie ihn jemals dazu ermutigt?«

»Und wenn ich das getan hätte? Sie haben ja selbst ein Beispiel seines Geschmacks und seiner Urteilsfähigkeit erlebt. Sie haben gesehen, als was sich Larry Johns entpuppte.«

»Ich glaube nicht, daß er ein Mörder ist«, sagte Dave.

»Die Polizei ist anderer Meinung. Und ich auch.«

»Die Polizei hat viel zu tun. Und Sie können den Burschen nicht leiden. Das sind keine Gründe, die ausreichen, um ihn ein Leben lang einzusperren.«

Sie nahm Schlüssel aus ihrer Handtasche und schaute dann Dave an. »Und die Gründe dafür, daß Sie Larry Johns verteidigen? Sind das nicht dieselben wie bei Tom? Sind Sie nicht auch einer von denen?«

»Ich versuche, meine sexuellen Empfindungen streng von meiner Arbeit zu trennen«, erwiderte Dave. »Mrs. Ewing, Larry Johns war nichts weiter als ein Katalysator. Als er von Ihrem Telefon in der Küche aus telefonierte, hat er eine Kettenreaktion in Gang gesetzt, die mit dem Tod eines Menschen endete.« Dave stand auf, trat aus der Nische heraus und musterte sie scharf. »Wenn Sie Ihrem Bruder gesagt hätten, was Sie heute mir erzählten, wäre dieser Mensch möglicherweise noch am Leben.«

Ihre Lippen bewegten sich, aber Gail Ewing gab keine Antwort. Statt dessen drehte sie sich um und eilte hinaus auf die Straße. Dave ging zu einem Münztelefon an der Wand neben der Kasse. Yoshiba war noch immer nicht zurück. Also setzte er sich wieder in die Nische und aß sein Gulasch.

Kapitel 8

Yoshiba sagte: »Ich habe mich über Sie erkundigt.« Seine Hände waren klobig wie seine Gestalt. Mit der einen Hand schob er einen umfangreichen Aktenordner auf seinem überfüllten Schreibtisch zur Seite. »Bei Ken Barker von der Polizei in Los Angeles. Er hat für Sie gestimmt. Sie sind schlau, hat er gesagt, und gewinnen immer.« Er schob eine Menge häßlicher Schwarzweißfotos – eine halbnackte Frauenleiche zwischen Mülltonnen – zusammen und stellte das Telefon darauf. Dann hob er das ausdruckslose Gesicht mit der breiten Nase. »Aber für mich sind Sie ein höchst unangenehmer Zeitgenosse.«

Dave zuckte mit den Schultern. »Sie haben mich angerufen, nicht ich Sie.«

»Die alte Mrs. Wendell hat verlangt, ich soll meine Beamten vor ihrem Haus postieren, um Sie von ihr fernzuhalten. Und Ace Kegans Anwalt verlangt, daß Sie seinen Mandanten in Frieden lassen.«

»Dann lassen sie mich doch von diesem reizenden Paar berichten.«

Als Dave unten in der Bereitschaft erfahren hatte, daß Yoshiba vom Essen zurück war, hatte er Münzen in einen funkelnden Automaten gesteckt und große Colas in blumenbedruckten Wachspapierbechern gezogen. Einen davon stellte er dem Lieutenant der Polizei von Los Santos hin, den anderen behielt er in der Hand, setzte sich und berichtete über Heather Wendell und Ace Kegan.

Yoshiba trank geräuschvoll das Cola und kaute die Eisbrocken. Er zog den Knoten seiner Krawatte nach unten und knöpfte den Hemdkragen auf, der seinen dicken Hals einschnürte. Dann krempelte er sich die Ärmel hoch, daß seine wuchtigen Oberarme sichtbar wurden, drehte seinen Sessel und schaute zum offenen Fenster. Die Sonne wurde von den davor parkenden Wagen reflektiert.

»Na schön, na schön«, sagte er.

»Als sie zum Haus im Canyon kamen, ging alles schief. Sie wollten Rick Wendell nicht töten, wollten ihn nur davor bewahren, daß er alles in Gefahr brachte, was sie gemeinsam besaßen. Eine Konfrontation, die mit einem Kampf und einem Todesschuß endete. Deshalb fuhr Kegan anschließend nach Hause und betrank sich sinnlos – ein Mann, der normalerweise keinen Alkohol trinkt.«

Yoshibas kurzer Daumennagel kratzte Wachslocken vom Papierbecher. »Und der Anruf aus Owens' Küche – telefonierte Johns mit der Bar? Hat er Kegan seinen Namen genannt?«

»Ja, und Kegan lügt. Er kannte den Namen. Er selbst hat mir gesagt, daß Wendell das Herz auf der Zunge hatte. Sicher waren Wendell und Johns keine Fremden, die sich an diesem Abend zum erstenmal sahen.«

»Also witterte Kegan die Gefahr. Die altbekannte Story,

nicht wahr? Er hat bei der Bank nachgefragt und hörte von den fünfzehnhundert Dollar. Warum hat er das Mrs. Wendell nicht gesagt?«

»Vielleicht war es gar nicht nötig«, sagte Dave. »Vielleicht hat sie es schon zuvor gewußt und ihm berichtet.«

Yoshiba schüttelte den Kopf. »Ausgeschlossen. Sonst hätte sie mir gesagt, daß ihr Sohn ausgeraubt wurde.«

»Warum denn? Johns konnte das Geld nicht bei sich haben – schließlich war er nackt. Hätte sie es Ihnen gegenüber erwähnt, dann wäre aus einem einfachen Fall ein komplizierter geworden, und sie und Kegan wären mit hineingezogen worden. Sie war etwas zu unbekümmert, als sie den Umschlag mit den Banderolen liegenließ. Aber nicht unbekümmerter als Sie, Mr. Yoshiba.«

Etwas funkelte in Yoshibas schwarzen Augen. »Ich habe nicht versucht, meiner Firma fünfundzwanzigtausend Dollar zu ersparen«, sagte er und schüttelte den Kopf. »Es ist ziemlich schwach, Brandstetter. Ich meine, es wäre anomale Psychologie. Ich habe einen Verdächtigen hinter Schloß und Riegel. Was soll ich da mit anomaler Psychologie? Ich arbeite zur Zeit täglich sechzehn Stunden...« Er deutete auf die dicke Akte. »Das ist nur das, was heute neu hereingekommen ist. Der Bursche hat die Pistole in der Hand gehabt.«

»Aber Ihr eigenes Labor sagt, daß er sie nicht abgefeuert hat.«

»Na und?« Yoshiba blies Luft durch die Nase und stand auf. »Und für den Anruf haben Sie nur die Aussage dieser Ewing. Sie hat nichts von Geld gehört. Es könnte also genauso gewesen sein, wie Kegan behauptet. Das Geld könnte dafür bestimmt gewesen sein, ›heiße‹ Möbel zu kaufen.«

»Um eine eben renovierte Bar zu renovieren?« sagte Dave. »Fragen Sie doch einfach Larry Johns.«

»Unmöglich«, entgegnete Yoshiba. »Der Staatsanwalt –«

Dave war ebenfalls aufgestanden. »Owens hat ihm keinen Anwalt besorgt, also hat er das Recht auf einen vom Gericht bestellten Verteidiger. Wo ist das Büro? Hier auf diesem

Korridor? Wie heißt der Pflichtverteidiger? Er wird sich darum kümmern, wenn Sie das wollen.«

»Er heißt Khazoyan.« Yoshiba lehnte sich aus dem Fenster und atmete tief durch. Dann zog der den Kopf wieder herein. »Sicher, der kümmert sich darum. Aber was soll ein Verteidiger mit einem Mandanten, der nicht bereit ist, mit ihm zu reden? Er wird Sie auf beide Wangen küssen für diesen Kunden. Abgesehen davon müssen Sie zuerst die Hürde des Staatsanwalts nehmen.«

»Nicht, wenn Sie es ihm verschweigen«, sagte Dave.

»Sie verlangen eine ganze Menge für Ihr Cola«, erwiderte Yoshiba und grinste dazu.

Khazoyans Haar war dünn und seidig. Er hatte einen olivfarbenen Teint, eine breite Nase und eingefallene Wangen. Er fletzte sich in einen Kunstledersessel genau wie Yoshiba und hatte die Füße auf einem Schreibtisch, der noch höher mit Akten angehäuft war als der des Lieutenants. Khazoyan trug neue Schuhe mit flachen Kappen, drei Zentimeter dicken Sohlen und fünf Zentimeter hohen Absätzen. Sein Hemd war mit Spitzen besetzt. Er aß ein Cornedbeef-Sandwich, das sich dabei in seine Bestandteile auflöste. Er leckte sich die Majonäse und den Senf von den dürren Fingern und streckte dann die Hand aus nach einem Papierbecher mit Kaffee, der auf dem Schreibtisch stand. Seine hervorstehenden Augen waren braun und leuchteten. Seine Stimme wirkte müde wie seine Bewegungen: schwach, hoch und rauh. Sein Adamsapfel über der lose gebundenen Krawatte hüpfte auf und ab, als wollte er entkommen.

»Ja, es scheint wichtig zu sein. Aber er will es nicht sagen. Er will keinem etwas sagen. Er muß völlig den Verstand verloren haben – vorausgesetzt, er hat vorher so etwas wie Verstand besessen –, als diese alte Frau ihn überraschte. Sonst hätte er ihr nie und nimmer seinen Namen genannt. Außer ihr hat er ihn niemand anderem genannt. Sie hat ihn Yoshiba mitgeteilt. Nach dem, was der Junge sagte, könnte sie sich den Namen ebensogut aus den Fingern gesogen haben. Hätten wir nicht seinen Führerschein gefunden, wäre ich nicht bereit gewesen, ihr zu glauben.«

»Er hat außerdem einen festen Wohnort«, sagte Dave, »und eine Vergangenheit. Diese Leute in dem Camper gehören dazu. Also sind sie auch Teil seiner Zukunft.«

»Metaphysik.« Khazoyan zog die schwarzen Brauen hoch, schob sich das letzte Stück Sandwich in den Mund und nahm die Füße vom Schreibtisch. Er beugte sich vor und wischte sich, während er noch kaute, die Hände an einer spärlichen Papierserviette ab. Dann trank er den Kaffee aus, ließ die zerknüllte Serviette in den Becher fallen und warf den Becher unter den Schreibtisch, wo ein Papierkorb aus Metall stand. Danach erhob er sich. »Okay.« Eine Jacke mit winzigem Blütchenmuster hing über der Lehne eines Metallstuhls. Er zog die Jacke an. »Versuchen wir's.« Und Khazoyan öffnete die Tür zum Korridor.

Larry Johns sagte: »Der Sarape und der Hut. Die gehören Tom. Bringen Sie sie ihm zurück?«

Als Dave bei Ace Kegan den Jungen beschrieben hatte, kannte er nur das Polizeifoto und die Personenbeschreibung der Polizei. Johns war schlanker als Bobby Reich. Er wirkte hilflos, wie er so dasaß in seiner ausgebleichten Jeans, dem zerknitterten T-Shirt und den Cowboystiefeln, auf einem harten, unbequemen Stuhl im nackten, weißen Verhörraum. Er schaute Dave und Khazoyan an, die auf der anderen Seite des Tischs saßen. Sein langes, strohblondes Haar war zerwühlt. An der Spitze seines Kinns machten sich die Stoppeln eines schütteren Barts breit. Seine Augen wirkten blutunterlaufen.

Dave sagte zu ihm: »Vielleicht können Sie ihm die Sachen bald selbst zurückgeben. Warum haben Sie sie angezogen?«

»Dieser Dreckskerl von Huncie hat mir den Ärmel meines Anoraks ausgerissen«, antwortete Johns. »Tom hat mir einen Anzug geschenkt, aber man kann schließlich nicht im Anzug auf den Strich gehen. Außerdem ist es nachts am Strand ziemlich kalt. Ich mußte etwas anziehen. Und obendrein –« Er machte eine Handbewegung, ohne den Satz zu beenden.

»Ja?« fragte Dave. »Und der Hut?«

Der Junge beugte sich vor und betrachtete die roten Fliesen auf dem Boden, bewegte die Schultern und murmelte. »Ich wollte etwas von ihm anhaben. Ich wollte ja nicht weg, brauchte nur schnell etwas Geld, das war alles.« Er blickte hoch. »Ich hätte Tom nie verlassen. Tom ist das Beste, was mir jemals passieren konnte.« Die blauen Augen wirkten sehr ernst. »Er hat den Sarape und den Hut gemocht. Ich weiß nicht – es gab mir das Gefühl, daß ich nicht weglaufen würde.«

»Aber Sie sind weggelaufen«, sagte Dave. »Wer hat Sie gesehen?«

»Niemand. Tom hat geschlafen. Er hatte Tabletten genommen, weil die Haut unter dem Gips so stark gejuckt hat – Sie verstehen. Es gibt eine Treppe zur oberen Terrasse. Die kann er von seinem Zimmer aus nicht überblicken. So bin ich abgehauen.«

»Dann haben Sie oben auf der Küstenstraße auf Wendell gewartet?«

»Er war schon da. Er hat gesagt um acht, und ich kam eine Minute zu spät.«

»Das müssen Sie mir schon genauer erklären«, sagte Dave.

Die blauen Augen schauten ihn vorwurfsvoll an, dann richteten sie sich auf Khazoyan, der einen gelben Block mit einem gelben Kugelschreiber vor sich liegen hatte. Schließlich schaute er wieder Dave an. »Er hat gesagt, er gibt mir das Geld, das ich brauche.«

»Fünfzehnhundert Dollar«, sagte Dave. »Wofür? Und warum von Wendell, nicht von Owens? Schließlich war er Ihr Freund.«

Das Gesicht des Burschen verschloß sich. »Ich hätte ihn niemals um Geld bitten können. Nicht Tom. Was wir miteinander hatten, war etwas ganz anderes.«

»So ungefähr hat er es mir auch gesagt. Aber das ist doch

noch nicht alles, oder? Owens sollte nicht wissen, wofür das Geld bestimmt war. Sie hatten Angst davor, es ihm zu sagen.«

Khazoyan hörte auf zu schreiben und hob den Kopf.

Larry Johns blickte ihn an, dann wandte er sich wieder an Dave. Er schaute noch unglücklicher drein als bisher. Stand auf, ging zum Fenster, kam wieder zurück. »Ja«, sagte er. »Okay. Sie haben recht. Mein Gott.« Jetzt streckte er beide Hände aus. »Es war für die Unterstützung meines Kindes. Für meine Exfrau.«

Dave lächelte ein wenig. »Hatten Sie Owens vielleicht gesagt, Sie seien – Jungfrau?«

»Nein, aber – Tom hat sehr hohe Moralbegriffe. Ich war vor meiner Verantwortung davongelaufen, verstehen Sie? Außerdem ließ ich mich von Tom aushalten, ja. Was hätte ich tun sollen? Ihn auch noch mit den Kosten für Frau und Kind belasten?«

»Das Mädchen in dem Camper«, sagte Dave.

»Jomay.« Die Stimme von Larry Johns klang bitter. »Und BB. Sie hat BB bis hierher geschleppt, um mir zu zeigen, wie groß sie jetzt ist. Da bin ich abgehauen. Wenn es mich interessiert hätte, wie groß sie ist, dann hätte ich schon gewußt, wo ich sie finde. Dieser gemeine, niederträchtige Huncie. Ohne ihn hätte mich Jomay nie gefunden.«

»Huncie?« fragte Khazoyan.

»Onkel Dwayne Huncie«, sagte Johns angewidert. »Dieser Schweinehund mit seiner Rübennase. Er ist ein Gauner. Nennt sich selbst Rechtsanwalt und hat sich auf untergetauchte Ehemänner spezialisiert. Aber ich wette, er behält alles, was er bekommt, für sich. Honorare, wissen Sie. Außerdem benützt er vermutliche jede Gelegenheit, mit ihr ins Bett zu gehen, in diesem Camper.«

»Aber diesmal hat er nicht kassiert«, sagte Khazoyan.

»Er war nahe daran. Hat mich bedrängt. Was hätte ich tun sollen? Ich war Jomay das Geld schuldig. Jomays Mutter hat drei Schönheitssalons. Sie hätte es nicht nötig gehabt. Aber der Richter sagte, ich müßte zahlen. Also ist mir nur Rick eingefallen. Ich habe Huncie versprochen, das Geld bis zum nächsten Tag zu besorgen. Ansonsten hätte er sich vermutlich an Tom gewendet. Ich sagte ihm, es gäbe noch einen Kerl, der mir versprochen hat, mir zu helfen, wenn ich es nötig hätte. Ich würde das Geld von ihm bekommen.«

»Haben Sie ihm Wendells Namen genannt?« fragte Dave.

»Ich mußte«, antwortete Johns. »Huncie ist ein gemeiner Hund. Er hätte sich nicht auf vage Versprechungen eingelassen. Er hat mir sowieso nicht getraut. Wollte genau wissen, wer, wo und wann.«

»Haben Sie ihm Wendells Adresse genannt?«

»Ich kannte sie damals noch nicht – nur die Bar. Ich habe ihm den Namen der Bar genannt – *Hang Ten*.«

»Die Privatadresse steht im Telefonbuch«, sagte Khazoyan müde. »Sie haben also diesem Huncie verraten, woher Sie die fünfzehnhundert Dollar zu bekommen hofften.«

»Und woher wußten Sie, daß Wendell mitmachen würde?« fragte Dave. »Es war immerhin eine Menge Geld.«

Johns schaute ihn mit düsterer Miene an. »Er hat es mir versprochen. Das einzige Mal, als wir beisammen waren. Er hatte mich vom *Hang Ten* mit nach Hause genommen. Nachher hat er gesagt, wenn ich wiederkomme, kann ich alles von ihm haben, was ich will. Jederzeit, hat er gesagt. Ich bräuchte nur zu kommen und ihn darum zu bitten. Also –« Er sah zu, wie Khazoyan Zigaretten herausnahm, sich eine anzündete und das Päckchen wieder wegsteckte, weiterschrieb und ein Auge zuzwickte vor dem Rauch, der von seiner im Mundwinkel steckenden Zigarette nach oben stieg. Dave bot Johns seine Zigarettenschachtel an. Der Bursche nahm sich eine Zigarette und versuchte zu lächeln, was ihm nicht gelang.

»Und dann?« Dave gab ihm Feuer.

»Dann habe ich ihn darum gebeten«, sagte Johns bedrückt. Er nahm die Zigarette zwischen die Finger und schaute sie an. »Danke.«

»Sie haben erst in der Bar angerufen«, sagte Dave.

Die Tür öffnete sich hinter ihm. Johns blickte über Daves

Kopf hinweg, antwortete aber: »Er war noch nicht da. Gail stellt alle Uhren vor. Um zehn Minuten. Ich vergesse das immer wieder. Also habe ich bei ihm zu Hause angerufen. Bei Rick.«

»Und wer ist an den Apparat gekommen?« fragte Yoshiba von der Tür her. Draußen auf dem Korridor weinte ein Kind.

»Seine Mutter«, sagte Johns.

Dave und Khazoyan begannen gleichzeitig zu sprechen und verstummten.

Die Tür fiel ins Schloß, und Yoshiba stand neben Dave. »Haben Sie ihr Ihren Namen genannt?«

»Sicher«, sagte Johns. »Sie hat danach gefragt. Warum auch nicht?«

»Uns haben Sie nie Ihren Namen genannt.« Yoshiba drückte seine dicken Oberschenkel gegen die Tischkante. »Aber ihr haben Sie es gesagt. Haben Sie ihr auch gesagt, was Sie von ihrem Sohn wollten?«

»Vorsichtig«, sagte Khazoyan.

»Geschenkt«, erwiderte Yoshiba.

»Ich habe ihr gar nichts gesagt«, erklärte Johns. »Aber Rick habe ich es gesagt, als ich ihn erreichte. Er hat sich gefreut. Mann! Ich bin mir vorgekommen wie ein Stück Scheiße. Ich wollte ja gar nicht bei ihm bleiben. Ich wollte es nur mit ihm machen an diesem Abend, dann das Geld nehmen und abhauen, auf Nimmerwiedersehen.«

»Das hat dann ja in gewisser Weise auch geklappt«, sagte Yoshiba.

Johns schaute ihn angewidert an. Er sagte zu Dave: »Aber ich war ihm dadurch irgendwie verpflichtet. Was hätte ich tun sollen? Ich meine, ich wollte ihm das Geld natürlich zurückgeben.«

»Na schön, lassen wir das vorläufig«, unterbrach Yoshiba. »Er hat Ihnen das Geld gegeben. Was haben Sie damit gemacht? Haben Sie es sich in den Arsch geschoben?«

»Vorsichtig«, dröhnte Khazoyan wieder.

»Er hat es mir gezeigt, als wir in seinem Haus ankamen«,

sagte Johns wütend. »Er hat den Umschlag aufgemacht und es mir gezeigt. In Zwanzigern, mit diesen Papierstreifen darum, Sie wissen. Das war es, was Huncie verlangt hatte – in bar und in kleinen Scheinen. Also hat es Rick so besorgt. Neue Zwanzigdollarnoten. Daran sieht man schon, was Huncie für ein Gauner ist. Wer verlangt schon Bargeld, und auch noch in kleinen Scheinen? Ich meine, bei solchen Summen? Warum wollte er nicht einen Scheck, der auf Jomay ausgestellt ist? Es ist ja schließlich ihr Geld, oder? Nach dem Gesetz – bei Huncie fängt jeder zweite Satz mit den Worten ›nach dem Gesetz‹ an – gehört das Geld Jomay. Und BB.«

»Bebe?« Yoshiba schaute ihn überrascht an.

»Das Baby. Es ist achtzehn Monate alt.«

»Er wollte also, daß Sie für Ihr Kind bezahlen, dieser Huncie?« fragte Yoshiba.

Khazoyan erklärte es dem Lieutenant mit seiner belegten Stimme.

Yoshiba sagte: »Guter Gott!«

»Er hat Ihnen das Geld gezeigt«, wiederholte Dave in freundlichem Ton. »Er hat es aus dem Umschlag genommen und dann wieder zurückgesteckt?«

»Nun ja...« Johns rutschte auf dem Stuhl hin und her, und sein müdes, junges Gesicht errötete. »Er dachte an das, weswegen er mich hergebracht hatte. Das Geld – das ging ja nicht verloren.«

»Es ging dann aber doch verloren«, sagte Khazoyan. »Haben Sie nicht bemerkt, daß es weg war, als Sie aus dem Schlafzimmer kamen?«

»Als er auf dem Boden lag und ihm das Blut aus der Brust lief?« Johns zog die Stirn in Falten. »War es denn weg?«

»Es ist noch immer weg«, erklärte Khazoyan.

»Huncie sagte Ihnen, Sie sollten das Geld am nächsten Tag abliefern«, fuhr Dave fort. »Also am Dienstag. Wo?«

»Er wollte zurückkommen. Zu Tom. In das Strandhaus. Um zehn.«

Dave schob seinen Stuhl zurück. Die Gummifüße stotterten ruckweise über den Fliesenboden. Er stand auf und berührte Yoshibas wuchtige Schulter. »Darf ich Ihr Telefon benützen?«

»Bitte, bedienen Sie sich«, sagte Yoshiba. Und zu Johns: »Warum rücken Sie eigentlich erst heute mit all dem heraus? Ich bin doch auch ein netter Mensch – oder mögen Sie keine Asiaten? Warum haben Sie die ganze Zeit geschwiegen, und jetzt auf einmal bricht es aus Ihnen raus? Ausgerechnet bei ihm?« Er machte eine Kopfbewegung zu Dave.

»Ich wollte Tom schützen«, sagte Johns. »Jetzt ist das nicht mehr nötig. Er hat alles herausgefunden.«

Tom Owens kam selbst an den Apparat. Das Hundegebell warf Echos in dem großen Holzhaus. »Gail ist nicht hier«, sagte er. »Aber ich selbst habe schon versucht, Sie zu erreichen. Soll ich sagen, verzweifelt? Es ist nämlich ein Mädchen hier, eine junge Frau. Sie behauptet, sie sei Larrys Frau – seine geschiedene Frau. Und sie sagt, er wollte ihr Geld geben – Geld, das ihr zusteht. Laut Gerichtsbeschluß. Fünfzehnhundert Dollar.«

»Ich habe mit ihm gesprochen«, sagte Dave. »Ich weiß.«

»Da war übrigens auch ein Mann«, sagte Owens, »der sie begleitet hat.«

»Dwayne Huncie. Ist er noch da?«

»Nein. Warten Sie einen Augenblick. Ich gebe Ihnen die Frau.«

Als Dave zurückkam in den Verhörraum, saß Yoshiba auf dem Boden, mit dem Rücken zur Wand, die Arme um die angezogenen Knie geschlungen, und starrte mit seinem ausdruckslosen Mondgesicht auf Larry Johns, der immer noch auf dem unbequemen Stuhl saß.

Dave wandte sich an den Lieutenant. »Ich schlage vor, Sie geben einen Fahndungsbefehl raus für einen Camper mit Nummernschildern aus Texas. Der Wagen ist auf Dwayne Huncie registriert.«

»Der ist inzwischen längst wieder in Texas«, protestierte Yoshiba. »Es wird einen Monat dauern und Briefwechsel mit zwei Gouverneuren erfordern, bis wir ihn wieder hierhaben. Was wollen Sie damit sagen – daß Huncie einfach reingekommen ist und das Geld genommen hat, während es Johns und Wendell nebenan getrieben haben?«

Dave schaute Johns an. »Haben Sie etwas gehört?«

»Nun ja. Ja.« Er setzte sich gerade hin, war sichtlich aufgeregt. »Ich habe etwas gehört. Ich sagte: ›Was war das? Jemand muß da draußen sein.‹ Rick meinte, ich sollte nicht so nervös sein und mich entspannen. Also entspannte ich mich. Aber das nächstemal hat er es auch gehört. Und wir merkten beide, daß jemand im anderen Zimmer sein mußte. Rick ging hinüber, um nachzuschauen. Dann hörte ich die Stimmen, und der Schuß fiel.«

»Wie lange war das, nachdem Sie das Geräusch gehört hatten?« fragte Yoshiba.

»Verdammt.« Die mageren Schultern hoben und senkten sich. Er hatte die Zigarette bis zum Filter geraucht. Jetzt beugte er sich vor, um den Stummel in dem Aschenbecher auszudrücken, der auf dem Tisch stand. »Ich habe nicht auf die Uhr geschaut. Aber ich würde sagen, fünf Minuten danach.«

Yoshiba stand auf. »Also folgte Huncie diesem Burschen hier, um sicherzugehen, daß er das Geld bekam, Wendell kam in den anderen Raum, traf ihn dort an, versuchte, ihn mit der Pistole zu verscheuchen, und Huncie hat sie gegen Wendell gerichtet?«

»Das kann Ihnen vermutlich nur Huncie sagen«, erklärte Dave. »Suchen Sie Huncie.«

»Selbst wenn wir eine Auslieferung erreichen«, antwortete Yoshiba, »wird es uns eine Menge Geld kosten, ihn hierherzukriegen – das Flugticket für ihn und zwei Begleiter. Das hier ist ein kleiner Ort, und die Polizei hat ein noch kleineres Budget, Mr. Brandstetter.«

Dave schüttelte den Kopf. »Huncic hat einen Bruder in Saugus. Er hat davon gesprochen, zu ihm zu fahren.«

»Gesprochen? Zu wem? Mit wem haben Sie telefoniert?«

»Mit Tom Owens. Jomay Johns ist bei ihm im Haus. Jetzt.«

Larry Johns stöhnte und faßte sich an den Kopf.

Dave fuhr fort. »Am Montagabend hat Huncie sie und das Baby in einem Kino abgeholt, wo er sie zuvor abgeliefert hatte. Gegen elf. Sie sind zu einem McDonald's gefahren. Er hatte die ganze Zeit über gejammert, daß er pleite sei, aber an dem Abend nahm er einen Zwanzigdollarschein von einer dicken Rolle Zwanzigdollarscheinen und hat ihn Jomay gegeben, damit sie für die Hamburger bezahlt. Dann ging er auf die Toilette. Danach hat sie ihn nicht wiedergesehen.«

»Ich schicke einen Fahndungsbefehl raus.« Yoshiba ging zur Tür. »Aber nur für den Staat Kalifornien.«

»Es war ein Camper Marke Indian Head«, sagte Larry Johns. »Er ist auf einen alten, orangefarbenen Chevy-Kleinlastwagen montiert. Der eine Scheinwerfer ist kaputt.«

Yoshiba öffnete die Tür. »Die Zulassungsnummer?«

»Mann, was Sie alles wissen wollen. Keine Ahnung«, sagte Larry Johns. Yoshiba knurrte und ging. Der Junge schaute Dave mit Augen voller Tränen an. »Sie sind wirklich ganz anders«, sagte er. »Sie versuchen, mich hier rauszuholen.«

»Verlassen Sie sich nicht darauf«, sagte Dave. »Noch nicht.«

Draußen auf dem Korridor stieß er mit einem kleinen Jungen zusammen, der ihm bis knapp über die Knie reichte. Er hatte ein T-Shirt an mit Orangensaftflecken darauf und eine winzige Jeans, die aussah, als würde sie ihm im nächsten Augenblick auf den Boden rutschen. In seinem Fäustchen hielt er eine Schnur, an der eine gelbe Holzente hing. Sie lag auf der Seite. Dave bückte sich und stellte sie auf ihre roten Holzräder. Das Kind lief davon, ohne irgendwie zu reagieren. Beim Rollen drehte sich der Kopf der Ente nach allen Seiten. Die Räder ratterten, und eine kleine Glocke klingelte.

Dave schaute dem Kleinen nach und lächelte, als am Ende des Korridors eine Tür aufging. Vern Taylor kam heraus in seinen ordentlichen, neuen Turnschuhen. Er schaute sich nicht um, bemerkte Dave nicht, und ging dem Kleinen voraus auf die offenen Türen am Ende des Korridors zu. Dann verschwand er auf einem von Hibiskusbüschen umrahmten Weg. Die Blüten waren so rot wie sein Anorak.

Dave ging in dieselbe Richtung und warf einen Blick auf die Tür, aus der Vern Taylor gekommen war. BEWÄHRUNGSHELFER stand darauf. Das war interessant. Dabei hatte er sich von Vern Taylor am wenigsten etwas Interessantes erwartet. Er ging hinein. Eine Frau mit ausgebleichtem, rotem Haar saß an einem Schreibtisch und tippte auf einer elektrischen Maschine. Der Schreibtisch sah genauso aus wie der von Yoshiba und von Khazoyan; auch die Akten stapelten sich hier wie dort. Die Frau drehte den Kopf und schaute Dave an, über ihre runde Nickelbrille hinweg, die ganz vorne auf ihrer langen, schmalen Nase saß. Sie zog die Augenbrauen hoch, und ihr Blick fragte, was er von ihr wolle.

Dave legte seine Visitenkarte auf den Schreibtisch. »Hat Vern Taylor etwas mit dem Bewährungshelfer zu tun?«

Die Büros waren durch Trennwände abgeteilt: unten Sperrholz, oben Milchglas. Das Büro, auf das die alte Frau an der Schreibmaschine deutete, war gerade groß genug für das, was es enthielt: einen Aktenschrank, einen Schreibtisch und zwei Stühle. Und einen kleinen Mann, der nur Haut und Knochen war. Er legte gerade Akten in eine Schublade des Schranks, schob sie zu und drehte sich um. Dann riß er vor Überraschung den Glatzkopf nach vorn.

»Dave Brandstetter! Lange nicht gesehen.«

Er kam lächelnd um den Schreibtisch herum und streckte ihm die Hand hin. Dave schüttelte sie vorsichtig. Sie fühlte sich zerbrechlich an. »Es ist Jahre her«, sagte er. »Hier hat man Sie also untergebracht.«

Der Mann hieß Squire. Es war Jahrzehnte her, seit Dave ihm zuletzt Fragen gestellt hatte. Jetzt schnitt er eine Grimasse. »Ich hab' es so gewollt, dachte, es sei hier besser als in Los Angeles. Ein Irrtum.« Er setzte sich in den Drehstuhl hinter dem Schreibtisch. »Wahrscheinlich ist es überall das gleiche. Setzen Sie sich. Mögen Sie Kaffee oder was?« Er wollte wieder aufstehen.

Dave schüttelte den Kopf und setzte sich auf einen der beiden Stühle. »Ich möchte nur das, was ich immer von Ihnen will. Eine Information, die mich eigentlich nichts angeht. Ich habe gerade Vern Taylor hier rauskommen sehen. Warum?«

»Er kommt jede Woche hierher – für die nächsten zwei Jahre. Ich weiß allerdings nicht, ob das reicht. Nach dem, was ich über ihn weiß, braucht er einen, der sein Leben lang auf ihn aufpaßt.« Squire nahm die Akten wieder aus der Schublade und setzte sich. »Er ist eben erst aus Chino entlassen worden.« Squire schlug die Akte auf, setzte eine billige Lesebrille mit halbmondförmigen Gläsern auf, beugte sich vor und blinzelte, während er Vern Taylors Akte durchblätterte. »Ach, eine trübselige Geschichte. Verbrechen, schön und gut. Aber hier geht es um zweihundertachtundachtzig A. Du meine Güte.« Die Zahl stand im Strafgesetzbuch von Kalifornien. Sie bezeichnet oralen Geschlechtsverkehr. »Dazu zweihundertneunzig.« Das bedeutete, daß er verschwiegen hatte, bereits mehrfach in Sexualdelikte verwickelt gewesen zu sein. »Seine Vorstrafenliste geht nämlich weit zurück. Sehr weit.« Er nahm die Brille ab. »Wollen Sie alles wissen?«

»Ich weiß selbst nicht, warum«, sagte Dave. »Aber – ja, wenn Sie nicht zuviel zu tun haben. Ich arbeite an einem Fall, der mir vorkommt wie ein Puzzle, das zu viele Kinder an zu vielen regnerischen Sonntagnachmittagen durcheinandergebracht haben. Die Hälfte der Steine fehlen. Taylor ist vermutlich keiner der wichtigen Steine. Ich kann mir jedenfalls nicht vorstellen, wie er dazupassen sollte. Trotzdem kommt er irgendwie in dem Puzzle vor. Lassen Sie hören.«

Squire setzte sich die Brille wieder auf, warf noch einen Blick in die Akten, atmete tief ein und stieß die Luft danach geräuschvoll aus. »Okay. Er hat angefangen damit, als er zwölf Jahre alt war, also vor fünfzehn Jahren. Parks, Toiletten in Busstationen, die bekannten Orte. Die *Astor Bar* an der Main Street. Immer sechshundertsiebenundvierzig A.« Das war die Ziffer für »Aufforderung zu einer unzüchtigen Handlung.«

»Kleine Vergehen, nicht wahr? Man bezahlt eine Buße und wird nach einer Nacht in der Zelle freigelassen. Aber wenn es der Arbeitgeber erfährt, schmeißt er einen möglicherweise raus. Er hatte einen guten Job bei der Stadtverwaltung. Als man ihn das zweitemal erwischte, kamen sie dahinter und feuerten ihn.«

»Er war technischer Zeichner«, sagte Dave.

Squires sanfte Augen schauten ihn über die Brillengläser hinweg an. »Sie wissen das alles?«

»Fast gar nichts«, erwiderte Dave. »Berichten Sie.«

»Da er seine Vorstrafen nicht erwähnte und da niemand es nachprüfte, bekam er einen Job bei einem privaten Bauunternehmer. Dann folgten drei weitere Festnahmen. Aber irgendwie konnte er es vor seinem Arbeitgeber geheimhalten. Bei der Festnahme Nummer vier freilich kümmerte sich irgendso ein übereifriger Sittenwächter im Department darum, daß es an die richtige Adresse gelangte.«

»Reizend«, sagte Dave.

»Nun ja. Taylor mußte wissen, daß es ein Spiel war, das er nur verlieren konnte. Was ist bloß mit diesen Leuten los?«

»Sie sind verrückt«, erwiderte Dave. »Genau wie wir alle.«

»Nein, nicht wie wir alle«, sagte Squire. »Sonst gäbe es keine Gesetze dagegen.« Er seufzte und nahm sich wieder die Akte vor. »Dann, ob Sie's glauben oder nicht, hat er es als Lehrer versucht. Im Ernst. Sommerklassen an der High School. Ich weiß nicht, ob sie jemals dahintergekommen wären, wenn da nicht eines Tages in einer Schwulen-Kneipe eine Razzia stattgefunden hätte. Im *Black Cat*, am Sunset. Erinnern Sie sich?«

»Wie viele Leute wurden dabei festgenommen? Zwanzig?«

»Mehr. Und alle Namen kamen in die Zeitung. Damit war Taylors Karriere als Lehrer beendet. Und seine Aussicht, jemals wieder einen anständigen Job zu finden. Der nächste Arrest war ein sechshundertsiebenundvierzig B.«

»Prostitution?« fragte Dave.

»Ich nehme an, er sah noch jung aus. Immerhin hat er davon gelebt. Wenn man ein Zimmer im Ricketts-Hotel Leben nennen kann.« Er meinte eine sechsstöckige Bruchbude, die bis zu den Knien im fettigen Neonlicht des Bordellviertels von Los Angeles stand. »Vern lernte die Kunden unten in der Halle des *Astor* kennen und hat sie mit hinaufgenommen in sein Zimmer. Aber eines Abends hat er sich den Falschen ausgesucht. Einen Beamten von der Sitte.«

»Also wieder ein Prozeß«, sagte Dave. »Was hat er dafür bekommen?«

»Er hat sich May Sweeny genommen, die Anwältin, die immer zwei Perserkatzen mit in den Gerichtssaal brachte«, sagte Squire. »Die hat erreicht, daß er freigesprochen wurde. Aber es hat ihn eine Stange Geld gekostet.«

»Die Herzogin«, sagte Dave. »Die Tunten vom Pershing Square haben sie verehrt, und sie hat sie ausgenommen bis aufs Hemd.«

»Also hat er es wieder mit einem anständigen Job versucht. Über eine dieser Sozialhilfeorganisationen für Homosexuelle. Man hat ihn in eine Bonbonfabrik gesteckt, die von zwei alten Tunten geführt wurde, welche sich nicht um Verns Vorstrafenregister kümmerten. Aber sie haben ihm nur einen Dollar die Stunde bezahlt.«

»Die beiden kenne ich auch«, sagte Dave. »Dabei fühlen sie sich, als ob das weiß Gott was für eine Gnade wäre, die sie ihren Geschlechtsgenossen erweisen. Und dann kam er nach Chino. Wann?«

»Vor einem Jahr, im Dezember«, sagte Squire. »Am Heiligen Abend, ausgerechnet. Sie haben ihn erwischt bei einem zweiachtundachtzig A. In einem dunklen Hausgang neben einem Fummelladen am Broadway. Im Regen. Oralverkehr im Regen, das war alles. Er kam vor Richter Macander, und Sie können sich denken, was passierte. Macander las seine Vorstrafenliste –« Squire hielt Dave das Blatt vor die Nase – »und verurteilte ihn zu fünf Jahren und tausend Dollar Strafe.«

»Und er ist eben erst entlassen worden?« fragte Dave.

»Vor einem Monat. Erst ist er wieder ins Rickett gezogen, aber nicht lange. Er hat sein Arbeitsrevier verlegt und landete in Surf – daher habe ich ihn geerbt.«

»Macander wollte ihn ins Gefängnis schicken, um ihn normal zu machen«, sagte Dave. »Vierzig Jahre Enttäuschungen haben den Glauben dieses Richters an die heilsame Wirkung des Gefängnisses nicht erschüttern können. Und hat es wirklich etwas gebracht?«

Squire schlug die Akte zu und legte sie wieder in die Schublade. »Er glaubt, daß er eben Pech hatte. Sein ganzes Leben – eine einzige Pechsträhne. Keine falschen Entscheidungen, keine Dummheiten, kein Unvermögen, aus gemachten Fehlern zu lernen. Nur Pech.«

»Ja.« Dave stand auf. »Wenn er sich einen reichen Vater ausgesucht hätte, wäre ihm das alles erspart geblieben, nicht wahr?«

Squire legte die billige Nickelbrille auf den Schreibtisch. »Sie haben schon mit ihm gesprochen. Sie hätten das alles gar nicht gebraucht.«

»Vermutlich nicht«, gestand ihm Dave. »Jetzt weiß ich nicht, was ich damit anfangen soll.« Er ging zur Tür. »Kommen Sie mit – ich möchte Sie zu einem Drink einladen.«

»Wie in alten Zeiten«, sagte Squire, stand auf und begleitete Dave hinaus.

Kapitel 9

Ein viereckiges Paket stand auf seinem Schreibtisch. Braunes Papier. Eine Schnur darum. Es stand allein dort. Dave hatte die Angewohnheit, seinen Schreibtisch stets vor Verlassen des Büros abzuräumen. Es war ein schöner Schreibtisch, nach dem er lange gesucht hatte: geöltes Teakholz in mattem Stahlrahmen. Hinter ihm fiel eine Tür leise ins Schloß. Er zog die

Stirn in Falten und ging dann mit mürrischem Gesicht durch den langen, kühlen Raum. Er stellte den Thermostat immer ganz niedrig ein. Jemand hatte ihn einmal gefragt: »Was machst du eigentlich – läßt du hier drinnen Schinken an der Luft trocknen?« Doug, vermutlich. Doug hatte ihn schon öfters gescholten, weil er kühle Räume liebte.

Er setzte sich seine Hornbrille auf und nahm das Paket in die Hand. Die Adresse war sauber geschrieben, aber es stand kein Absender darauf. Er hielt das Paket ans Ohr. Drinnen tickte nichts. Aber vielleicht brauchte es gar nicht zu ticken. Vielleicht setzte man den Zünder in Gang, wenn man das Paket öffnete. Er ließ sich in einen Sessel aus Sattelleder sinken, der mit dem Rücken zur Fensterwand stand. Draußen sah man den klaren blauen Himmel und einen einsamen Hubschrauber. Er nahm sein Telefon aus einer Schreibtischschublade, wählte aber noch nicht. Sein Vater kam herein.

Carl Brandstetter war ein aufrechter, robuster Mann von fünfundsechzig Jahren mit schönem, weißem Haar, blauen Augen und einem teuren Maßschneider. Er drehte sich um, sagte etwas zu jemand draußen im Vorzimmer, ließ die Tür zufallen, nickte Dave zu und ging dann zu einem Schrank, wo Flaschen mit Alkoholika, Eis und Gläser hinter isolierten Stahltüren verborgen waren, die wie aus Holz aussahen. Er bückte sich, um eine Tür zu öffnen und nahm Flaschen heraus. »Ruf ruhig erst an.«

»Das kann warten.« Dave war aufgestanden. »Was hat der Arzt gesagt?«

»Ich soll aufhören mit dem Rauchen.« Carl Brandstetter stieß einen Laut des Unwillens aus und warf kleine Eiswürfel in einen Mixbecher aus dänischem Kristall. »Und mit dem Trinken.« Er maß Gin mit einem Meßglas ab. »Und mit dem Arbeiten.« Er maß Wermut ab, stellte die Flaschen zurück, fand ein Glas mit gefüllten Oliven und schloß dann die Tür. »Und mit dem Sex.« Aus der befrosteten, kleinen Höhle des Tiefkühlfaches nahm er Stielgläser und gab in jedes eine Olive.

»Da bleibt aber nicht viel übrig«, sagte Dave.

»Doch. Backgammon.« Sein Vater rührte die Eiswürfel mit einem Glasstab um. »Im Altersheim. Und vielleicht ein bißchen Shuffleboard, einmal die Woche.« Er schenkte aus dem Mixbecher ein, drehte sich um, lächelte und reichte Dave ein angefrostetes Glas. »Aber keine Turniere. Nichts, was das Adrenalin in Schwung bringt.«

»Das Herz?« Dave nahm das Glas und nippte an dem Cocktail.

»Es scheint gebrochen zu sein.« Carl Brandstetter setzte sich in einen weißen Ziegenledersessel und stellte seinen Martini auf einen niedrigen Tisch aus Glas und Stahl. »Wenn sie das erfahren, werden einige Frauen in dieser Stadt herzlich lachen müssen.«

»Bisher waren es immer ihre Herzen«, sagte Dave lächelnd.

Es hatte neun an der Zahl gegeben, wenn man nur die Ehefrauen zählte. Nicht, daß Carl Brandstetter ein Sammler gewesen wäre – im Gegenteil: Er war ein Wegwerfer. Dave sah zu, wie er sich eine Zigarette anzündete, mit einem goldenen Feuerzeug, das in Form und Ausstattung zu seinen Manschettenknöpfen paßte. »Du rauchst. Du trinkst.«

Der ältere Mann sagte: »Ich fühle mich wohl. Wenn ich erst tot bin, werde ich sicher denken, daß es wert gewesen wäre, das alles aufzugeben. Aber momentan erscheint mir das völlig irreal. Die Sonne scheint. Ich habe eine reizende, mich liebende junge Frau, die mich in Kürze mit ihrem Bentley abholen wird, damit wir irgendwohin zum Essen fahren ...«

»Den Frauen wird es nicht viel ausmachen«, sagte Dave. »Aber mir.«

Der Aufsichtsratsvorsitzende der Medallion Leben zog die weißen Brauen hoch. »Sentimental? Ausgerechnet du?«

»Nein – nur eine Tatsache«, sagte Dave. »Warum schaltest du nicht ein paar Gänge zurück?«

»Was ist in dem Paket?« fragte sein Vater.

Dave trank einen Schluck. »Haben wir einen Metalldetektor hier?«

»Nicht daß ich wüßte. Warum?« Carl Brandstetter stand auf, nahm das Paket, las die Adresse. »Hm. Anonym.«

»Es ist möglich, daß mich jemand lieber tot sieht als lebendig«, erklärte Dave. »Es ist immerhin schon einmal passiert – erinnerst du dich?«

»In dieser Wendell-Sache?« Carl Brandstetter legte das Paket wieder auf den Schreibtisch und nahm sein Glas. »Ich höre, daß es da Ärger gibt. Die Mutter hetzt die Anwälte auf uns. Und der Geschäftspartner verlangt, daß man dich feuert.«

»Ich bin noch immer nicht ganz sicher, ob nicht einer der beiden ihn umgebracht hat.« Dave zündete sich eine Zigarette an, setzte sich auf die Schreibtischkante und erklärte, warum. »Aber inzwischen sind ein paar neue Figuren in dem Stück aufgetreten. Eine kleine Exgattin aus Texas, die geschiedene Frau des Verdächtigen. Dazu ihr Baby und ihr Winkeladvokat, der fünfzehnhundert Dollar vom Verdächtigen verlangte, für die Erziehung des Kindes.«

Er fuhr fort mit Teil zwei der Geschichte, während Carl Brandstetter ein goldenes Federmesser aus der Tasche nahm und die Schnur des Pakets durchschnitt. Dann faltete er das braune Packpapier auf. Der Karton, der darinnen steckte, war wieder verschnürt. Er schnitt auch diese Schnur auf, klappte das Messer zu und steckte es ein. Dann grinste er Dave an. »Möchtest du hinausgehen?«

»Du hast niemals auch nur einen Funken Phantasie gehabt«, sagte Dave.

»Du hast genug für uns beide«, erwiderte sein Vater. »Dieser Johns hat Wendell umgebracht. Das ist jetzt klarer als zuvor. Das Motiv waren diese fünfzehnhundert Dollar.«

»Er hat sie nicht bekommen«, sagte Dave. »Ich möchte wissen, wer sie hat.«

»Vielleicht fragst du den ersten Polizisten, der am Tatort erschienen ist. Die Leute sind sehr schlecht bezahlt.« Carl Brandstetter öffnete den Karton und nahm eine Handvoll Holzwolle heraus. Dave beugte sich über ihn, um hineinzuschauen. Drinnen war ein hübscher, braun und schwarz glasierter Keramiktopf. Auf seinem Boden lag ein kleiner Umschlag. Dave nahm ihn heraus, öffnete ihn und schüttelte eine Karte mit Leinenstruktur heraus.

Mit der Hälfte meiner Liebe – Kovaks.

Sein Vater schaute ihn fragend an. Dave reichte ihm die Karte. »Nur mit der Hälfte?« fragte Carl Brandstetter.

»Die andere Hälfte ist für Doug«, erläuterte Dave.

Sein Vater schnitt eine Grimasse und gab ihm die Karte zurück. »Warum schaltest du nicht ein paar Gänge zurück in diesem Leben?« Er ging wieder zu dem Ziegenledersessel und ließ sich schwer darauf sinken. Auf dem Tisch lagen Zeitschriften, drei Nummern von *Apollo*, dick, teuer und auf Hochglanzpapier. Er blätterte eine davon durch. Dave sah griechische Marmorfragmente, englische Genremalereien aus dem späten 19. Jahrhundert. Carl Brandstetter sagte, ohne aufzublicken: »Ich hoffe, du entscheidest dich, freiberuflich zu arbeiten, wenn ich erst mal tot bin. Denn du weißt, der Aufsichtsrat wird dich feuern. Und du weißt auch, warum.«

Dave zuckte mit den Schultern. »Ich mag den Job«, sagte er. »Aber mir geht es da genauso wie dir mit deinem Herzen. Ich bin nicht bereit, deshalb mein Geschlechtsleben aufzugeben.«

Als er die altersschwache Tür von Sawyers Zoohandlung öffnete, flogen kleine Vögel auf wie bunte Papierschnitzel. Das Fenster war mit Maschendraht gesichert. Der breite Raum zwischen der Glasscheibe und dem Gitter diente als Flugkäfig für Finken und Sittiche. Es gab Sitzstangen und kleine Leitern, hängende Kürbisse, ausgehöhlt und bunt bemalt. Der Metallboden war übersät mit Körnern und getrocknetem Mais. Dort pickten Zwergwachteln.

An einer Wand des Ladens standen Aquarien, schimmernd von grünem Licht und den blitzartig aufleuchtenden Körpern seltener Fische. In den Regalen an der gegenüberliegenden Wand standen Dosen mit Hundefutter, Schachteln mit Vogelsamen, Kauknochen, Katzenstreu und Ungezieferspray. Auf Stahldrahtgestellen hingen Lederschlaufen zum Kauen, Gummiknochen, Halsbänder mit Straß, mit Nieten, helle Lederleinen und glitzernde Hundeketten. An der Decke hingen funkelnde neue Käfige. Katzenschüsseln aus buntem Plastik standen am Boden zwischen Hundekörben und Papiersäcken voll Sand und Sägespänen.

Kanarienvögel zwitscherten. Die kleinen Papageien und Finken stießen schrille Töne aus. Winzige Tanzmäuse drehten sich in gläsernen Käfigen. Meerschweinchen hüpften über den Rücken von Schildkröten, die an Salatblättern knabberten.

Doug Sawyer tippte auf einer Registrierkasse, blinzelte Dave zu und unterhielt sich dann weiter mit einer Frau in einer Hose und mit Lockenwicklern, die einen Behälter aus Holz und Glas in der Hand hatte.

Dougs kleine Mutter in geblümter Schürze schaute mit ihrem einen Vogelauge aus dem Raum hinter dem Laden heraus. Ein weißbrauner junger Hase kuschelte sich an sie. In der freien Hand hielt sie eine Arzneipipette. Sie lächelte Dave an, daß man ihre falschen Zähne sehen konnte, und hob dazu das kleine Kinn. Es roch nach Holz und Stroh. An den Wänden standen Käfige mit Papageien, Affen, einem zerzausten Raben und einer schielenden Siamkatze, die hin und her schlich.

»Ich hoffe, Sie können mir noch einmal verzeihen«, sagte Belle Sawyer. Sie hatte eine Doppel-Kochplatte in einem Regal stehen, auf der stets Wasser für den Kaffee brodelte. Gläser mit Pulverkaffee und Milchpulver und eine Schachtel Würfelzucker sammelten Staub. Jetzt stand auf der zweiten Kochplatte ein kleiner Topf, in dem irgendeine klebrige, gelbe Substanz kochte. Die Besitzerin der Zoohandlung tauchte die Pipette in die Flüssigkeit, wartete, bis sie ein wenig abgekühlt war und entleerte sie dann in das Maul des Hasen. Die braune Nase zuckte. Der kleine Körper kämpfte dagegen an. »Ich beanspruche Doug viel zu viel.« Die Brille mit den dicken Gläsern funkelte Dave an. Eines der Gläser war mit weißer Gaze zugeklebt. Belle Sawyer hatte vor Jahren durch den Schnabelhieb eines Falken ein Auge verloren. »Er hat keine Zeit mehr für sein eigenes Leben. Hoffentlich wissen Sie, daß ich das nicht mit Absicht tu.« Sie streichelte das Fell des Hasen, lächelte zufrieden, als er die Medizin schluckte, und murmelte ihm tröstend zu.

»Vielleicht ist jetzt wieder eine Weile Ruhe. Es ist mein Kreislauf. Das Alter. Zu viele Jahre auf den Beinen, nehme ich an. Die Venen lassen eben manchmal nicht genügend Blut in mein Gehirn.« Sie füllte wieder die Pipette und preßte dann sachte die Flüssigkeit in das Maul des Hasen. Das Tier schüttelte die Ohren. Es klang wie das Flattern eines großen Nachtfalters. »So, jetzt ist es genug.« Sie bückte sich und setzte den Hasen in einen Käfig, wo er sich in Papierfetzen und Sägemehl einwühlte. Dann schloß sie die Käfigtür. In einer Ecke war eine abgeschlagene Emaillespüle mit einem Wasserhahn. Die Leitung dröhnte, als Belle Sawyer den Hahn aufdrehte, um die Pipette zu reinigen.

»Kaffee?« Sie wartete nicht auf Daves Antwort. Mit einem gesprungenen Plastiklöffel gab sie braunen Pulverkaffee in einen Plastikbecher. Dann goß sie heißes Wasser dazu und sagte: »Es ist besonders ärgerlich, weil mir, während es passiert, alles völlig normal vorkommt. Diese Woche war ich Präsident – ich nehme an, Doug hat es Ihnen erzählt. Ich habe tatsächlich Erlasse erteilt, ganze Stapel davon, und erklärt, alles sei in Ordnung. Können Sie sich das vorstellen?« Sie steckte den Löffel in den Becher und reichte diesen Dave. Ihr helles Auge sah ihn spöttisch an. »Ich habe mich völlig sicher gefühlt. So sicher wie damals, als mein Mann noch lebte.« Dann zog sie die Mundwinkel nach unten. »Aber es war natürlich nur eine Illusion. Das Capitol befand sich auf dem Mount Rushmore. Sie wissen, wo die Präsidenten in Stein gehauen sind.«

»Die Schwarzen Hügel.« Dave blies auf seinen Kaffee.

»Genau.« Sie nickte. »Ich hatte den Regierungssitz in die Schwarzen Hügel verlegt. Aus Sicherheitsgründen. Die Küsten sanken allmählich ins Meer.« Sie lachte. »Ist das nicht wirklich so?«

»Der Gedanke ist immerhin naheliegend.« Dave zündete sich eine Zigarette an. »Und dann ist es auf einmal vorüber?«

»Genau wie ein Traum«, sagte sie. »Natürlich bin ich jetzt etwas beunruhigt. Ich glaube, ich habe meine Erlasse tatsächlich per Post verschickt. Und ich habe nicht die leiseste Ahnung, an wen. Hoffentlich habe ich mir einfach irgendwelche Namen und Adressen ausgedacht, aber es kommt mir so vor, als ob ich einen an die Königin von England geschickt hätte. Doktor Simpson meint, ich habe die Briefe vermutlich nicht frankiert – ein Präsident hat das nicht nötig. Guter Gott! Die Schwarzen Hügel! Ich bin noch nicht einmal dortgewesen.«

Doug stand in der Tür. »Sie ist wieder okay«, sagte er.

»So sieht es aus«, erwiderte Dave. »Freut mich.«

»Sicher bin ich okay.« Aber ihre Fröhlichkeit hielt nicht an. »Ach, meine Lieben – das habe ich schon öfters gesagt, nicht wahr?«

»Mach dir keine Sorgen deshalb«, beruhigte sie Doug. »Das ist das Wichtigste. Es ist ja nicht deine Schuld. Und du tust damit niemandem weh, oder?« Er legte ihr einen Arm um die Schulter und küßte ihr Haar, das wie eine Pusteblume aussah. »Oh! Gluvers Hundeseife!« Er zog die Nase hoch, rieb sie mit dem Handrücken.

»Du weißt, daß ich die seit jeher benütze. Auch bei dir, als du noch zu klein warst, um mir Vorschriften zu machen.«

»Ja, und in der Schule haben mich alle angebellt«, sagte Doug.

»Unsinn«, erklärte sie. »Es ist ein guter, reiner Geruch. Und sehr gesund fürs Haar.«

Dave schaute auf die Uhr und dann auf Doug. »Viertel vor fünf. Soll ich das noch austrinken?«

»Nicht nötig«, sagte Belle Sawyer. »Ich weiß, der Kaffee schmeckt scheußlich.« Sie langte nach dem Becher, und Dave gab ihn ihr, weil sie recht hatte. Er schmeckte abscheulich.

Doug bückte sich hinunter zum Kaninchenkäfig. »Wie geht es ihm?«

»Ich weiß nicht. Kaninchen sind so empfindlich.« Sie berührte Dougs Schulter. »Lauf du nur zu. Ich schließe ab. Ich fühle mich absolut wohl und normal.« Sie lächelte Dave an. »Es macht allerdings nicht so viel Spaß wie wenn man Präsident ist.« Jetzt zog sie die Stirn in Falten. »Ich glaube, ich hatte nicht einmal einen Kongreß. Nur ich, allein im ovalen Büro, beim Unterzeichnen von Erlassen. Und alles war gut und richtig.«

Sie ließen sie in der Tür stehen, und sie winkte ihnen mit ihrer kleinen Hand und lächelte dabei über nichts.

Die einzelnen Komponenten der Stereoanlage standen auf dem nackten Boden in dem großen, leeren Vorderraum. Das *Largo cantabile* der Symphonie Nummer 93 von Haydn hallte im Raum. Der alte Herr hatte Heimweh empfunden, damals im London des Jahres 1791, und über seine Einsamkeit am Ende des Satzes mit dem Fagott gespottet. Dave mußte darüber lächeln, als er aus der Dusche kam und seinen Bademantel anzog. Er zündete sich eine Zigarette an, nahm die *New York Review* dieser Woche vom Boden neben dem Bett und ging in die Küche. Bevor er dort hinkam, bohrte sich das Heulen des elektrischen Mixers durch die Klänge der Musik. Er zuckte zusammen und betrat den hohen, gekachelten Raum, wo es angenehm nach Zwiebeln, Knoblauch und gebratenem Huhn roch.

»Magst du *poule à la mexicaine?*« Doug, in einem ausgebleichten Hausmantel aus Drillich, das graue Haar noch naß von der Dusche, ging zum Kühlschrank. »Dann zieh kein solches Gesicht. Ich muß nun mal die Paprikaschoten pürieren.«

Dave betrachtete den kleinen, organgeroten Wirbelsturm im Mixbecher oberhalb der gräßlichen Maschine mit ihren verschiedenfarbigen Drucktasten. »Das nennt man pürieren?«

»Bei den Menschen des zwanzigsten Jahrhunderts – ja.«

Doug reichte ihm einen Martini. »In zehn Minuten ist das Essen fertig.«

Dave brummte, nahm das Glas, klemmte sich die Zeitschrift unter den Arm und ging damit hinaus durch die Doppeltür auf die Dachterrasse. Er wollte sich auf der Redwoodliege niederlassen, die neben Tisch und Stühlen im Schatten der Gummibäume stand. Plötzlich blieb er stehen. Am Ende der Terrasse glitzerte etwas im Licht der untergehenden Sonne. Er kniff die Augen zusammen und ging darauf zu. Es war viereckig, etwa einszwanzig hoch, vielleicht einen Meter breit und achtzig Zentimeter tief – blasse Ziegelsteine im Gußstahlrahmen, mit einer rechteckigen Öffnung oben, Stahltüren vorne und Rohrstutzen an der Seite.

Daneben standen Kartons mit großen Töpfen, die buntes Pulver enthielten. Es gab eine Sammlung von Plastikeimern in Blaßgrün, gefüllt mit Tonerde. Unter einem Dach aus dicken Holzleisten und gewelltem Plastik, unter dem sich Regale für Topfpflanzen befanden – ein Projekt, das er und Doug noch vollenden wollten – standen terracottafarbene Schüsseln neben einer lehmverkrusteten Töpferscheibe mit einem kleinen Elektromotor darunter.

Dave blinzelte, zog die Stirn in Falten und biß die Zähne zusammen. Dann trank er langsam den Martini, rauchte die Zigarette zu Ende und drückte sie im Aschenbecher auf dem Tisch aus. Die Zeitschrift ließ er draußen liegen, aber das Glas nahm er mit in die Küche, und dort sagte er sehr freundlich: »Doug?«

Doug stand am Herd und wischte sich mit dem Ärmel den Schweiß von der Stirn. »Ist was nicht in Ordnung?«

»Wie sieht eigentlich der Brennofen eines Töpfers aus?«

»So ähnlich wie ein Backofen.« Doug nahm eine Dose Hühnersuppe von einem Regal über dem Herd. Der elektrische Dosenöffner sang und tanzte. »Aus Ziegeln, glaube ich. Warum?«

»Es steht einer draußen auf der Dachterrasse.« Dave öffnete den Kühlschrank und schenkte sich noch einen Martini ein.

Dougs leeres Glas mit der Olive stand auf der gekachelten Anrichte neben dem Herd. Dave gab die gekühlte Mischung aus Gin und Wermut über die Olive und stellte dann den Krug in den Kühlschrank zurück. »Ich glaube wenigstens, daß es ein Brennofen ist. Er muß eine Tonne wiegen.«

Doug leerte die goldfarbene, klumpige Brühe in die Kasserole, wo sie sanft zu köcheln begann. Dann gab er das Paprikapüree dazu. »Auf unserer Dachterrasse?«

»Da hinten.« Dave zeigte die Richtung. »Hast du das nicht gewußt?«

»Wie hätte ich es wissen sollen? Ich bin seit heute morgen um halb neun unterwegs. Ich hoffe nur, dieser alte Idiot in dem Fahrradgeschäft nebenan ist schlauer als er aussieht. Ich hab' ihn gebeten, ein Auge auf Mutter zu werfen und mich anzurufen, wenn sie sich ungewöhnlich verhält.« Doug gab mit dem Löffel gelbgrünes Pulver aus einem kleinen Glas in die Kasserole. Gemahlener Kümmel. Dann schaute er Dave mit großen Augen an. »Hast du vielleicht gedacht, ich hätte das da rausgestellt?«

»Wir wissen beide genau, wer es rausgestellt hat«, sagte Dave. »Ich hatte nur die sicher lächerliche Vorstellung, daß er mich um Genehmigung hätte fragen müssen. Aber wie gesagt, es ist lächerlich.«

Doug ging mit dem Kümmelglas und dem Löffel aus der Küche durch die Terrassentür und hinaus auf die Dachterrasse. Er blieb stehen, schüttelte den Kopf und sagte etwas, das so klang wie *»merde«*.

»Hast du es ihm denn nicht erlaubt?« fragte Dave.

»Natürlich nicht.« Doug berührte die hellen Ziegel, den Gußstahlrahmen. »Mein Gott, wie hat er das Ding bloß raufgebracht? Schau dir das mal an.«

»Es wiegt bestimmt eine Tonne«, sagte Dave. »Und er hat seine ganze Werkstatt hier eingerichtet – die Töpferscheibe, die Schüsseln, den Ton.«

»Es war ein Fehler«, sagte Doug plötzlich. »Er hat es mir gesagt, Dave. Ich dachte, es sei nur eine Vorwarnung. Aber es war keine Vorwarnung, sondern eine Tatsache, und ich war zu begriffsstutzig, um es zu kapieren. Das Haus, wo er bis jetzt gearbeitet hat, wird abgerissen. Irgendein altes Lagerhaus im Osten von Santa Monica. Er mußte dort raus. Und irgendwo muß er ja bleiben.«

»Schön und gut«, sagte Dave. »Aber er hat nicht gefragt –«

»Wenn er mich gefragt hätte, hätte ich dich gefragt«, sagte Doug.

Dave schaute ihn an. »Aber du hast damit gerechnet.«

»Vielleicht.« Doug zuckte mit den Schultern. »Ich weiß es nicht. Ehrlich, ich habe nicht darüber nachgedacht.« Er lächelte, berührte Daves Gesicht. »Was denkst du? Ich will diesen Kovaks nicht. Ich mag seine Arbeiten, das ist alles. Ich glaube, das dürfte dir jetzt allmählich klar sein.«

»Aber er hat die Absicht zu bleiben«, sagte Dave.

»Nun ja, es tut doch niemandem weh, oder? Ich meine, wenn er hier arbeiten will – Platz ist genug.«

»Wenn du ihm sagst, er kann hier arbeiten, wohnt er nächste Woche hier. Darum geht es.« Dave ging zurück in die leeren Räume und holte den Topf aus dem Karton, den er auf dem Treppenabsatz gestellt hatte. Doug war wieder in der Küche. Dave zeigte ihm den Karton, den Topf, die Karte. »Dieser Verrückte will wohl zwischen uns auf der Besucherritze schlafen.«

»Vermutlich.« Doug zog die Stirn in Falten, während er mit einem langen hölzernen Kochlöffel die Hühnerstücke in der dicken, hellroten Soße umrührte. »Ich hab' auch einen bekommen. Gestern. Er ist mit den Paketen für die Galerie gekommen. Mit United Parcel.«

»Und die gleiche Karte, wie?«

»Ja, die gleiche.« Kovaks stand unter der Küchentür und zeigte seine schönen Zähne. »Komme ich rechtzeitig für einen Drink? Ich bin am Verdursten.« Er hatte schmutzige, weiße Tennisshorts an. Auf dem buschigen Haar, ziemlich weit nach hinten geschoben, saß eine schmutzige, weiße Jachtmütze. Der Schweiß lief ihm über die blasse Haut. Er streckte seine schmutzigen Hände aus. »Warum prostet ihr mir nicht zu?«

»Wie lange hast du gebraucht, um den Brennofen hier heraufzubringen?«

»Über vier Stunden. Ich brauchte einen Flaschenzug und drei behaarte Bauarbeiter dazu. Um ehrlich zu sein, ich habe eigentlich nicht damit gerechnet, daß wir fertig würden, bevor du kommst. Die Burschen waren nicht teuer, aber sie haben immer wieder Bierpausen eingelegt.«

»Laß mich raten«, sagte Dave. »Du hast sie mit deinen letzten Cents bezahlt, habe ich recht?«

»Absolut. Du bist nicht besonders gastfreundlich.« Kovaks fand den Krug mit Martini im Kühlschrank und nahm sich ein gefrostetes Cocktailglas aus dem Tiefkühlfach. Dann füllte er das Glas. »Ich hätte nicht gewußt, an wen ich mich wenden sollte, wenn ich nicht Freunde hätte wie euch.«

»Bitte, schenk dir ruhig ein«, sagte Dave. »Fühl dich ganz wie zu Hause. Du siehst aus, als ob dir heiß wäre. Möchtest du nicht duschen? Sicher möchtest du das.«

Kovaks stand sehr ruhig da und beobachtete ihn. Auch Doug hatte aufgehört zu rühren und schaute Dave an. Kovaks fragte Doug fröhlich: »Du hast doch genügend Hühnchen da, oder?« Er wartete nicht auf Dougs Antwort.

»Sicher, bleib ruhig zum Dinner, Kovaks«, sagte Dave. »Wir machen eine Flasche Champagner auf. Also los, in die Dusche. Es ist doch noch genügend Zeit, oder, Doug?«

»Genügend.« Doug versuchte es mit einem Lächeln, das ihm mißlang.

Kovaks ging zu Dave hin und legte eine Hand auf die Tasche seines Bademantels. Die Hand war warm. »Zigarette?« fragte er.

»Auf meiner Kommode«, sagte Dave. »Bediene dich ruhig. Saubere Kleidung findest du dort auch.« Er schaute Kovaks an. »Ich glaube, meine Sachen passen dir.«

Kovaks verengte seine Augen mit den langen Wimpern, drehte den Kopf leicht zur Seite und bewegte die Zunge hinter geschlossenen Lippen. Dann grinste er und zuckte mit den Schultern. »Okay – danke.« Er ging hinaus.

Doug fragte: »Was hast du vor?«

Dave nahm den Topf samt Karton. »Ich bin eine Weile unten in der Galerie«, sagte er. »Im Packraum.«

Kapitel 10

Ausgefranste Plastikfahnen wehten gelb, orange und rot an schlappen Drähten zwischen verrosteten Lichtmasten. Dave ging zwischen Reihen von Gebrauchtwagen auf ein kleines Häuschen aus Holz und Glas zu, in der von Gras überwucherten, äußersten Ecke eines geteerten Platzes. PAT FARREL – GUTE GEBRAUCHTWAGEN stand auf dem Blechschild. WIR HALTEN, WAS WIR VERSPRECHEN. Die Wagen waren staubbedeckt. An den Windschutzscheiben stand in kalkigem Rosa: WENIGE MEILEN, FAST FABRIKNEU, KNÜPPELSCHALTUNG, HEISSER OFEN – daneben Preise, die kein Händler erzielen konnte.

Pat Farrels Gebrauchtwagenhandlung war eines von jenen Unternehmen, die man am besten mit Bargeld betrat – wenn man schlau war. Man suchte sich aus, was man wollte, und hörte dem Händler nicht zu, der erklärte, warum der Wagen die dreihundertfünfzig Dollar wert sei. Man drückte auf die Polster, schaute mit gefurchter Stirn unter die Motorhaube und stieß mit den Füßen gegen die Reifen, während einem der Verkäufer folgte. Dann hielt man ihm einen Hundertdollarschein unter die Nase und fuhr weg mit verrostetem Stahl, gesprungenem Plastik und abgefahrenem Gummi im Wert von fünfundzwanzig Dollar und dem rosa Zettel in der Tasche.

Am Fuß der Holztreppe zum Verkaufsbüro parkte ein europäischer Kleinwagen ähnlich dem von Vern Taylor, der gestern vormittag auf der Straße seinen Geist aufgegeben hatte. BENZINSPARER stand auf der Scheibe. Besonders, wenn er steht, dachte Dave und ging die Treppe hinauf. Die Bürotür stand offen, da es wieder ein heißer Vormittag geworden war. Drinnen saß ein Mann an einem gelben Schreibtisch aus Holz, der bedeckt war mit ausgebreiteten Kleinanzeigenseiten aus dem *Examiner*. Der Mann kreiste bestimmte Anzeigen mit einem Filzstift ein. Sein Anzug hing lose an ihm. Zwischen seinen Lippen klemmte eine Zigarre. Ein elektrischer Ventilator blies von einem hohen Aktenschrank in der einen Ecke, zerzauste sein grünlich schimmerndes Toupé und trieb den Zigarrenrauch durch ein Seitenfenster ins Freie. Er schaute auf, legte den Filzstift beiseite und die Zigarre auf den Rand des Schreibtisches, wo frühere Zigarren bereits schwarze Spuren hinterlassen hatten.

»Morgen.« Er stand auf und streckte Dave die Hand entgegen. Wo früher dickes Fleisch die Wangen gepolstert haben mochte, schob sein Lächeln nur noch lose Falten auf beide Seiten des Mundes. Die Zähne waren gelb vom Tabak. Aber die Stimme war freundlich und hatte übertriebenen Hochglanz. »Pat Farrel. Was kann ich für Sie tun – Sir?« Augen wie billiges grünes Glas musterten Dave, und das Lächeln erstarb. »Nein – Sie wollen keinen Wagen bei mir kaufen.«

Dave legte eine Visitenkarte auf die Zeitungsseiten. Es war die Karte, die ihm Billy Wendell vorgestern gegeben hatte. »Wann ist er hier?«

»Gar nicht.« Farrel ließ sich wieder in seinen knarrenden Drehsessel fallen. Über seinem Kopf war ein von Fliegen verdrecktes Schild zu sehen: IHR VERTRAUEN IST BEI UNS IN GUTEN HÄNDEN. »Ich habe ihn letzte Woche gefeuert. Nein, so darf ich es nicht sagen – das wirft ein schlechtes Licht auf mich. Er selbst hat sich gefeuert. Ich habe ihn dutzendmal gewarnt: Wenn er noch mal betrunken zur Arbeit kommt, muß er gehen. Aber« – die Schultern bewegten sich unter dem viel zu großen Anzug – »sie tun einem dann doch immer wieder leid. Verdammt, Billy versteht sein Geschäft. Wenn er nüchtern ist, ist er gut.«

»Und wann ist er nüchtern?« fragte Dave.

»Jaja.« Farrel stieß ein verbittertes Lachen aus. »Ich hatte gehofft, der Schock hilft ihm. Ich hab' es nicht gern getan. Er ist ein alter Mann. Niemand wird ihn jetzt noch nehmen. Und jeder andere in unserem Geschäft kennt ihn. Ich war seine letzte Chance. Und ich hab' lange genug ein Auge zugedrückt. Ich würde ihn auch jederzeit wieder nehmen. Das habe ich ihm gesagt. Wenn er nicht mehr an die Flasche geht. Doch da kann ihm niemand helfen, das muß er ganz allein fertigbringen. Schauen Sie mich an.« Er steckte die Finger in seinen Hemdkragen, um zu demonstrieren, wie lose er saß. »Ich weiß, wovon ich rede. Ich meine nicht den Alkohol – das Essen. Ich habe das Essen geliebt. Aber der Arzt hat gesagt, es bringt mich um. Wenn ich nicht hundert Pfund abnehme, kann ich damit rechnen, eines Tages einfach tot umzufallen.«

»Sie haben so viel abgenommen?« sagte Dave. »Gratulation.«

Farrel wiegte den Kopf. »Noch nicht alles. Deshalb trage ich meine alten Anzüge. Sehen so aus, als ob ich sie mir von jemand anders geliehen hätte, nicht wahr?« Er zupfte an dem losen Ärmel, lachte, nahm die Zigarre und klemmte sie sich wieder zwischen die Lippen. »Ich warte nur, bis ich runter bin auf siebzig Kilo. Dann kaufe ich mir alles neu.«

»Ich brauche Wendells Privatadresse«, sagte Dave.

»Glauben Sie bloß nicht, daß er dort ist.« Farrel stand wieder auf. »Ich bin gestern dortgewesen. Wollte etwas wissen über einen Vertrag, den er ausgestellt hat, und bei dem uns der Kunde Ärger macht. Seine Vermieterin meint, er ist abgehauen.«

»Sie könnte ja mal bei seiner Exfrau nachfragen«, sagte Dave.

Farrels Augenbrauen stiegen hoch. »Was? Hab' gar nicht gewußt, daß er mal verheiratet war. Er hat nie davon gesprochen.«

»Ihr Sohn ist gestorben«, sagte Dave. »Billy hat den Bericht in den Zeitungen gelesen. Angeblich hat er nicht gewußt, wo sie waren. Fast vierzig Jahre. Er ist zur Beerdigung gegangen.«

»Komisch, er hat nie darüber gesprochen.« Farrel zog eine Schublade des Aktenschrankes auf, nahm eine Akte heraus, legte sie auf den Schreibtisch, setzte sich und schrieb eine Adresse auf einen Notizzettel. Dann riß er den Zettel vom Block und schob ihn Dave zu. »Dort hat er gewohnt. Ein Loch. Mir war immer ganz elend, wenn ich es gesehen habe. Ich meine, ich habe ihm ein anständiges Gehalt gezahlt. Er hätte nicht so zu leben brauchen.«

»Alkohol ist teuer.« Dave faltete den Zettel zusammen und steckte ihn in die Tasche. »Danke.«

»Warum interessieren Sie sich für Billy?« Farrel folgte Dave zur Tür. »Sie sind doch kein Bulle. Sie sind auch keiner, der Rechnungen kassiert. Was machen Sie?«

»Versicherungen«, sagte Dave. »Ansprüche im Todesfall.«

Farrel kniff die Augen zusammen. »Ist was nicht in Ordnung mit dem Tod seines Jungen?«

»Es ist gar nichts in Ordnung.« Dave ging die Treppe hinunter, drehte sich dann um. »Schuldet Ihnen Billy Wendell Geld?«

Farrel zog die Mundwinkel nach unten. »Ich hab' ihm zwanzig hier und fünfzig dort vorgeschossen. Aber ich hab' nichts aufgeschrieben.«

»Sie haben ihn nicht gedrängt, daß er Ihnen fünfzehnhundert Dollar zurückgibt?«

Farrel zeigte wieder das zerknitterte Lächeln. Es wirkte gespenstisch im hellen Sonnenlicht. »Ich bin gutmütig, aber kein Narr. Es ist dreißig Jahre her, seit ich einem Betrunkenen so viel Geld vorgestreckt habe. Nein – vielleicht hundert, höchstens zweihundert. Als ich es ihm gab, wußte ich schon, daß ich es nie zurückbekommen würde. Haben Sie ihn gesehen?«

Dave zündete sich eine Zigarette an und nickte.

»Dann wissen Sie, daß niemand damit rechnen kann, von Billy Wendell geliehenes Geld zurückzubekommen. Er machte Überstunden, wenn meine Frau und ich jemanden besuchten oder übers Wochenende nach Las Vegas flogen. Auf diese Weise bekam ich es zurück – wenn er nüchtern genug war, daß man ihm den Laden anvertrauen konnte.«

Dave schaute über die stumpf schimmernden Wagendächer und auf die flatternden, ausgefransten Fähnchen, die niemand vom sonnengetränkten Boulevard hereinlockten. »Sie dachten, ich sei vielleicht einer, der Rechnungen eintreibt. Warum? Waren solche Leute schon hier? Wollten sie Billys Gehalt pfänden? Sagen wir, für eine Rechnung von tausend oder fünfzehnhundert Dollar?«

»Wollen Sie damit andeuten, daß sein Sohn ermordet wurde? Wegen Geld?«

»Es ist möglich.« Dave zuckte mit den Schultern. »Jedenfalls fehlen die fünfzehnhundert. Von seinem Schreibtisch. Er selbst hat tot neben dem Schreibtisch gelegen.«

»Nee.« Pat Farrel schüttelte entschieden den Kopf. »Er würde niemanden umbringen. Nicht Billy Wendell. Er hat seine Fehler, aber er würde niemanden umbringen.«

»Brauchte er vielleicht eine größere Summe, um nicht ins Gefängnis gehen zu müssen?« fragte Dave. »Hat ihn jemand gesucht?«

»Niemand hat gewußt, daß er überhaupt existierte«, sagte Farrel. Dann sah er am entgegengesetzten Ende des Geländes einen jungen Mexikaner in einem bunten Hemd ohne Krawatte und daneben ein fettes Mädchen, das ein Baby im Arm hatte. Die beiden betrachteten ein breites, niedriges, braunes Kabrio mit hohen Schwanzflossen und riesigen Stoßstangen. Pat Farrel schoß an Dave vorbei und die Treppe hinunter, rannte mit flatterndem Anzug über den Asphalt, winkte, grinste und lief mit ausgebreiteten Armen auf die beiden zu. Seine Stimme kam mit der warmen Brise zu Dave herüber. »Hallo, *buenas dias.* Was kann ich für euch tun an diesem schönen Vormittag? Ist das nicht eine Prachtkarosse? Das nenne ich einen heißen Schlitten. Und geradezu geschenkt zu diesem Preis. Absolut geschenkt.«

Die Straße war breit, mit einem Mittelstreifen, wo sich nicht mehr benützte Straßenbahngleise zwischen getrocknetem Gras und Büschen von niedrigen Sonnenblumen in Rost verwandelten. Gegenüber begrenzte ein Maschendrahtzaun mit Stacheldraht am oberen Rand ein Gelände, auf dem riesige Benzintanks standen. Den nächsten Block beherrschten schachtelartige, zementverputzte Holzhäuser – »Lucky's Bar und Grill« an der Ecke war offenbar in Betrieb, die anderen Häuser standen leer. In den Fenstern rollten sich die ZU-VERKAUFEN-Schilder. In der Mitte des nächsten Blocks hingen ein Neonanker und das Wort MOTEL schief an der Spitze eines Stahlpfostens vor einer Ansammlung von lehmfarbenen Betonblock-Einheiten. Geranien kämpften gegen den festgebackenen Lehm zwischen einem gesprungenen Plattenweg und den Wänden mit den kleinen Fenstern. Der innere Hof war asphaltiert. Hier standen ein verröltes Motorrad, dessen Innereien ringsum verstreut lagen, und ein Auto, das selbst Pat Farrel entmutigt hätte.

Ein altes spanisches Bajonettgitter flankierte die Einfahrt. Neben einer quergeteilten Tür an der linken Einheit hing ein Schild in Rot und Weiß: BITTE KLINGELN. Dave klingelte, und eine Katze erschien von irgendwoher und rieb ihr gelb und schwarz gestreiftes Fell gegen seine Beine. Er bückte sich und kraulte dem Tier die Ohren. Die Katze schnurrte. Der obere Teil der Tür öffnete sich, und eine Frau mit grobknochigem Kiefer lächelte ihm entgegen. Sie hatte einen BH an und eine Shorts aus buntem Hawaiistoff, dessen Hibiskusblüten schon vor vielen Jahren ausgebleicht waren. Aber an ihrem Aussehen und ihrer Sprechweise war nichts hawaiianisch. Sie erinnerten eher an Little Rock in Arkansas.

»Wir haben genügend Zimmer«, sagte sie, nahm ein Klemmbrett von einer Kette und legte es auf den unteren Teil der Tür. An dem Brett hing ein Kugelschreiber an einer Nylonschnur. »Suchen Sie sich aus, was Sie wollen.«

»Ich möchte mit Billy Wendell sprechen.« Dave gab ihr seine Geschäftskarte. »Einheit neun, hat man mir gesagt.«

»Stimmt.« Sie öffnete die untere Hälfte der Tür und kam heraus. In der Sonne sah ihre Haut kalkweiß aus. Ihr Körper schien nur aus Ellbogen, Knien und Schlüsselbeinen zu bestehen. »Aber er ist nicht da. Schon seit zwei oder drei Tagen nicht. Ich glaube auch nicht, daß er wiederkommt. Wenn Sie ihn finden, dann erinnern Sie ihn bitte daran, daß er mir noch drei Wochen Miete schuldet. Wir sind hier so gut wie unbesetzt. Ich muß auch essen – sagen Sie ihm das.«

»Ist das denn nicht Ihre Hochsaison?« fragte Dave.

»Ich habe keine Hochsaison«, antwortete sie.

»Kann ich mir sein Zimmer ansehen?« fragte Dave. »Bevor die Polizei herkommt?«

»Die Polizei!« Sie riß Mund und Augen auf. »Was hat er denn angestellt?«

»Jemand aus seiner Familie hat einen Unfall gehabt«, erklärte Dave vage. »Diese Person war bei meiner Firma lebensversichert. Wir untersuchen routinemäßig alle unklaren Fälle, verstehen Sie?« Er lächelte sie an. »Kann ich mir das Zimmer ansehen? Oder ist es wieder vermietet?«

»Von wegen. Hier.« Sie langte hinter die Tür, wo Schlüssel klimperten. »Nee. Ich hab' ganz vergessen – den hat ja das Mädchen. Sie macht heute sauber. Sie müssen sie suchen.« Die Frau drehte den Kopf und schnupperte. »Verdammt! Jetzt kocht mir der Kaffee über.« Sie verschwand im Inneren. Die Katze sprang hinein und folgte ihr.

Neben der Tür von Nummer neun stand ein riesiger Segeltuch-Wäschesack auf Rädern. Die Tür stand offen, und drinnen heulte ein Staubsauger. Dave schaute hinein. Ein Mädchen mit einem weißen Kopftuch schob mürrisch Möbelstücke hin und her. Dave trat ein. Das Mädchen war eine Schwarze und noch ziemlich jung. Sie warf nicht einmal einen Blick auf Dave, sagte aber: »Bin noch nicht fertig.«

Schranktüren standen offen; dahinter war alles leer. Eine große, schäbige Hose und eine Jacke lagen auf einem Polsterstuhl mit speckigen Armlehnen. Daneben eine Mütze und ein verschlissener Regenmantel, und unter dem Stuhl standen zwei Paar ausgelatschte Schuhe, deren Oberleder gesprungen war. Dave nahm eine Handvoll fleckiger Krawatten und ließ sie wieder auf den Sessel fallen. »Hat er sonst noch was hinterlassen?«

»Wer sind denn Sie?« Sie schaute ihn an, wenngleich ohne großes Interesse. »Ich bin noch nicht mit den Schubladen fertig.« Sie zeigte mit dem Kopf auf eine braune bemalte Kommode unter einem abblätternden Spiegel. Dave fand Unterwäsche und Socken, leere Bourbonflaschen mit Preisschildern eines Supermarkts. Einwickelpapier von Schokoladentafeln, eine Plastiktüte mit ausgetrockneten Krapfen, schimmeliges Brot in weißem Wachspapier. Er schob die Schubladen wieder zu. »Sonst hat er nichts hiergelassen?«

»Der Abfallkorb da draußen.« Sie ließ das glänzende Rohr des Staubsaugers über ausgebleichte Vorhänge gleiten, deren Muster dem der Tagesdecke auf dem durchgesackten Bett entsprach. »Ist er tot, oder was?«

»Oder was«, sagte Dave. Im Schein der Vormittagssonne betrachtete er den Abfallkorb, der vor der Tür stand, und zog eine weitere, leere Whiskyflasche und einen Zigarettenkarton heraus. Darunter lag der zusammengefaltete Teil einer Zeitung. Dave nahm seine Brille heraus und überflog die oberste Seite. Eingerahmt von rotem Kugelschreiber war der Bericht über den Mord an Rick Wendell. Es war Seite 17, und Billy hatte nicht gelogen – die Adresse des Hauses im Canyon war in dem Bericht angegeben. Dave riß die Seite ab, faltete sie zusammen, steckte sie in die Tasche und nahm eine weitere Zeitung aus dem Papierkorb.

Das war keine Nummer der *Times*, sondern ein lokales Anzeigenblatt. Und aufgeschlagen war der Bericht über den Mr.-Wunderbar-Wettbewerb mit Fotos, darunter auch eines von Rick Wendell. Er und Ace Kegan standen zu beiden Seiten von Bobby Reich, der wieder seine winzigen, weißen Shorts anhatte. Auf den anderen Fotos waren weitere Barbesitzer und Teilnehmer am Wettbewerb abgebildet. Die meisten davon hatte Dave bei seiner Runde durch die Bars kennengelernt. Unter den Fotos standen ihre Namen und die Namen der Bars, zu denen sie gehörten. Im Text stand nicht, was das für Bars waren – immerhin handelte es sich um eine Familienzeitschrift. Sie stammte aus der Woche vor dem Mord. Also hatte Billy zumindest in einem Punkt gelogen: Er hatte gewußt, daß sein Sohn lebte, und wo er ihn finden konnte. Dave riß auch hier die oberste Seite ab und steckte sie zu der anderen.

Im Abfalleimer waren noch eine Flasche, ein Aluminiumteller mit Pizzaresten, zerknüllte Servietten, ein Wachspapierbecher mit dem Coca-Cola-Zeichen – und zerrissene Papierfetzen, die Stücke eines Briefs. Dave setzte die Fetzen auf dem Asphalt zusammen. *Mein lieber Sohn, Du hast mich wahrscheinlich schon vergessen, und das ist kein Wunder, da sich Deine Mutter und ich vor Jahren getrennt haben, aber ich möchte Dir sagen, wie stolz ich bin, in der Zeitung gelesen zu haben, daß Du im Leben Erfolg gehabt hast, auch wenn er Deinem Vater versagt geblieben ist...*

Hier brach die ungelenke, große Schrift ab.

Dave steckte die Fetzen in die Tasche zu den Zeitungsblättern und stocherte wieder in dem Abfallkorb herum. Ein halbgegessener Hamburger in Goldfolienverpackung, eine leere Kartoffelchips-Tüte, die Fernsehzeitschrift der vergangenen Woche. Das war alles. Dave gab den Abfall wieder in den Korb, stand auf und rieb sich die schmutzig gewordenen Hände. Er bedankte sich bei dem Mädchen, das noch immer staubsaugte, und ging zurück zum Büro des Motels, wo die knochige Frau an der unteren Hälfte der Tür lehnte und Kaffee trank aus einem Becher, auf dem ein grinsendes Gesicht und die Aufschrift LÄCHLE prangten.

Dave sagte: »Er hatte vermutlich noch eine zweite Heimat, wenn man das so nennen kann, ja?«

Die Frau nickte. »›Lucky's‹«, sagte sie. »Vorn an der Ecke.«

Neben dem spanischen Bajonettgitter stand eine Telefonzelle. Dave ging hinein, nahm das Buch von der Kette und blätterte in den verdreckten Seiten. Dann fand er die Eintragung. *Hang Ten*. Sie war mit rotem Kugelschreiber umrahmt, genau wie der Bericht über Ricks Tod in der Zeitung. Dave ließ das Telefonbuch los, daß es wieder an der Kette baumelte, und stieg in seinen Wagen. Als er die Zündung einschaltete, begann das Radio zu spielen. Ein Streichquartett von Beethoven, eines der Rasumovsky-Quartette. Dave hörte eine Minute lang zu, bevor er die Handbremse löste und den Block entlangfuhr zu den Holzhäuschen an der Ecke, die einsam in der Sonne schmorten.

Aus der offenen Tür von »Lucky's« kam der stechende Geruch eines Desinfektionsmittels. Drinnen wischte ein kleines, fettes Wesen in einer großen, weißen Schürze den Boden aus schwarzen Plastikfliesen. Barhocker standen umgekippt auf der Theke, Stühle auf den kleinen Tischen, und mitten auf dem Boden stand ein großer Blecheimer mit Gummirollen obenauf. Als das kleine, dicke Wesen den grauen Mop zwischen die Rollen steckte, den Hebel senkte und den Mop wieder herauszog, gab es ein knarrendes Geräusch. Dave hustete. Der Mop-Trockner drehte sich. Das Gesicht des Wesens, das den Boden putzte, war rund, weiß, und verwelkt wie ein Apfel, den man im Keller vergessen hatte.

»Sie sind ein bißchen früh dran für einen Drink.«

»Ich möchte keinen Drink«, sagte Dave. »Ich bin Ermittler einer Versicherungsgesellschaft und möchte Ihnen ein paar Fragen stellen über einen Ihrer Stammgäste – Billy Wendell.«

»Versicherung?« In der Stille hörte man, wie Seifenblasen platzten. »Ist er tot?«

»Kommt es denn oft vor, daß Ihre Stammgäste sterben?« fragte Dave.

»Sie sind nicht mehr jung – jedenfalls die meisten.« Das Wesen begann wieder den Boden zu wischen. Zigarettenstummel flogen zur Seite. »Billy war schon zwei Abende nicht mehr hier, deshalb frage ich.«

»Er ist nicht tot«, erklärte Dave.

»Dann muß er seine Frau und seinen Sohn gesucht haben.«

Der Mop wanderte wieder in den Eimer. Die Zigarettenstummel ertranken. »Ich hätte nicht gedacht, daß er sich traut. Sie reden immer viel, wissen Sie. Tagträume. Ich habe Gäste, die wollen schon seit Jahren ausbrechen, ihr Leben ändern. Aber sie tun es nie. Das ist die Wahrheit. Ich kenne überhaupt nur zwei Typen von Menschen – solche, die etwas tun, und solche, die etwas mit sich tun lassen.« Der Mop setzte sich wieder in Bewegung.

»Und Billy Wendell?« fragte Dave.

»Er hat oft von seinem Sohn gesprochen. Hat in der Zeitung gelesen, wie er zu seinem eigenen Geschäft gekommen ist.« Ellbogen beugten und streckten sich. »Billy war stolz auf ihn. Er hat Erfolg, hat er gesagt. Kein Versager wie sein Alter.« Dave trat zurück, und die kleine Gestalt kam ins Sonnenlicht, das durch die Tür hereinfiel. Nach der Stimme war er nicht ganz sicher gewesen, aber jetzt wurde ihm endgültig klar, daß es sich um eine Frau handelte, eine fette, kleine Frau um die Fünfzig in Männerkleidung und mit einem Männerhaarschnitt. »Als er bei seinem Gebrauchtwagenhändler gefeuert wurde, hat Billy gesagt, er könnte zu seinem Sohn ziehen, sein Sohn würde sich um ihn kümmern und seinen alten Vater nicht verkommen lassen.«

»Billy war wohl jeden Abend hier, wie?«

»So ungefähr. Manchmal hat er sogar Geld gehabt. 'tschuldigung.« Sie nickte, und Dave trat hinaus auf den Gehsteig, während der Mop dreckige Brühe über die Schwelle fegte. Die Frau lehnte den Mop gegen die Tür, wischte sich die kleinen, dicken Hände an der weißen Schürze ab, kam heraus und blinzelte in die Sonne. »Ein paar Abende hat er auch in seinem Motelzimmer vor sich hin gesoffen.« Ein kurzer Daumen zeigte in die Richtung. »Aber da fehlte ihm die Gesellschaft. Und uns fehlte er auch. Wir sind fast wie eine Familie, in einem so kleinen Lokal wie diesem. Also kam er bald wieder. Fernsehen ist auch nicht die beste Gesellschaft, wissen Sie. Und man trinkt nicht gern allein.«

»Montagabend«, sagte Dave wie zu sich selbst. Dann, zu

der Frau: »Hat er vielleicht am Montagabend allein getrunken und ferngesehen?«

»Am Montag?« Sie schaute hinein in die dunkle Bar, als ob die Antwort von dort drinnen kommen würde. Dann schaute sie wieder Dave an, und ihr Gesicht verzog sich zu einem Grinsen. »Nee, bestimmt nicht am Montag. Wir haben gefeiert. Eine Geburtstagsparty, für Lilian. Lilian Drill und ihr Alter. Sie kommen seit fünf oder sechs Jahren her. Lilian ist wirklich lustig. Jeder mag sie. Nein, Billy war bis um zwei hier, bis zur Sperrstunde. Alle Stammgäste waren hier. Und natürlich Billy. Die zwei sind vielleicht ein Paar – er und Lilian.«

»Wie das?«

»Unsere Berühmtheiten«, sagte die fette Frau. »Nein, heute natürlich nicht mehr, aber früher. Lilian hat früher Filme gedreht. In den dreißiger Jahren. Und Billy – ein jeder kannte seine Fotos: als Polospieler, bei Pferderennen, auf Jachten. Er hat gut ausgesehen. Geld, *high life.* Ja, er und Lilian – die sind wirklich ein Paar!«

»Wann kam er am Montag her? Spät?«

»Um fünf Uhr nachmittags. Er hat die Sandwiches gemacht, während ich den Kuchen verziert habe. Ich backe die Geburtstagstorten immer selbst. Mein Vater war Bäcker, bevor er auf den Gedanken kam, daß man mit Schnaps mehr Geld verdienen könnte.« Sie fummelte an ihrer Schürze herum und brachte ein zerknittertes Zigarettenpäckchen zum Vorschein, zündete eine davon mit einem Streichholz an und blies den Rauch hinaus auf den Gehsteig. »Er hat nur immer wieder vergessen, daß der Schnaps für die Gäste da war, nicht für ihn. Das hat ihn umgebracht. Jedenfalls, ich habe die Torte gebacken und verziert.« Sie deutete in die Luft. »›Luckys Filmstar‹ – das hab' ich draufgeschrieben.« Sie lachte ein wenig traurig und schüttelte den Kopf. »Lilian hat geweint.«

Kapitel 11

Dwayne Huncie sagte: »Ich brauche keinen Anwalt. Ich bin selbst Anwalt.« Er trug neue Cowboystiefel, deren Verzierungen kirschrot und purpurn gefärbt waren. Seine Hose war gestreift und wies eine scharfe Bügelfalte auf. Sein Gürtel diente als Tragriemen für seinen Bauch unter dem rosa Satinhemd. Es war ein neuer Gürtel mit einer Silberschließe, die so groß war wie ein Blatt Spielkarten. Huncie stand groß und breitbeinig in Yoshibas nächtlichem Büro und blinzelte unter seinem Cowboyhut aus Stroh. Zwei uniformierte Männer von der Straßenpolizei, die Revolver an den Hüften, bewachten die Tür hinter ihm. »Das schaffe ich schon allein.«

»Sie waren Anwalt«, sagte Yoshiba. »Aber das war in Texas und ist schon einige Zeit her.« Er blätterte in einer fotokopierten Akte. »Sie wurden neunzehnhundertsiebenundfünfzig von der Anwaltskammer ausgeschlossen. Wegen Bestechung der Geschworenen. Sie haben dafür gesessen.« Er lehnte sich zurück, legte eine Hand auf die Akte und schaute mit müden Augen durch das Licht der Schreibtischlampe auf den Mann. »Sie haben schon mehrmals gesessen. Kennen Sie nicht die Redensart, daß ein Mann, der als sein eigener Anwalt auftritt, einen Narren zum Klienten hat?«

»Der Mann, der die Wahrheit sagt, braucht gar keinen Anwalt.« Huncie schob einen Klumpen Kautabak von der einen Backe in die andere, nickte und warf einen Blick auf den Stuhl. »Kann ich mich setzen? War 'ne lange Fahrt von Saugus hierher.«

»Bitte sehr«, sagte Yoshiba. »Es ist Ihnen hoffentlich klar, daß es um eine ernste Angelegenheit geht? Um einen Mordfall?«

»Ich hab' mir nicht gedacht, daß Sie sämtliche Polizisten im ganzen Staat auf die Campingplätze schicken, um mich hierherzuholen, nur weil ich in einem Hauseingang gepißt habe. Aber Sie haben den Falschen erwischt. Ich habe niemanden umgebracht.« Er ließ sich auf den harten Stuhl sinken. »Wer ist denn tot?«

»Richard William Wendell«, sagte Yoshiba.

Aus einer Ecke des Raums fragte ein Stellvertreter der Staatsanwaltschaft in Jeans und mit einer Baseballmütze auf dem Kopf: »Ist Ihnen der Name bekannt?«

»Ich hab' von ihm gehört.« Huncie nickte.

»Wir haben einen Tatverdächtigen eingesperrt«, sagte Yoshiba. »Lawrence Henry Johns. Den Namen kennen Sie auch, nicht wahr? Die Mutter des Opfers traf Johns an, wie er über dem Toten stand und die Schußwaffe reinigte, mit der das Opfer erschossen worden war.«

»Allmächtiger«, sagte Huncie betroffen. »Ist das nicht genug?«

»Es ist ein bißchen zuviel«, sagte Dave. Er lehnte sich gegen einen Aktenschrank, hatte einen Pappbecher mit Kaffee in der Hand und rauchte. »Die einzigen Fingerabdrücke auf der Waffe stammen von seiner Mutter. Der Tote hatte Schmauchspuren an der Hand und an der Brust. Außerdem war es seine Waffe. Und von seinem Schreibtisch fehlen fünfzehnhundert Dollar.«

»Ach?« sagte Huncie. »Und wer sind Sie?«

Dave teilte es ihm mit. Der Wind, der nach Ozean roch, strömte angenehm warm durch das Fenster neben ihm. »Bisher kann niemand sagen, wo diese fünfzehnhundert Dollar hingekommen sind. Wir nehmen aber an, daß Sie es uns sagen können.«

»Ich?« Huncie versuchte ein Lachen, aber es klang brüchig, und in seinen wäßrigblauen Augen war deutlich zu sehen, daß er Angst hatte. »Wie, zum Teufel, sind Sie auf die Idee gekommen? Können Sie mir das sagen?«

Yoshiba warf einen Blick auf die beiden bewaffneten Männer an der Tür. »Macht die Tür auf und sagt, daß man den Zeugen hereinholen soll.«

Jomay Johns war blond und rosig wie ein Kind. Aber ihre

Jeans und die Bluse waren alles andere als sauber. Sie sah wie eine Zwölfjährige aus. Ihr Haar war ein barockes Durcheinander von nach oben gesteckten und heruntergefallenen Strähnen. »Du Schweinehund«, sagte sie zu Huncie. »Du bist einfach weggefahren und hast mir noch nicht mal meine Kleider gelassen. Du hast mich und BB sitzengelassen. Außerdem hast du das Geld gestohlen. Du dreckiger, alter Schweinehund. Du hast es mir nicht nur einmal, sondern zweimal gestohlen.«

Huncie beäugte sie und schob den Kautabak wieder in die andere Backe. »Wo bist du denn hin? Ich hab' dich und BB in das McDonalds geschickt, damit du Kartoffelchips und was zu trinken holst, und als ich zurückgekommen bin, war keiner mehr da.«

»Du bist ein Lügner«, sagte sie. »Du bist einfach davongefahren. Als du nicht zum Essen 'reingekommen bist, bin ich hinaus und habe auf dem Parkplatz nachgeschaut. Da war kein Camper mehr. Ich hatte siebzehn Dollar übrig und kannte keinen Menschen weit und breit.«

Huncie breitete die großen Hände aus. »Mir ist eingefallen, daß ich keinen Tabak mehr hatte. Also habe ich nach einem Geschäft gesucht. Hier gibt es Kautabak nur selten; ich mußte lange danach suchen. Dann kam ich zurück, und ihr wart weg.«

»Bockmist«, sagte sie. »Das ist reiner Bockmist.« Sie schaute wütend von einem zum anderen. »Glaubt ihr dem da vielleicht?«

»Immer mit der Ruhe«, sagte Yoshiba. »Larson, geben Sie ihr einen Stuhl, ja? Setzen Sie sich, Mrs. Johns.« Während der Staatsanwalt aufstand und im Halbdunkel herumtastete, um ihr einen Stuhl zu holen, sagte Yoshiba zu Huncie: »Die Zeugin behauptet, Sie hätten seit elf Uhr am Montagabend ein großes Bündel von Zwanzigernoten in Ihrem Besitz gehabt.«

»Die hab' ich auch gehabt«, sagte Huncie.

»Und woher?«

»Jemand schuldete mir das Geld, und ich hab' es kassiert.«

»Wer schuldete es Ihnen,« fragte Yoshiba. »Und wofür?«

Khazoyan, der Pflichtverteidiger, in einem schwarzen Mohairanzug und einem zerknitterten Hemd, lehnte sich gegen das Fenster und gähnte lautstark.

Huncie warf ihm durch den Lichtteich der Lampe einen Blick zu. »Wir können das rasch hinter uns bringen, dann kann der Mann hier nach Hause und ins Bett«, sagte er. »Ich hab' das Geld vom Schreibtisch in dem kleinen Haus neben dem größeren Haus am Pinyon Trail genommen – das Haus gehörte, soviel ich weiß, diesem Wendell, dem Kerl, mit dem ihr kleiner Ausreißer, ihr Mann –«, er nickte Jomay zu –, »na ja, Sie verstehen schon. Der, den Sie Lawrence Henry Johns nennen, das ist nämlich ihr Mann, und er hat gesagt, daß er das Geld von ihm bekommt, von diesem Wendell.«

»So einfach«, sagte Yoshiba.

Huncie nickte, stand auf und ging in seinen neuen, knarrenden Stiefeln zum Fenster. Khazoyan trat zur Seite. Huncie spuckte einen langen, braunen Strom Tabaksaft hinaus in die Nacht. Dann wischte er sich den Mund mit der Hand ab und drehte sich wieder um. »So einfach. Und dabei gibt es keinen Toten. Larry wollte das Geld abholen, und ich sollte zu diesem komischen Haus am Strand fahren, am nächsten Morgen, und es von ihm bekommen. Verdammt, ich hab' ihm und mir nur Mühe und Ärger sparen wollen, das war alles. Und dir auch, Jomay. Wenn du nur mit deinem hübschen kleinen Arsch auf dem Plastikstuhl im McDonalds sitzengeblieben wärst.«

»Sie wollten nur jemandem Ärger und Mühe ersparen?« sagte Yoshiba. »Das glauben Sie doch selbst nicht. Sie sind einer, der Ärger macht, und ich wette, ich bin nicht der erste, der Ihnen das sagt. Wie haben Sie das Haus von Wendell überhaupt gefunden? Sind Sie ihm und Johns dorthin nachgefahren?«

»Nee.« Seufzend ließ sich der große Mann wieder auf den Stuhl sinken. »Erst dachte ich, ich rufe in Wendells Laden an, aber nachdem ich die da und BB in ein Kino gebracht hatte, zu einem Film, den sie sehen wollte – Sie glauben vielleicht, das Kämmen und Aufstecken ihres schönen blonden Haars braucht nicht seine Zeit? Da haben Sie noch nicht viel mit Frauen zu tun gehabt. – Jedenfalls, als es so weit war, kam ich zu spät in die Kneipe. Hinter der Bar war so 'ne Tunte, und die hab' ich gefragt. Wendell war schon weg. Also hab' ich unter ›Wendell‹ im Telefonbuch nachgeschaut und bin dort hinaufgefahren. War eine schöne Nacht zum Fahren.«

»Ich dachte, Sie wollten, daß wir bald ins Bett kommen«, beschwerte sich Khazoyan. »Können Sie nicht das Unwesentliche streichen?«

»Na schön«, sagte Huncie. »Ich komme dorthin und sehe die zwei durch das Fenster, wie sie am Schreibtisch stehen. Wendell hat den Umschlag aus seiner Jacke genommen, ihn aufgerissen und die Bündel Geld herausgenommen. Er hat sie Larry gezeigt. Dann sind sie hinausgegangen. Ich nichts wie rein, nehme das Geld vom Schreibtisch, und weg war ich. Das ist alles – die volle Wahrheit und nichts als die Wahrheit. Und dabei gab es weder einen Mord noch einen Diebstahl. Fragen Sie die da – schuldet er dir das Geld oder nicht, Jomay?«

»Nicht mehr«, sagte sie. »Jetzt schuldest du es mir.«

»Moment mal«, unterbrach Yoshiba. »Johns sagt, daß er Sie gehört hat. Wendell kam heraus, es gab einen Kampf, und die Pistole ist losgegangen. Sie sind nicht einfach auf und davon mit dem Geld. Zuvor hat Wendell Sie mit seiner Pistole bedroht. Sie haben mit ihm gekämpft, die Pistole ist losgegangen und er ist tot umgefallen. Erst danach sind Sie abgehauen. Und ich wette, ziemlich schnell.«

»Nur das letzte ist richtig«, sagte Huncie. »Ziemlich schnell. Aber niemand ist aus dem anderen Zimmer gekommen. Die Tür ist zugeblieben.« Er schob den Strohhut nach hinten, kippte mit dem Stuhl gegen die Wand und strich sich mit einem dicken Zeigefinger über die Stoppeln seiner Wange. »Aber außer mir ist noch jemand davongelaufen.«

»Noch jemand?« Khazoyan tat so, als wäre er plötzlich aufgewacht.

Huncie schaute ihn an. »Klar! Sie glauben doch nicht, daß ich hier ein Geständnis ablege und Ihnen das alles erzähle, wenn ich nicht die Chance habe, es zu beweisen, oder? Es gab einen Zeugen. Ich habe ihn laufen gesehen, den Hang hinauf.«

Yoshiba nahm einen Kugelschreiber. »Beschreibung?«

»Na, na, Lieutenant – Sie sollten das eigentlich nicht fragen. Es war stockdunkel da draußen. Überall riesige Pinien.«

»Aber Sie sagten, Sie haben ›ihn‹ gesehen«, erinnerte ihn Yoshiba. »Sie wußten, daß es ein Mann war.« Er schaut Dave an.

Huncie erwiderte: »Nun ja. Jetzt, wo Sie es sagen – ich kann das natürlich nicht behaupten.« Er zog die Stirn in Falten, kippte nach vorn, daß die Stuhlbeine laut knackten, stand auf und ging wieder ans Fenster, um hinauszuspucken. »Es könnte auch eine Frau gewesen sein. Hatte jedenfalls eine große Handtasche an einem Schulterriemen bei sich. Die ist ihm oder ihr gegen die Hüfte geschlagen, als er durch die Bäume gerannt ist. Er oder sie.«

»Und Sie sind nicht nachgelaufen?« fragte Dave.

»Wozu denn? Ich hatte das, was ich wollte. Ganz legal. Aber ich könnte Ihnen einen Hinweis geben.« Er hielt inne, kaute und beobachtete ihre Gesichter. »Als ich hinunterkam zum Camper, parkte ein anderer Wagen dahinter. Einer von diesen Kleintransportern. Eher ein Sportwagen als ein Lastwagen.«

»Ein Camino«, sagte Yoshiba.

»Genau. An der Tür stand eine dezente Schrift. ›Thomas Owens, AIA‹. Mein Gott! Das ist doch der Name von dem Kerl, der Larry ausgehalten hat, in diesem Strandhaus, nicht wahr? Owens?«

»Was soll das heißen?« Gail Ewing stand in der Tür. Weit hinter ihr fiel das Licht einer Stehlampe mit Strohschirm auf die Sitzgruppe vor dem offenen Kamin und verwandelte die großen Glasscheiben des Fensters in schwarze Spiegel. Gail Ewing trug einen Hausmantel und kein Make-up. Ihre Lider waren geschwollen, ihre Stimme belegt. Sie strich sich über das zerwühlte Haar. »Wissen Sie, wie spät es ist?«

Draußen auf der Terrasse, die dunklen Dünen hinter sich, sahen Yoshiba, Khazoyan, Larson und Dave zu, wie der Seewind mit dem langen blonden Haar von Jomay Johns spielte, die auf die Klingel gedrückt hatte. Yoshiba hielt seine Brieftasche über den Kopf des Mädchens und ließ sie aufklappen. »Polizei«, sagte er. »Wir möchten reinkommen und ein paar Minuten mit Ihnen sprechen.«

»Nein, heute abend nicht.« Gail Ewing trat zurück und wollte die Tür schließen. »Wir haben einen Kranken im Haus. Alles schläft. Ich selbst habe eine Schlaftablette genommen und bin nicht in der Lage –«

»Tut mir leid, Mrs. Ewing, aber die Angelegenheit kann nicht warten.« Yoshiba legte die großen dicken Hände auf die Schultern der kleinen Johns und schob sie hinein in den Raum. Gail Ewing war gezwungen, zur Seite zu treten. Yoshiba betrat ebenfalls das Haus, Larson und Khazoyan folgten. Und zuletzt Dave. Gail Ewing schaute ihn aus zusammengekniffenen Augen an.

»Sie!« sagte sie. »Sie sind für das alles verantwortlich.«

»Sie wissen genau, daß das nicht stimmt«, entgegnete Dave. »Wenn jemand dafür verantwortlich ist, dann Sie selbst. Wenn Sie mit Larrys Problem zu Ihrem Bruder gegangen wären, hätte er dem Jungen das Geld gegeben, das er brauchte; er hätte ihm vielleicht auch einen Anwalt besorgt und getan, was nötig gewesen wäre. Alles, was nachher geschah, wäre ungeschehen geblieben.«

»Ich weigere mich, das zu glauben.« Sie streckte das Kinn stur und angriffslustig nach vorn, dann wandte sie sich an den vierschrötigen Polizeibeamten. »Lieutenant Yoshiba, ich habe Ihnen bereits gesagt, daß mein Bruder krank ist. Er darf nicht gestört werden.«

»Ich glaube kaum, daß wir ihn stören müssen.« Yoshiba schloß leise, aber entschieden die Tür. »Sie können vermutlich auch unsere Fragen beantworten.«

»Ich sehe keine Veranlassung dazu.« Sie hielt sich den Bademantel am Hals zu. »Ich habe das Recht auf einen Anwalt.«

Yoshibas Augenbrauen gingen ein wenig nach oben. »Bisher hat man Sie in keiner Weise beschuldigt.«

Larson trat vor und nahm seine Baseballmütze ab. Er war ziemlich kahl darunter. »Ich bin George Larson, Mrs. Ewing – der Stellvertreter der Staatsanwaltschaft. Das hier ist Art Khazoyan. Er ist ebenfalls Anwalt – aus dem Büro der Pflichtverteidigung. Wir werden dafür sorgen, daß Ihre Rechte in jeder Weise gewahrt bleiben.«

Ihre Lippen zuckten, aber sie gab ihm keine Antwort. Jetzt richtete sich ihr Zorn gegen das kleine, blonde Mädchen. »Was machst du denn noch immer hier? Hast du uns nicht schon genügend Ärger bereitet?«

»Mutter! Kannst du denn nicht begreifen?« Trudys Stimme kam von oben, von der Treppe her. Gleich danach sah man sie; eine schlanke Silhouette mit einem Bündel in den Armen. »Sie kommt wegen ihrem Kind.«

»O Gott!« Gail Ewing schloß die Augen und rieb sich die Stirn.

»Gail, ich bitte dich!« Mark Dimond war ein zuckender Schatten im hellen Türausschnitt; er versuchte, sich die Hose anzuziehen. Dann kam er rasch über die Galerie, knöpfte sich unterwegs die Hose zu und stellte sich dann neben Trudy. »Außerdem will Tom, daß sie hierbleibt. Das weißt du genau.«

»Es ist diese verdammte Schlaftablette!« brüllte Gail Ewing zu ihm hinauf. »Normalerweise hasse ich so etwas. Ich hätte auch keine genommen, wenn es nicht wegen all diesem –« Sie beendete den Satz durch eine Geste, ein Wedeln der Hände durch die Luft. Dann sagte sie zu Jomay: »Entschuldige, Kind, es tut mir leid.«

Jomay warf ihr einen mürrischen Blick zu und ging zur Treppe. Trudy rief herunter: »Schon gut. BB hat die ganze Zeit geschlafen, während du wegwarst.« Jomay ging die Treppe hinauf.

Yoshiba sagte zu Gail Ewing: »Es geht um den Wagen von Mr. Owens. Den Camino, der jetzt auf dem Parkplatz steht. Wer hat ihn am Montagabend gefahren? Mr. Owens selbst kann es nicht gewesen sein.«

»Mit zwei gebrochenen Beinen?« Ihr Ton war spöttisch. »Ihr Talent für logische Folgerungen ist bemerkenswert, Lieutenant.«

»Sarkasmus ist verschwendet gegenüber Asiaten, Mrs. Ewing«, sagte Yoshiba. »Wir sind in diesem Punkt äußerst gleichmütig. Beschimpfungen und Spott läuft uns über den Rücken wie Wasser über das Gefieder einer Ente – einer Mandarinente, natürlich.«

»Entschuldigen Sie«, erwiderte sie steif. »Ich weiß gar nichts von dem Wagen. Ich war am Abend bei einer Stadtratssitzung. Ich fahre meinen eigenen Wagen.«

»Ich dachte, Trudy hätte den Ihren kaputtgefahren«, sagte Dave.

»Ich habe einen Ersatzwagen erhalten«, erwiderte Gail Ewing. »Dank der Sequoia, Mr. Brandstetter –« Sie lächelte kalt. »Eine gute Versicherung, wissen Sie.«

»Es ging um die Proteste gegen die Ölbohrungen vor der Küste«, sagte Larson.

»Wie bitte?« Yoshiba schaute ihn an.

»Darum ging es in der Stadtratssitzung«, erklärte Larson. »Ich bin selbst dortgewesen und habe Mrs. Ewing gesehen.«

Sie schaute ihn an und nickte dann. »Ja. Das stimmt.«

»Also, wer hatte den Wagen?« fragte Yoshiba wieder.

»Niemand«, antwortete sie.

»Mark Dimond«, sagte Dave. Er schaute die Treppe hinauf. Der Junge stand nicht mehr neben dem Mädchen und dem Säugling. Dave wandte sich nach der Tür um. Yoshiba hielt ihn auf. »Keine Sorgen, die anderen sind draußen.« Er meinte die zwei uniformierten Polizeibeamten, die ihnen in einem Streifenwagen über die dunkle Küstenstraße nachgefahren waren.

»Wer ist draußen?« fragte Gail Ewing scharf und versuchte, an ihnen vorbei zur Tür zu gehen.

Irgendwo begannen die Hunde zu bellen.

»Immer mit der Ruhe, Mrs. Ewing.« Yoshiba baute sich vor ihr auf. »Wir wollen ja nur ein paar Worte mit dem jungen Mann reden.«

»Was wollen Sie damit sagen?« Trudy kam die Treppe herunter. Sie war wieder barfuß, trug dieselbe graue Hose und dasselbe Hemd, und ihre Brüste waren deutlich unter dem dünnen Stoff zu sehen. Allerdings hatte sie keine Sonnenbrille auf; die blauen Flecken rings um ihre Augen und die fehlenden Zähne machten aus ihrem Gesicht die Maske einer alten Frau. »Worüber wollen Sie mit ihm reden? Er hat nichts getan. Er wäre gar nicht in der Lage dazu.«

»Er war am Montag abend nicht hier«, sagte Dave. »Ihr Onkel berichtete mir, Sie seien allein im Haus gewesen mit ihm, als Larry nicht zurückkam. Wo war Mark?«

Sie erklärte ausweichend: »Er wollte jemanden vom audiovisuellen Seminar an der Universität von Kalifornien treffen. Jemand hatte ihm einen Empfehlungsbrief für diesen Mann gegeben. Mark hatte es immer wieder hinausgeschoben. An diesem Abend entschloß er sich, hinzufahren und die Sache hinter sich zu bringen.«

»Und dabei hat er Sie nicht mitgenommen?« fragte Dave.

»Ich mußte hierbleiben.« Sie erklärte es ihm wie einem kleinen Kind. »Um nach Onkel Tom zu sehen.«

Die Tür öffnete sich. Die Anwesenden schauten auf das schwarze Rechteck. Der Seewind wehte herein, und mit ihm kamen zwei uniformierte Männer, die Mark Dimond festhielten. Der Junge war barfuß, sein Oberkörper nackt. »Er wollte abhauen, Lieutenant. Mit dem Camino.«

»Laßt ihn los!« Trudy warf sich auf die drei.

Yoshiba zog sie zurück. »Ruhig«, sagte er. »Es kommt alles

in Ordnung. Wir wollen ihm doch nur ein paar einfache Fragen stellen.«

Trudy starrte entsetzt an der wuchtigen Schulter des Lieutenants vorbei auf den Jungen mit dem schwarzen Haar. Sie stellte ihre eigenen Fragen – nur mit den Augen.

Larson sagte: »Sie waren am Montag abend oben beim Haus der Wendells, nicht wahr?«

Dimond war sehr blaß geworden. »Ich verstehe das nicht«, sagte er. »Ich verstehe überhaupt nichts.« Er kniff die Augen zusammen und schnitt eine Grimasse. »Was für ein Haus?«

»Das Haus von Wendell. Rick Wendell wurde an diesem Abend ermordet, erinnern Sie sich?« sagte Yoshiba. »Ein junger Mann, der hier in diesem Haus wohnte, ein gewisser Larry Johns, wurde unter dem Verdacht festgenommen, Rick Wendell ermordet zu haben. Wird Ihnen jetzt einiges klar?«

»O mein Gott!« keuchte Dimond. Seine Augen waren auf Trudys Gesicht gerichtet, schienen Trudy geradezu anzuflehen.

»Sie wissen also, wovon ich rede?« fragte Yoshiba.

Dimond versuchte es mit einem Lachen abzutun. »Was hätte ich dort oben tun sollen? Ich war an dem Abend in der Universität von Los Angeles.«

»Ist das richtig? Haben Sie den Mann getroffen, dem sie das Empfehlungsschreiben übergeben sollten? Wie heißt er?«

Das Lachen verschwand aus Dimonds Gesicht. »Er war nicht da. Niemand war da, aber das heißt noch lange nicht –«

»Jemand war bei Wendell«, unterbrach ihn Yoshiba. »Dieser Jemand sagte uns, daß ein Kombiwagen mit dem Namen Thomas Owens an der Tür am Fuß der Treppe parkte, die zum Haus führt. Neben den Briefkästen. Am Pinyon Trail. Mrs. Ewing kann den Wagen nicht gefahren haben; sie war bei der Stadtratssitzung. Mr. Owens kann ihn auch nicht gefahren haben. Er sagte Brandstetter, daß seine Nichte den ganzen Abend bei ihm war. Sie erklärte uns, daß Sie, Mr. Dimond, nicht hiergewesen sind. Und Sie haben den Schlüssel für den Wagen. Das ist doch der Schlüssel, den Sie da in der Hand haben, oder?«

»Ich verlange einen Anwalt«, sagte Mark Dimond.

»Mark!« Gail Ewings Stimme klang erstickt. »O mein Gott!« Sie war sehr blaß geworden, stützte sich auf Larsons Arm. Er hielt sie fest. Mark Dimond sah sie verdutzt an.

»Was ist denn auf einmal mit dir? Du hast Larry Johns genauso gehaßt wie ich. Mehr noch.«

»Oh, aber Mark – der Tod eines Unschuldigen –«

»Was? Was, zum Teufel, sagst du da?« Dimond versuchte, sich aus dem Griff der beiden Polizeibeamten zu befreien. »Moment mal – wartet mal einen Augenblick. Gail, ich habe niemanden getötet.« Er schaute von Yoshiba auf Larson, von Khazoyan auf Dave. »Ich habe es nicht getan.«

»Er hat es nicht getan«, wiederholte Trudy. »Es ist ausgeschlossen.«

»Fein«, meldete sich Yoshiba zu Wort. »Und was hat er dann dort zu suchen gehabt?«

Dimond sagte trotzig: »Ich verlange einen Anwalt.«

»Ich glaube, ich kann sagen, was er dort getan hat«, bemerkte Dave leise. »Er ist Larry Johns nachgefahren. Und er hat sein Tonbandgerät mitgenommen. Es ist ein tragbares Gerät, an einem Schulterriemen. Das ist es, was Dwayne Huncie für die Handtasche einer Frau hielt, als er ihn durch die Bäume davonlaufen sah.«

»Ist das richtig?« fragte Yoshiba und schaute Dimond dabei scharf an.

Der Junge wandte ihm den Kopf zu; er sah aus, als ob ihm schlecht geworden wäre. Nach einem Augenblick des Schweigens atmete er tief ein, stieß dann die Luft aus und sagte erschöpft und müde: »Ja. Ich hatte die Hunde hereingebracht. Sie haben einen Raum auf der Rückseite des Hauses. Ich habe gehört, wie Larry vom Telefon in der Küche aus mit jemandem sprach. Er bat denjenigen um Geld. Sie vereinbarten, daß Rick ihn um acht an diesem Abend oben auf der Küstenstraße treffen sollte. Das bewies, daß er genau das war, wofür ich ihn gehalten hatte.« Er schaute Trudy an. »Ein Strichjunge. Von der Art, wie sie sich zur Unzucht mit Perversen anbieten.«

»Sie essen Tom Owens' Brot«, fuhr Dave dazwischen. »Sie schlafen unter seinem Dach. So etwas zu sagen, finde ich ungeheuerlich.«

Der Junge errötete. »Okay. Homosexuelle, Schwule, ganz wie Sie wollen. Entschuldigen Sie.« Wieder wandte er sich an Trudy. »Ich habe es dir gesagt, aber du wolltest es mir nicht glauben. Er war so nett, er hatte ein so schlimmes Leben hinter sich. Ich mußte beweisen, was er wirklich war. Also –« Wieder wandte er sich Yoshiba zu. »Also nahm ich mein Tonbandgerät, stellte mich vor Wendells Fenster und habe ein Band aufgenommen.«

»Mark!« sagte Trudy. »Das hast du doch nicht getan! Das ist ungeheuerlich. Du schleichst herum, du spionierst – was bist du eigentlich?«

»In dich verliebt, du Dummkopf.« Mark versuchte wieder, sich aus dem Griff der Polizeibeamten zu befreien. Zu Yoshiba sagte er: »Ich habe das Band aufgenommen. Aber ich habe es Trudy nicht vorgespielt, weil Larry Johns nach diesem Abend ohnehin weggeblieben ist. Wenn Sie wollen, kann ich es holen und Ihnen vorspielen. Es wird dir sehr gefallen, Trudy. Du wirst begeistert sein von diesem blonden Knaben, wenn du erst das Band gehört hast.«

Yoshiba sagte: »Gehen Sie mit ihm, Ramirez.«

Minuten später stand das Tonbandgerät, dessen schwarze Lederhülle aufgeklappt war wie ein Sargdeckel, auf dem großen, niedrigen Tisch unter der Lampe, und die Plastikspulen funkelten im Licht, während sie sich drehten. Gail Ewing saß mit versteinertem Gesicht auf der langen Couch aus Rohrgeflecht. Trudy saß neben ihr; sie biß sich auf die Fingernägel und beobachtete Mark, der vor dem Gerät stand. Yoshiba und Dave hatten sich zu beiden Seiten von Mark Dimond aufgebaut. Larson und Khazoyan standen am anderen Ende des Tischs. Die uniformierten Polizeibeamten lehnten an der Haustür. Jomay Johns saß im Dunkeln am Fuß der Treppe und hatte die schlafende BB auf dem Schoß. Jomays Haar glänzte im Licht wie das eines Engels auf einem in vielen Jahrhunderten nachgedunkelten Gemälde. Dave sehnte sich nach einem Drink.

Das Band hörte auf zu zischen. In der Ferne zirpten Grillen. Man hörte das schwache Dröhnen eines hoch oben fliegenden Düsenflugzeugs. Eine tiefe Stimme, die dennoch etwas Feminines an sich hatte, sagte: »Es ist hier drinnen, sicher verwahrt. Ich habe den Umschlag noch nicht einmal aufgemacht. Fünfzehnhundert Dollar in kleinen Scheinen. War es nicht das, was du wolltest?« Papier raschelte, wurde aufgerissen. »Siehst du? Da. Willst du es zählen? Na los, zähl es schon, wenn du willst.« Wieder raschelte Papier.

»Ach, Rick, Mann, ich will es nicht zählen.« Das war Larry John's Stimme; sie klang hart und warf ein Echo im Raum. »Und, schau, ich zahle es dir ja zurück. Ich verspreche es dir, ehrlich.« Es klopfte. Vielleicht ein Schuh, der gegen ein Bein des Schreibtisches gestoßen war. Dann war wieder Wendells Stimme zu hören, über das Rascheln von Stoff hinweg: »O nein, Larry. Es ist ein Geschenk. Du weißt nicht, was es für mich bedeutet, daß du wieder zu mir zurückkommst. Wie ich davon geträumt, dafür gebetet habe. Als du mich heute angerufen hast, mußte ich weinen. Ich habe buchstäblich vor Glück geweint. Ich –«

Larry Johns' Stimme unterbrach Wendell. »Nein. Ich nehme kein Geld für Sex. Es ist nur geliehen, Rick. Ich zahle es dir zurück. Sonst –«

»Schon gut, Larry, schon gut. Laß mich dich umarmen. Oh, mein Gott.«

Danach folgte langes Schweigen. Ein leises Stöhnen. Dann, geflüstert: »Jetzt, Larry? Bitte – jetzt? Ja, dort drüben. Ja, ja.« Ein Riegel klapperte, eine Tür knarrte, strich über Teppichboden, wurde geschlossen. Die Grillen zirpten schrill und rhythmisch. Man hörte einen Schuh auf Beton, das Knakken trockener Blätter unter der Sohle. Das Band klickte. Dann zischte es wieder leer. Mark Dimond beugte sich hinunter, drückte auf eine Taste. Die Spulen standen still.

Yoshiba stand einen Augenblick lang mit gefurchter Stirn in der Stille, die nur von der Brandung gestört wurde. Dann deutete er auf das Tonbandgerät. »Eine Kamera wäre eben doch besser gewesen. Was ist während dieses Dialogs geschehen?«

Dimond errötete tief, trat von einem Fuß auf den anderen und massierte sich die glatte sonnengebräunte Brust. »Ja, also – er hat den Umschlag aus der Jacke genommen. Er hat ihn aufgerissen, dann einen Haufen Geldscheine herausgenommen. Er wollte sie Larry geben, doch der hat sie nicht angerührt. Also hat dieser große Kerl Wendell –, er hat den Daumen am Rand des Geldbündels entlanggleiten lassen, Sie verstehen. Als wollte er Larry zeigen, daß das Geld da ist, oder so.« Mark Dimond machte eine unsichere Geste. »Was soll ich denn sagen? Ich meine, okay, er hat den Umschlag und das Geld auf den Schreibtisch gelegt, und –« Dimond warf einen unglücklichen Blick auf Gail und Trudy und hinüber in die Dunkelheit, wo Jomay saß. »Nun, es war ein bißchen unangenehm, dabei zuzuschauen, versteht ihr? Mir ist ganz schlecht geworden. Ich meine, er hat mit den Händen an Larry herumgefummelt. Als ob Larry ein Mädchen wäre. Durch das Haar, und so weiter.« Dimond schaute zu Boden, stieß die Luft durch die Nase aus und murmelte: »Er hat seinen Kopf gehalten, hat ihn nach hinten gedrückt und Larry auf den Mund geküßt. Er hat ihn in die Arme genommen, versteht ihr?« Dimond blickte hoch. »Verdammt, Lieutenant, ich habe keine Lust –«

»Ja, okay, Junge. Danach sind sie in das andere Zimmer gegangen?«

»Richtig. Und ich war sehr froh darüber.«

»Und Sie sind danach weggegangen?« wollte Dave wissen.

»Ich hatte es vor, aber die Fenster im anderen Zimmer waren auch offen, weil es eine heiße Nacht war. Ich wußte, daß ich dort hinmußte, wenn ich einen richtigen Beweis für Trudy haben wollte. Also machte ich einen Schritt in die Richtung, als ich sah, wie die Tür von außen geöffnet wurde und dieser Typ den Kopf hereinsteckte. Koteletten, Tabak kauend – man konnte es zwanzig Meter gegen den Wind riechen. Er schaute sich rasch um, ging dann zum Schreibtisch, nahm das Geld und schlich sich wieder hinaus. Mann! Ich hab' nicht gewußt, was ich tun soll. Ich konnte ja eigentlich gar nichts tun, oder? Ich meine, ich war in einer sehr peinlichen Lage.«

»Das ist noch viel zu harmlos ausgedrückt«, sagte Dave.

»Es war verachtenswert.« Trudy sprang auf und ging ins Dunkel. »Widerlich. Mir wird ganz elend, wenn ich daran denke.«

»Sie sind also doch weggelaufen, nicht wahr?« fragte Yoshiba.

Dimond schaute Trudy besorgt nach. »Was? Ja, ich bin gelaufen. Ich habe zwischen den Bäumen gewartet, bis ich hörte, wie der Wagen des anderen davongefahren ist. Dann erst bin ich zu Toms Wagen gegangen.«

Yoshiba schaute Larson an. »Ich möchte ihn festnehmen wegen Begünstigung einer Straftat.«

Larson warf einen Blick in den schönen, teuer ausgestatteten Raum. »Er wäre morgen früh gegen Kaution frei.« Er setzte seine Mütze wieder auf. »Zeitverschwendung.«

»Niemand hat gesehen, wie er weggefahren ist«, sagte Yoshiba.

»Oho«, wandte Larson ein. »Wollen Sie ihn wegen Mordverdacht festnehmen? Aber dann müßten Sie Johns freilassen.«

»Das höre ich mit Freuden«, sagte Khazoyan.

»Vergessen Sie's«, entgegnete Yoshiba.

»Das will ich meinen«, fügte Gail Ewing indigniert hinzu.

»Aber hauen Sie nicht ab«, sagte Yoshiba zu Mark Dimond.

Kapitel

12

Jenseits des Pinyon Trails, am Fuß eines von Farnen überwucherten Hügels, wo sich ein sommertrockenes Flußbett zwischen moosbewachsenen Felsblöcken hindurchschlängelte, lagen drei Rehe im morgendlichen Schatten der Kiefern. Als Yoshiba den neutralen Wagen der Polizei von Los Santos daran vorbeisteuerte, blieben sie ruhig sitzen. Sie hoben nur die Köpfe, richteten ihre weichen Ohren in die Richtung, aus der das Geräusch kam, und ihre Augen waren groß und ruhig.

»Sehen Sie sich das an«, sagte Yoshiba. »Wo sind wir – zwanzig Meilen vom Zentrum von Los Angeles entfernt?«

»Wenn überhaupt«, erwiderte Dave. »Aber wir vergessen: Der Mensch ist der Eindringling. Halt, bleiben Sie stehen! Wir sind hier.«

Drei Wagen standen neben dem gelben Randstreifen vor den Briefkästen. Einer davon hatte die hohen Schwanzflossen eines Wagens aus den fünfziger Jahren. Das mußte Billy Wendells Wagen sein. Der zweite war ein Kombiwagen, ein breites Modell aus den sechzigern, beladen mit Heu. Heathers Wagen, natürlich. Der dritte war ein VW-Kabriolett: Ricks Wagen. Dave hatte ihn schon neulich hier stehen gesehen. Wollte Heather den VW hier verrotten lassen? Yoshiba fuhr langsamer, hielt aber nicht an.

»Was ist dort weiter oben?« fragte er.

»Die Straße macht eine Schleife«, sagte Dave.

Yoshiba stellte die Automatik auf L und stieg auf das Gaspedal. Der Wagen kletterte in einem weiten, mit Schlaglöchern versehenen Halbkreis hinauf in die kühlen Schatten der Bäume. Ganz oben, wo Heather Wendells ehemalige, asphaltierte Zufahrt nach unten abzweigte, bremste er, hielt an und schaltete den Motor ab. In der plötzlichen Stille hörte man eine Wachtel schlagen. Yoshiba öffnete die Tür und stieg aus. Dave folgte seinem Beispiel. Yoshiba schaute hinunter auf die grauen Holzschindel, die durch die Wipfel der Bäume zu sehen waren.

»Das ist also das Haus?«

»Die Garage«, berichtigte Dave. »Dort sind die Pferde untergebracht.« Er machte ein paar Schritte nach rechts. »Von hier aus kann man einen Teil des Hauses sehen, weiter unten.«

Yoshiba kam, schaute und knurrte. Seine breite Schuhkappe zeigte auf den festgebackenen Staub am Straßenrand, in dem Fußabdrücke zu sehen waren. »Sieht so aus, als ob jemand hier oben gewartet hätte. Tennisschuhe, ziemlich neu. Kegan?«

»Wahrscheinlich.« Dave warf einen Blick auf seine Armbanduhr. »Wir sollten sie abfangen, bevor sie zu den Pferden geht. Vielleicht reitet sie aus – dann können wir ihr mit dem Wagen nicht folgen.«

Aber Yoshiba hatte sich gebückt. »Hier haben vor kurzem zwei Wagen geparkt. Schauen Sie: Verschiedene Reifenspuren, nebeneinander. Beides kleine Wagen. Dieser hier –« Er beschrieb einen Kreis in der Luft mit dem Zeigefinger, über einem dunklen Fleck auf dem Boden. »Hier, dieser hat Öl verloren.«

Dave sah sich um. Auf der anderen Straßenseite stieg der Hang steil an bis zu einer Kuppe, etwa zehn Meter weiter oben. Auf dem Hang standen ein paar sterbende Pinien, sonst nur niedriges Gehölz und Büsche. Dazwischen waren Felsbrocken zu sehen. Weder rechts noch links gab es irgendwelche Häuser. »Es könnte eine Stelle sein, wo die jungen Leute zum Knutschen herfahren.«

»Ganz sicher.« Yoshiba knurrte und richtete sich auf. »Gehen wir von hier aus nach unten.«

Am unteren Ende der Zufahrt, neben der Garage, die jetzt als Stall diente, schwangen sich Heather Wendell und ihr großer, hagerer Mann auf die Pferde: Heather auf die kleine bunte Stute – »Buffy mag keine Männer« –, und Billy auf den rotbraunen Fuchs. Die Frau trug ein kariertes Flanellhemd, Jeans und einen schwarzen Mexikanerhut, der Mann

Levis und eine Levis-Jacke, die für jemand mit breiterem Oberkörper gemacht war – für seinen Sohn. Ein Sombrero aus Stroh mit herabhängender Krempe warf Schatten auf sein längliches, zerfurchtes Gesicht. Die Hufe der Pferde bewegten sich ruhelos auf den Kissen aus Kiefernnadeln, die den Hof bedeckten. Der Mann und die Frau zogen an den Zügeln und schauten nach oben.

»Was ist?« fragte Heather Wendell den Lieutenant. »Ich habe Ihnen ausdrücklich gesagt, daß Sie den da von mir fernhalten sollen.« Dabei schaute sie Dave wütend an.

»Sie werden doch nicht undankbar sein«, erklärte Yoshiba. »Er hat Ihnen einen Haufen Geld zurückgebracht, den sie sonst nie wiedergesehen hätten. Fast zwölfhundert Dollar.«

Sie setzte sich gerade und blinzelte überrascht in die Sonne.

»Aus dem braunen Umschlag auf Ricks Schreibtisch«, erklärte Dave. »Erinnern Sie sich? Sie haben ihn mir neulich mitgegeben, zusammen mit den Banderolen. Jede von ihnen lautete auf fünfhundert Dollar. Ein Beleg der Bank zeigte, daß Rick das Geld am Montag nachmittag abgehoben hatte.«

»Wozu?« fragte sie.

»Rick hatte es Larry Johns versprochen. Als er mittags mit ihm telefonierte. Sie haben den Anruf entgegengenommen. Johns hat Ihnen seinen Namen genannt. Aber Sie haben mir weismachen wollen, daß Sie bis zu dem bewußten Abend nie etwas von ihm gehört hätten.«

Ihre Mundwinkel zuckten. »Das muß ich vergessen haben.«

»Na, hören Sie, Mrs. Wendell!« sagte Yoshiba.

»Sieh mal einer an!« Billy Wendell bemühte sich, es drohend klingen zu lassen. Er rutschte herum im Sattel und tat so, als wollte er absteigen. Aber er blieb sitzen. Dann fügte er eher lahm hinzu: »Ihr Ton gefällt mir nicht.«

»Es ist möglich«, fuhr Dave fort, »daß Ihnen der Name zu diesem Zeitpunkt nichts sagte. Johns erklärt, er sei schon früher einmal mit Ihrem Sohn hiergewesen. Vor ein paar Wochen. Aber das war spät nachts, nachdem die Bar schon geschlossen hatte. Sie selbst sagten mir, daß Sie um diese Zeit meistens schlafen, also könnte es sein, daß Sie nichts davon wußten. Wenn Sie es allerdings wußten, und wenn Larry Johns dann ein zweites Mal auftauchte, hatten Sie Grund zu der Befürchtung; er könnte ebenso wie einige andere Freunde von Rick zu einer Bedrohung für Sie werden – wie Monkey und der Wilde.«

Sie wurde blaß und sank auf dem Sattel zusammen.

»Das ist nur eine Vermutung«, fuhr ihn Billy Wendell wütend an.

»Aber eine, die darauf beruht, daß Ihre Frau und Ace Kegan am Montag abend eine längere Aussprache hatten.« Dave schaute wieder Heather Wendell an. »Sie sind an diesem Abend nicht ins Kino gegangen, wie Sie mir erzählten. Statt dessen gingen Sie in das Restaurant in der Nähe des Kinos und besprachen die Situation mit Ace. Auch er hatte einen Anruf erhalten, bei dem Larry sich mit seinem Namen vorgestellt hatte. Und Sie beide befürchteten, daß da einiges auf Sie zukommen würde. Möglicherweise der wirtschaftliche Ruin. Deshalb konnten weder Sie noch Ace einen Bissen hinunterbringen.«

Sie berührte die Lippen mit ihrer trockenen Zunge.

»Danach sind Sie hier heraufgefahren«, fuhr Yoshiba fort. »Sie versuchten, die Sache zu stoppen, bevor es zu spät war. Ihrem Sohn hat es nicht gefallen, daß man ihn störte und ihm die Leviten las, daher nahm er seine Pistole, um Sie beide wegzuscheuchen. Kegan stürzte auf ihn zu, die Pistole ging los, und Ihr Sohn war tot. Ist es nicht so gewesen?«

»Nein!« sagte sie laut. »Ace war nicht einmal hier. Er war in einer fürchterlichen Stimmung. Als er auf dem Parkplatz des Kinos in den Wagen stieg, konnte er sich noch einigermaßen beherrschen, aber bis wir hier beim Haus waren, hatte er sich in Rage geredet. Er sagte, wenn Rick nicht vernünftig sei, würde er ihm Vernunft einprügeln. Und dazu war er durchaus imstande. Er ist ein ehemaliger Preisboxer. Seine Fäuste sind wie Vorschlaghämmer. Ja, ich weiß, Rick war größer als er, aber er konnte nicht kämpfen.«

»Er hatte eine Pistole«, erinnerte sie Dave.

»Die Pistole hat dabei überhaupt keine Rolle gespielt.«

Heather schwang sich aus dem Sattel. Das kleine, kräftige Pferd machte ein paar Schritte nach rückwärts, schüttelte den Kopf, und das Zaumzeug blitzte in der Sonne. »Ace hat Rick an dem Abend gar nicht gesehen. Er tobte. Ich möchte nicht wiederholen, was er ihm alles angedroht hat.«

»Er tobte«, sagte Dave, »und Sie haben ihn trotzdem dazu gebracht, daß er nach Hause fuhr?«

»Es war nicht einfach, aber er respektiert mich, und schließlich hörte er auf mich, trotz seines Zorns. Ich erinnerte ihn an das, was früher geschehen war. Er wäre mehrmals fast ins Gefängnis gekommen, weil er Leute verprügelt hatte. Und wenn er Rick geschlagen hätte, dann hätte ihm das danach furchtbar leid getan. Sie waren sehr eng befreundet.«

»Also ist er weggefahren?« fragte Yoshiba.

»Nicht gerade fröhlich«, antwortete sie, »aber ja – er ist weggefahren. Ich sah zu, wie er in seinen Wagen stieg und losfuhr, bevor ich die Treppe hinaufging.«

»Was ist das mit diesen zwölfhundert Dollar?« Billy Wendell streichelte den Fuchs mit seiner großen Hand. »Haben Sie sie bei sich?«

»Das ist Beweismaterial«, sagte Yoshiba. »Das Gericht wird die Scheine behalten, bis der Mann, der sie gestohlen hat, verurteilt ist.«

»Wer hat sie denn gestohlen?«

Dave berichtete von Dwayne Huncie.

»Die dreihundert Dollar sind natürlich weg«, ergänzte Yoshiba. »Tut mir leid. Aber der Rest – sobald der Prozeß vorbei ist, wird er Ihnen übergeben. Ich weiß freilich nicht, wie lange das dauern kann.«

»Wozu braucht das Gericht denn die Scheine?« fragte Billy Wendell. »Die Bank hat sicher die Nummern nicht notiert. Nicht, wenn es sich nur um Zwanzigerscheine handelt. Notiert werden nur größere Scheine, Hunderter und so.«

»Aha, Sie sehen ›Polizeibericht‹ im Fernsehen«, sagte Yoshiba. »Aber Sie haben recht. Ich werde mich bemühen, das Geld für Mrs. Wendell loszueisen.«

»Ich muß das Pferdefutter bezahlen«, erklärte Heather.

»Und Billy schuldet seinem Motel noch drei Wochen Miete«, fügte Dave hinzu. »Sie haben also niemanden gesehen oder gehört, nachdem Sie Ace losgeworden waren?«

Sie schüttelte den Kopf. »War denn jemand in der Nähe?«

»Es muß jemand hiergewesen sein, Heather«, sagte Billy.

»Nein, keineswegs!« fuhr sie ihn an. »Es reichte schon, daß dieser Larry Johns hier war. Und – ja, ihn habe ich gesehen.« Sie schloß kurz die Augen. »Ich werde den Anblick nie vergessen.«

»Sind Sie hundertprozentig sicher, daß Ace Kegan weggefahren und nicht zurückgekommen ist?« Yoshiba schaute sie von der Seite an. »Oben, dort, wo Ihre Einfahrt abzweigt, sind nämlich Reifenspuren, die darauf hinweisen, daß ein Wagen am Straßenrand gehalten hat. Ist Ace Kegan vielleicht dort hinaufgefahren und dann zu Fuß heruntergekommen, so daß Sie ihn nicht sehen konnten? Sie haben sich erst heiße Milch zubereitet, erinnern Sie sich?«

»Ace hatte mich ziemlich durcheinandergebracht. Ich weiß, ich sehe so aus, als wäre ich unerschütterlich, aber Sie können sich nicht vorstellen, wie schwer es ist, mit ihm umzugehen, wenn er wütend ist. Ich wollte mich erst beruhigen, bevor ich mit Rick sprach.«

»Kann mir vorstellen, daß sie erst was trinken mußte«, knurrte Billy Wendell. »Hätte nur was Stärkeres sein müssen als Milch.«

»Es ist also möglich«, begann Yoshiba wieder, »daß Ace –«

»Es ist nicht möglich!« beharrte Heather Wendell. »Ich hörte den Schuß, als ich die Treppe hinaufging. Ace war weggefahren, und Rick war tot, als ich an der Tür seines Zimmers stand. Ich habe es Ihnen doch gesagt.«

»Das stimmt«, sagte Dave. »Aber ist es die Wahrheit? Wissen Sie, warum mich Lieutenant Yoshiba heute begleitet hat?«

»Ihretwegen.« Die kräftige, alte Frau setzte sich wieder in den Sattel. »Weil Sie nicht Ruhe geben, bis sie mich mit hineingezogen haben. Oder bis Sie beweisen können, daß es Selbstmord war. Um Ihrer Gesellschaft fünfundzwanzigtausend Dollar zu sparen. Die sie, wie ich vermute, dringend benötigt, um nicht pleite zu gehen.«

»Irrtum«, sagte Yoshiba. »Ich bin hier, weil Sie mich angelogen haben. Unschuldige haben es nicht nötig, zu lügen.«

Billy Wendell knurrte: »Doch – wenn sie keine Scherereien haben wollen.«

»Warum könnte es nicht doch Selbstmord gewesen sein?« fragte Dave. »Vielleicht war er so beschämt, als Sie hereinplatzten, daß er sich erschoß? So etwas soll schon vorgekommen sein. Ihre Art von Mutterliebe kann mitunter unerträglich werden.«

»Was, zum Teufel, soll das heißen?« fragte Yoshiba.

»Es ist Psychologie.« Dave lächelte dünn. »Nicht Ihr Gebiet – erinnern Sie sich?«

»Aber es ist nicht so gewesen«, erklärte Heather Wendell stur. »Er lag tot auf dem Boden, und Larry Johns stand über ihm, die Pistole in der Hand.« Dann klatschte sie dem Pferd mit der Hand auf die Flanke, und das Tier ging erschreckt an den Männern vorbei. Billy Wendell gab seinem Fuchs einen Druck mit den Absätzen der Cowboystiefel, die seinem toten Sohn gehört haben mußten. Nickend folgte der Fuchs dem Pferd von Heather Wendell.

»War es nicht vielleicht doch Ace Kegan, der vor dem Toten stand?« fragte Yoshiba.

Heathers Rücken versteifte sich, aber sie gab keine Antwort. Sie und die Vogelscheuchengestalt ihres Mannes schwankten auf den Pferderücken über die Zufahrt nach oben, wobei das Sattelleder so laut knirschte, daß es trotz des Getrappels der Pferdehufe zu hören war. Yoshiba schaute Dave an, zuckte mit den Schultern, betrat die Auffahrt und ging nach oben, nicht um den beiden Reitern zu folgen, sondern um zum Wagen zu gehen.

»Das werden wir schon rausfinden«, sagte er. »Wer ist denn der Alte?«

»Ihr Exmann«, antwortete Dave. »Der Vater des Toten.«

»Wieder da, um abzukassieren?« Yoshiba zog die Stirn in Falten. »Wo war er am Montag abend?«

»Vergessen Sie's«, sagte Dave. »Auf einer Geburtstagsparty in einer Kneipe in Torrance. Sie feierten einen ehemaligen Filmstar namens Lilian Drill.«

»Wie heißt die?« fragte Yoshiba.

»Tut mir leid«, sagte Dave, »aber das war vor Ihrer Zeit.«

Bodenlange Vorhänge verhüllten die Glasfront von Ace Kegans Strandwohnung. Die Terrasse davor war leerer als der Strand. Die Sonne hatte beide in Beschlag genommen. Aber auf dem Sand stolzierten ein paar Möwen und Sandpfeifer. Yoshiba fand einen Klingelknopf auf dem roten Holzrahmen neben den Schiebetüren aus Glas und drückte ihn. Nichts geschah. Er drückte wieder auf die Klingel. Und ein drittes Mal. Aus der Wohnung waren jetzt Geräusche zu hören. Dave fühlte, wie der Boden der Terrasse leicht zitterte. Die Vorhänge wurden aufgerissen. Kegan schaute mit zusammengekniffenen Augen heraus, wich zurück. Mit den Boxerpranken band er sich den Gürtel eines kurzen, goldgelben Bademantels aus Velours zu. Dann öffnete er das Schloß der Schiebetür und schob sie zur Seite.

»Um Himmels willen«, sagte er zu Dave.

»Früh, nicht wahr«, erwiderte Dave. »Das ist Lieutenant Yoshiba von der Polizei in Los Santos.«

Yoshiba schaute auf seine Armbanduhr. »Es ist nach zehn.«

»Ich arbeite bis zwei«, erklärte Kegan. »Aber auch wenn ich um zehn Uhr abends ins Bett gegangen wäre, hätte ich keine Lust, Sie zu sehen.«

»Wir haben auch keine große Lust, Sie zu sehen«, erklärte Yoshiba. »Es ist nur die Pflicht. Haben Sie schon mal das Wort Pflicht gehört?«

»Ich habe Ihnen gesagt, Sie sollen mir den da vom Hals

halten.« Kegan funkelte Dave an, und seine buschigen Augenbrauen zogen sich zusammen. »Statt dessen kommen Sie mit ihm her.«

»Ich werde Ihnen sagen, warum.« Yoshiba blieb völlig gelassen. »Sie waren nämlich an dem bewußten Montag abend gar nicht in Ihrer Bar. Sie haben Ihren Freund ...« Er nickte an Kegan vorbei. Kegan drehte sich um, und Bobby Reich verschwand rasch wieder. Dave hatte erschreckte Augen und einen nackten, blonden Körper gesehen. »Ihr Freund hat an dem Abend in der Bar bedient.«

Kegans Unterarme waren wie glatte, abgerundete Schlagstöcke. Er ging einen Schritt nach hinten. »Bobby!« brüllte er. Eine Tür fiel ins Schloß. Kegan atmete tief ein, wandte sich wieder den beiden Männern zu und versuchte es mit einem schiefen Lächeln.

»Na schön. Bobby ist für mich eingesprungen. Es war nicht das erste Mal.«

»Nein, aber das erste Mal, daß Ihr Partner ermordet wurde«, sagte Yoshiba. »Und ich bezweifle, daß Sie sehr oft mit seiner Mutter zu Abend gegessen haben.«

Kegan öffnete ein wenig den Mund.

»In diesem ungarischen Restaurant neben dem Kino, wo Heather Wendell angeblich einen Film sah, in dem Pferde mißhandelt wurden«, erklärte Dave.

Kegan zeigte ein grimmiges Grinsen, steckte beide Hände in die Taschen seines Bademantels und wandte sich ab. »Okay. Kommt rein. Ich erzähl' euch alles.« Er brüllte: »Bobby, mach Kaffee.« Dann deutete er auf die lange, weiße Couch. »Schiebt die Bücher zur Seite und setzt euch.« Er ging in die Küche; man hörte Wasser laufen. Ein Kessel klapperte auf einem Herd. Dann stand Kegan neben dem Raumteiler mit den falschen Blumen. »Sie hat sich Sorgen gemacht um Rick, hat befürchtet, daß da was im Busch sein könnte.«

»Und sie war nicht die einzige«, sagte Dave. »Sie selbst haben mir erzählt, daß Rick nicht besonders schlau war, daß er sich nicht wehren konnte und daß er alles ausplauderte. Oder so ähnlich. Das haben Sie doch gesagt, oder?«

»Sie haben es ziemlich genau wiederholt.«

»Rick hat mit seiner Mutter über Larry Johns gesprochen, nicht wahr? Nachdem er den Jungen das erste Mal gesehen hatte. Deshalb war sie am Montag so aufgeregt. Sie hatte den Namen erkannt, als er sich bei ihr am Telefon meldete.«

»Sie hoffte, er wäre schon längst wieder über alle Berge«, sagte Kegan. »Ja, Rick hat ihn in der Bar kennengelernt – wie lange ist das her? Sechs Wochen, vielleicht zwei Monate. Rick hat ihn damals mit nach Haus genommen. Ich sollte es nicht wissen, aber Rick benahm sich sehr auffallend. Er hat den Jungen weggeschickt, damit er in der Kaffeekneipe unten am Strand auf ihn wartet; dort wollte er ihn abholen, sobald wir geschlossen hatten. Ich habe ihn beobachtet und wußte sofort, daß er etwas vorhatte. Also bin ich ihm nach und habe gesehen, wie er Larry Johns dort abgeholt hat. Am Tag danach hatte Rick buchstäblich den Kopf verloren, wie damals mit Monkey und mit dem Wilden. Er konnte über nichts anderes reden als über Larry Johns. Als der Junge nicht mehr herkam, hat es sich allmählich gelegt. Aber Heather hat sich daran erinnert.«

»Genau wie Sie«, sagte Yoshiba. »Und wir haben einen Zeugen dafür, daß sich Johns mit seinem Namen gemeldet hat, als er Mr. Wendell anrief und versuchte, Rick zu erreichen.«

Kegan schaute Dave säuerlich an. »Na schön, er hat also seinen Namen genannt. Und ich habe gewußt, daß ziemlicher Ärger in der Luft lag. Das ändert nichts. Wir haben uns getroffen, um die Lage zu besprechen und diese Affäre irgendwie zu stoppen, wenn möglich.«

»Und Sie haben keine Zeit vergeudet«, sagte Yoshiba.

»Wir wollten ihn *in flagranti* erwischen und ihm beweisen, wie er sich zum Narren machte, bevor die Sache weitere Folgen hatte.«

»Also verließen Sie ohne zu essen das Restaurant, und jeder

fuhr mit seinem eigenen Wagen. Sie besitzen einen Fiat, einen Sportwagen, nicht wahr? Der neue, der hinter dem Haus parkt?« Kegan drehte den Kopf und schaute die beiden aus den Augenwinkeln an. »Ja, das ist mein Wagen. Ich bin hinter Heather hergefahren. Das war mein erster Fehler. Ich hätte zehn Minuten früher dort sein können. Und als wir ankamen, mußte sie noch mit mir streiten.«

»Stimmt. Sie stritten am unteren Ende der Treppe. Heather fürchtete, daß Sie ihrem Sohn etwas antun könnten. Und sie fürchtete sich vor dem, was Sie Johns antun würden. Sie haben heftige Drohungen ausgestoßen.«

»Er wird leicht hysterisch.« Bobby Reich kam aus der Diele und ging in die Küche. Er trug wieder Shorts.

»Du bist wirklich eine große Hilfe«, sagte Kegan.

»Es stimmt aber.« Bobby öffnete Schränke und klapperte mit Metall und Porzellan. »Du weißt genau, daß das stimmt. Warum lügst du eigentlich, Ace? Sie wissen doch längst alles, also kannst du ruhig die Wahrheit sagen.«

»Und behüte mich vor meinen Freunden.« Ace stieß mit dem Fuß gegen einen Medizinball. Er rollte träge ein paar Zentimeter über den dicken Teppich. »Okay, ich war auf hundertachtzig. Und sie hat sich mir in den Weg gestellt. Mein Gott, was für ein Footballspieler ist der Welt verlorengegangen, weil Heather Wendell als Frau geboren wurde. Ich kam nicht an ihr vorbei.«

»Sie wartete, bis Sie wieder im Wagen saßen«, sagte Yoshiba. »Und bis Sie den Motor angelassen hatten.«

»Aber Sie sind nicht nach Hause gefahren«, fuhr Dave fort. »Sie fuhren um das Grundstück herum, parkten oben bei der Zufahrt und –«

Kegan machte den Mund auf, um zu protestieren.

»Die Reifenspuren sind noch zu sehen«, sagte Yoshiba. »Pirelli. Nagelneu.«

»Sherlock Holmes auf japanisch.« Kegan stieß einen wütenden Laut aus und schüttelte den Kopf. »Ja, ich fahre Pirelli-Reifen. Also schön, ich habe da oben geparkt, bin ausgestiegen und hinuntergegangen. Ich glaubte nicht, daß es reichte, wenn sie ihm Vorhaltungen machte. Wußte nicht einmal, ob sie auch nur den Versuch dazu unternahm. Sein Sexualleben flößte ihr Angst ein. Ich nahm mir vor, mich zu beherrschen, und hoffte, es würde genauso laufen, wie wir es geplant hatten. Aber als ich hinunterkam, konnte ich durch die hinteren Fenster sehen. Rick lag auf dem Boden neben dem Schreibtisch. Heather hatte die Pistole in der Hand und bedrohte damit den jungen Johns; zugleich telefonierte sie. Sie sagte gerade, daß Rick tot sei. Also konnte ich ihm doch nicht mehr helfen. Ich wußte, ich würde das Durcheinander nur noch schlimmer machen. Da bin ich wieder hinauf und davongefahren.«

»War der Anblick der Pistole eine Überraschung für Sie?« fragte Yoshiba.

»Ich wußte, daß er eine hatte. Heather hat ihn dazu gedrängt. Sie hatte Angst vor Hippies. Die hausen dort oben im Canyon, und nachdem der große Hund eingegangen ist, wollte sie sich schützen.«

»Wissen Sie, wo die Pistole aufbewahrt wurde?« fragte Yoshiba.

»In der obersten Schublade seines Schreibtischs«, antwortete Kegan. »Er hat sie mir gezeigt.«

»Sie waren also nicht sehr geschockt, als Sie und Mrs. Wendell Rick beim Geschlechtsverkehr störten und er daraufhin in seinen Schreibtisch langte und die Pistole herausnahm. Sie waren darauf vorbereitet.«

»Er lag tot auf dem Boden, als ich zum Haus kam«, wiederholte Kegan. »Außerdem hätte er uns nie und nimmer mit der Pistole bedroht. Nicht mich und nicht seine Mutter.«

»Nie ist ein großes Wort«, sagte Yoshiba. »Sie sind auf ihn losgegangen, um ihm die Pistole abzunehmen, und dabei hat sich der tödliche Schuß gelöst, stimmt's?«

»Es stimmt nicht«, sagte Kegan. »Ich bin nicht einmal hineingegangen ins Haus.«

»Wird die Straße dort oben häufig benützt?« fragte Dave.

»Ich meine, diese Umkehrschleife oberhalb des Hauses der Wendells?«

»Wenn jemand zu weit in den Canyon hineingefahren ist – dort kann er umkehren«, antwortete Kegan. »Und die jungen Leute parken auch öfters dort oben, um im Wagen zu knutschen. Heather ist mehrmals mit einer Taschenlampe hinaufgegangen und hat sie verscheucht. Aber das liegt einige Zeit zurück. Die jungen Leute lassen sich heutzutage nicht mehr verscheuchen. Sie vögeln einfach weiter und lachen die Alten aus. Also hat sie gelegentlich die Polizei angerufen. Übrigens hat sie sich seit längerer Zeit nicht mehr darüber beschwert. Vielleicht hat die Beschwerde bei der Polizei etwas genützt.«

»Haben Sie gedacht, daß das der Fall war?« fragte Dave. »Daß da junge Leute im Auto knutschten? Ich meine, als Sie den Wagen sahen, der an dem bewußten Montagabend dort oben parkte?«

»Was denn für ein Wagen?« Kegan drehte sich um, ließ sich von Bobby die großen Kaffeebecher geben und kam damit auf Dave und Yoshiba zu. Er zog die Stirn in Falten. »Ja, das habe ich gedacht.« Er schnitt eine Grimasse. »Mir ist der andere Wagen kaum aufgefallen. Ich dachte an Rick und Johns – und an Heather.« Er reichte den Männern die Kaffeebecher und schaute dann durch die Fensterwand hinaus auf den Strand. »Aber ich glaube nicht, daß jemand drinnengesessen hat. Nein. Der Wagen war leer.« Er schnippte mit den Fingern. »Warten Sie. Sie waren unterhalb der Straße. Zumindest der Kerl.« Das Gesicht des Boxers teilte sich in einem breiten Grinsen. »Ich glaube, ich habe ihn ganz schön erschreckt. Er ist gerannt wie ein Hase. Zurück zur Straße, an mir vorbei. Jesus!«

Bobby kam herein und reichte ihm einen dampfenden Becher. Kegan blies darauf und kicherte. »Was meinen Sie? Hat er das Mädchen unter den Bäumen liegengelassen, mit heruntergezogenem Höschen?«

»Was war das für ein Wagen?« fragte Yoshiba.

»Klein.« Kegan zuckte mit den Schultern. »Ich weiß nicht, habe nicht darauf geachtet. Außerdem war es dunkel. Ich bin ohne Scheinwerfer nach oben gefahren. Damit Heather es nicht merkt.«

»Sie hörte einen Schuß, als sie die Treppe hinaufging«, sagte Dave. »Haben Sie nichts gehört?«

»Es ist möglich«, sagte Kegan. »Ich habe nicht aufgepaßt. Mein Wagen ist nicht gerade leise. Nein, ich glaube, ich habe nichts gehört.«

»Okay.« Yoshiba stellte seinen Becher zwischen die Schallplattenstapel und Zeitschriften, die auf dem Tisch lagen. Dann stieß er sich von der Couch hoch. »Danke für den Kaffee.« Er stieg über das Bodybuildinggerät und ging zur Tür. »Ich glaube, Sie brauchen sich keine Sorgen mehr zu machen. Aber bleiben Sie in erreichbarer Nähe. Unternehmen Sie keine überstürzten Reisen, klar?«

Auf der Küstenstraße, als sie zurückfuhren zur Polizeistation von Los Santos, funkelte die Sonne auf der Windschutzscheibe. Yoshiba sagte: »Sie haben es nicht besser, sondern schlechter gemacht.«

»Für Johns.« Dave nickte düster, lehnte sich im Sitz zurück und starrte blicklos hinaus auf die Brandung. »Ja. Aber ich bin Ihnen ein paar Schritte voraus.«

»Der Junge ist schuldig, verdammt noch mal. Und Larson hat keine Mühe, es ihm nachzuweisen. Jetzt nicht mehr.«

»Mit seiner Baseballmütze?« fragte Dave.

»Er könnte eine Zwangsjacke tragen«, sagte Yoshiba, »und die Geschworenen würden ihm glauben. Sie müßten es. Der Bursche hat sich Wendell für Geld hingegeben. Dann war das Geld nicht mehr da. Er griff Wendell an. Wendell versuchte, sich mit der Pistole zu verteidigen. Sie ging los, und Wendell war tot.«

»Das ist nicht Mord«, sagte Dave.

»Es ist Totschlag. Und dafür bekommt man nicht nur einen Klaps auf den Hintern.«

»Ich glaube es immer noch nicht«, sagte Dave.

»Meinetwegen.« Yoshiba schaute ihn an. »Aber tun Sie mir bitte einen Gefallen: Kommen Sie nie wieder mit Ihren Zweifeln zu mir. Ich habe zu tun, verstehen Sie? Eine ganze Menge zu tun.«

Kapitel 13

Bulldozer kauten große Flecke aus den mit braunem Sommergras bewachsenen Hügeln, wo alte, grüne Kalifornia-Eichen wuchsen. Die Reifen der Planierraupen und die knirschenden Walzen wirbelten gelben Staub auf, den der Wind davontrug. Zementlastwagen fuhren über Feldwege, kippten ihre Tanks und entleerten sie. Weiter unten formten Balken die Umrisse künftiger Häuser. Unter einer Gruppe hoher, faseriger Eukalyptusbäume heulten Kreissägen und ließen halbmondförmige Bogen von Sägemehl in die klare blaue Luft steigen. Auf ungedeckten Dächern stapelten junge Männer mit nackten Oberkörpern braune Schindeln. Preßlufthämmer klopften ungleichmäßige Rhythmen in die heiße Luft.

Der silberne Electra hatte Dave zum entferntesten und noch nahezu unbewohnten Ende des San Fernando Valleys gebracht. Dave parkte den Wagen neben einem langen Wohnwagen, der auf der Baustelle stand. Eine Aluminiumtreppe führte zur Tür, die aus dem gleichen Material war. Aber er hörte Schritte hinter sich und drehte sich um. Ein bulliger Mann mit einem schartigen, gelben Schutzhelm kam auf ihn zu.

»Was kann ich für Sie tun?«

»Ich suche Elmo Sands.« Dave ging wieder hinunter und hielt dem Mann seine Geschäftskarte hin. »Es geht um Thomas Owens – um den Unfall, den er in seinem Haus in Los Santos hatte.«

Die Hände des Mannes hatten Mühe, einen Stapel Pläne festzuhalten, an denen der Wind zerrte. Er langte nicht nach der Karte, las sie aber mit vorgestrecktem Kopf. Sie schien ihn nicht aufzuheitern. Immerhin machte er eine Hand frei, öffnete die Tür des Wohnwagens, nickte, trat ein und wartete, daß Dave ihm folgte. Dann legte er die Pläne auf einen länglichen Zeichentisch unter einer Leuchtstoffröhre mit weißem Reflektor. Die Pläne rollten sich auf. Der Mann bückte sich zu einer Kühlbox.

»Ich bin Sands. Wollen Sie ein Bier?«

Dave hatte keine Zeit, darauf zu antworten. Eine kalte, feuchte Bierdose war innerhalb von Sekunden in seiner Hand. Der Bauunternehmer setzte sich auf einen Metallhocker, riß die zweite Dose mit dem Daumen auf und trank einen großen Schluck Bier.

»Ah, das tut gut. Bei dem Wetter bekommt man Durst.« Er nahm den Schutzhelm ab und legte ihn auf den Zeichentisch. Aus dem feuchten, grauen Haar lief ihm der Schweiß über das lederige Gesicht. »Die Versicherung, wie? Tom hat gesagt, er wollte mich da raushalten. Ich hab' ihm gleich gesagt, daß das nicht geht. Ich kenne die Versicherungen.«

»Sie zahlen genauso gern wie jeder andere«, antwortete Dave. »Es war ein kostspieliger Unfall.«

»Nicht meine Schuld.« Sands nahm ein Taschentuch aus der Hosentasche und wischte sich damit Gesicht und Hals ab. »Das Geländer war genau nach den Plänen befestigt und verbolzt. So arbeite ich – bei mir wird nichts übersehen. Deshalb bekomme ich die Aufträge von Tom. Ich habe jeden Kubikmeter gebaut, den er entworfen hat, seit er als freier Architekt arbeitet. Es ist nicht nur, weil wir Freunde sind. Er hat nur Freunde in diesem Geschäft.«

»Er hat mir gesagt, daß Sie normalerweise keine Fehler machen.« Dave trank einen Schluck Bier. »Und ich bin bereit, Ihnen beiden zu glauben. Andererseits können Sie nicht jeden Bolzen persönlich überprüfen. Sie haben Leute, die für Sie arbeiten.« Er schaute durch die offene Tür hinaus auf den Hügel, von wo das Sägen und Hämmern und das Dröhnen der Baumaschinen zu hören war. »Es sind Menschen, und die machen Fehler. Sie vergessen das eine oder andere. Die

Tatsachen beweisen, daß es nun einmal passiert ist. Das Geländer war nur ganz schwach festgenagelt.«

»Ja«, räumte Sands ein und trank wieder einen Schluck Bier. »Ich konnte es nicht glauben und habe es mir selbst angeschaut.«

»Es war also doch Ihre Schuld.«

»Dachte ich auch. Und habe den Arbeiter gefeuert. Ich habe ihn mitgenommen, habe ihm die Nägel gezeigt und ihn dann gefeuert. Er hat Tom sehr verehrt. Konnte es nicht fassen, daß er wegen seiner Nachlässigkeit den Mann in Lebensgefahr gebracht hatte. Er hat stundenlang unter dem Haus im Wasser gestanden und nach den Bolzen gesucht.«

»Und er hat sie nicht gefunden«, sagte Dave.

»Stimmt.« Sands trank noch einen großen Schluck, stellte die Dose dann ab und begann in den Papieren zu kramen, die auf dem Zeichentisch lagen. »Aber er hat das hier gefunden.« Sands zog eine dünne Zeitschrift heraus und hielt sie hoch, damit Dave sie sehen konnte. Es war die *Los Angeles Times*, der Haus- und Gartenteil der Sonntagsausgabe. Auch ohne Brille erkannte Dave das Farbfoto auf dem Umschlag. Es zeigte Tom Owens' Strandhaus vor einem bunten Sonnenuntergang. »Drinnen ist ein zweiseitiger Bericht«, sagte Sands.

Dave setzte seine Brille auf und blätterte. Der Hocker knarrte, als Sands aufstand und sich neben Dave stellte. Er roch nach Hopfen und nach Brut von Fabergé. Dave fand den Bericht, ein Text mit fünf Fotos. Drei davon zeigten Häuser, die Owens für Film- und Fernsehgrößen entworfen hatte, zwei zeigten sein eigenes Haus. Sand's dicker Zeigefinger deutete auf ein kleines Foto in der unteren rechten Ecke. Tom Owens, schlank, mit breiten Schultern, in einem hellen, gestreiften Sarape und mit einem Cowboyhut, stützte die Ellbogen auf das Terrassengeländer über den Felsen – genau dort, wo er hinuntergestürzt war und sich beide Beine gebrochen hatte. Unter dem Foto stand: *Jeden Abend genießt der Architekt Owens von einer freitragenden Terrasse aus den Sonnenuntergang.*

Sands sagte: »Sehen Sie sich mal das Datum der Ausgabe an.«

Es war das Wochenende vor dem Unfall. Dave reichte Sands die Beilage und steckte seine Brille wieder ein. »Haben Sie das Tom schon gezeigt?«

»Ich hatte noch nicht die Zeit dazu«, sagte Sands. »Aber ich glaube, es würde ihm nicht viel helfen. Er hat mir keinerlei Vorwürfe gemacht wegen dem, was passiert ist. Ich habe die Beilage für Sie aufgehoben. Ich wußte doch, daß mich früher oder später jemand von der Versicherung besuchen würde.«

»Eigentlich müßte er von einer anderen Firma kommen«, sagte Dave. »Von der Sequoia. Das ist die Firma, die Tom Owens den Scheck schicken wird. Aber ich kann Ihnen das ersparen. Ich muß heute ohnehin noch mit dem Schadensbearbeiter der Sequoia reden. Dann werde ich ihm gleich von der Beilage berichten.«

»Von einer anderen Versicherung!« Sands schaute ihn entrüstet an. »Was, zum Teufel, haben Sie dann hier zu suchen?«

»Ein Freund von Tom wird verdächtigt, einen Mord begangen zu haben«, erwiderte Dave. »Tom glaubt nicht, daß er es getan hat. Der Tote war bei meiner Firma versichert. Daher befasse ich mich mit dem Fall. Aber meine Hinweise haben mich bisher nicht viel weitergebracht. Ich war noch keine große Hilfe für Medallion. Also befürchte ich, daß ich auch Tom nicht helfen kann. Ich bin nur aufgrund einer ziemlich vagen Intuition zu Ihnen gekommen.«

»Wenn es um Tom geht«, sagte Sands, »bin ich gern bereit, Ihnen zu helfen.«

»Ich glaube, Sie haben mir bereits geholfen.« Dave neigte den Kopf nach hinten, um das Bier auszutrinken. An der Tür stand ein schwarzer Kanister, der als Abfalleimer benützt wurde. Er warf die Dose hinein. »Danke.«

»Es geht also um diese Bolzen«, sagte Sands.

»Ja, um die Bolzen, und um einen Unfall, der kein Unfall war. Außerdem um einen Mord, der ganz sicher ein Mord gewesen ist.« Dann trat Dave hinaus in die vom Dröhnen der

Preßlufthämmer erfüllte Sommerhitze. Er wandte sich noch einmal um. »Hoffentlich haben Sie den Arbeiter wieder eingestellt«, sagte er.

»Natürlich«, sagte Sands.

Eine Meile westlich des Medallion-Hochhauses am Wilshire Boulevard stand das niedrige Gebäude aus kleinen, roten Ziegeln, dessen Flachdach mit weißen Steinen belegt war und das die Sequoia-Unfall- und Haftpflicht-Versicherung beherbergte. Vor den Mauern wuchs ein schön gepflegter Dschungel aus ledrigen Grünpflanzen. Drinnen saß niemand am Empfangspult der funkelnden Eingangshalle, wo ein grünes Telefon mit vielen Lichtknöpfen blinkte und leise summte. Dave ging daran vorbei in einen großen, viereckigen Patio, dem ein riesiger Gummibaum Schatten spendete. Vom Patio aus führten Glastüren in die einzelnen Büros.

Dave fand Johnny Delgado in einem Eckbüro, wo offene Kartons auf dem Fußboden Aufbruch signalisierten. Der Schreibtisch war mit Aktenordnern überhäuft. Delgado, ein kleiner schlanker Mann, der als Schadensermittler bei der Sequoia arbeitete, stand mit dem Rücken zur Tür da, hatte einen Fuß auf einen Pflanztrog gesetzt, einen Ellbogen auf das Knie gestützt, das Kinn auf die Hand, und hielt den Kopf gebeugt, als betrachte er intensiv die Grünpflanzen. Ohne sich umzudrehen, sagte er mit schleppender Stimme:

»Sag nichts, Marie. Was du willst, du kannst es haben. Ich kann nicht mehr kämpfen. Bestimmt nicht Auge in Auge. Und bestimmt nicht heute. Geh einfach weg und nimm es dir.«

Dave sagte: »Es ist nicht Marie, Johnny.«

Delgado hob den Kopf, richtete sich auf, nahm den Fuß vom Pflanztrog und drehte sich um. Er sah nicht so adrett aus wie sonst. Bartstoppeln verdunkelten seine hohlen Wangen. Seine Augen wirkten ausgebrannt. Sein Anzug sah aus, als ob er darin geschlafen hätte. Delgado zeigte Dave ein scheues Grinsen der Entschuldigung, kam aber nicht um den

Schreibtisch herum und machte keine Anstalten, Dave die Hand zu schütteln. Er sagte nur: »Du meine Güte«, ließ sich in den Sessel hinter dem Schreibtisch fallen und deutete mit der rechten Hand auf einen zweiten Sessel. Dave setzte sich, und Delgado sagte:

»Wenn du ein kleiner Junge bist, glaubst du, es gibt auf der ganzen Welt nur eine Frau für dich. Du kannst es nicht erwarten, sie zu heiraten. Du glaubst, sie gibt dir nicht nur Sex, auf den jeder ein Recht hat, sondern ihr Leben oder so was Ähnliches.« Er lachte ohne Humor. »Dabei bist du derjenige, der ihr sein Leben gibt. Du merkst es nur nicht. Du glaubst, daß du ein Heim aufbaust, etwas Geld sammelst, eine Zukunft bastelst und eine erträgliche Altersversorgung vorbereitest. Doch dann schleudert sie es dir ins Gesicht: Sicher, du hast gesammelt und aufgebaut – aber nicht für beide, sondern für sie. Ausschließlich für sie.«

»Das ist Kalifornien«, sagte Dave.

Delgado knurrte, bückte sich, um ein Schreibtischfach zu öffnen, und nahm eine Whiskyflasche heraus. In die Ziegelwand hinter ihm war eine Wanduhr eingebaut. Die Zeiger aus schwarzem Holz zeigten auf wenige Minuten nach zwölf Uhr. Aber Delgado schenkte mit zitternden Händen große Mengen aus der Flasche in klare Plastikbecher, stellte die Flasche wieder weg und schob einen der Becher Dave zu. »Und was führst du im Schilde?« fragte er. Es sollte vorwurfsvoll klingen, war aber nur müde.

»Anscheinend sind zur Zeit alle hinter dir her, was?« fragte Dave.

Delgado trank. »Es gibt einen Grund.« Sein Lächeln war traurig. »Ich kann nicht arbeiten.« Er schüttelte den Kopf wie ein Mensch, dem alles auf die Nerven geht. »Ich verstehe das nicht, Dave. Wir sind so gut miteinander ausgekommen, Marie und ich. Ohne Veränderung in den zehn Jahren. Ich kann es noch immer nicht glauben.« Er schloß die Augen und leerte das Glas; dann lief ihm ein Schauer über den Rücken. Er hatte mindestens einen Achtelliter pur getrunken.

»Ich hätte nie gedacht, daß wir uns eines Tages trennen könnten. Und selbst wenn: Ich war nicht darauf vorbereitet, daß es mich so treffen würde. Ich – ich funktioniere einfach nicht mehr.« Er gab den Aktenhaufen einen wilden Stoß. »Ich kann nicht einmal mehr diese Scheiß-Akten lesen. Du hast Glück, daß du mich heute hier antriffst. Ich bin in diesem Monat noch keine drei Stunden hintereinander hier gewesen.« Er nahm wieder die Flasche aus dem Fach. Seine blutunterlaufenen, traurigen Augen richteten sich auf Daves Becher, aber Dave hatte den Whisky noch gar nicht angerührt. Delgado schenkte seinen Becher wieder voll. »Ich hätte ihr ein Kind machen müssen. Das sagt mein Vater auch. Schwängere die Frau, und sie bleibt bei dir. In den alten Zeiten war die Frau nach fünf Jahren Ehe fett und häßlich. Dann hätte sie sowieso keiner mehr gewollt. So sind sie damals beisammengeblieben.« Er trank wieder. »Widerwärtig, nicht wahr?«

Dave zeigte auf die Akten. »Hast du dort vielleicht Berichte über zwei Unfälle, die sich in letzter Zeit in einem Haushalt in Los Santos ereigneten? Der Versicherungsnehmer heißt Owens. Oder vielleicht Ewing.«

Delgado kniff die Augen zusammen, zupfte an seinem schwarzen, gut geschnittenen Haar, beugte sich vor und begann die Ordner hin und her zu schieben. Seine Bewegungen waren langsam, als wäre das alles zu schwer für ihn. Er zog einen Ordner hervor, schaute auf den Aufkleber, ließ den Ordner fallen und nahm den nächsten. Aber nach einer halben Minute wurde er ungeduldig und knallte eine Handvoll Akten auf den Tisch. Papiere rutschten heraus und fielen auf den dicken Teppich. »Mein Gott, ich weiß es nicht. Wann? Worum geht es denn?«

»Gail Ewing besitzt einen Vega, den ihre Tochter gefahren hat.« Er nannte den Sonntag des Rock-Festivals. »Sie rollte bergab und fuhr gegen einen Baum, im Topanga Canyon. Die Bremsen hatten versagt. Ich komme gerade von der Polizeigarage. Sie sagten mir, daß du noch nicht dortgewesen bist. Und ich glaube ihnen. Denn du bist gut in deinem Beruf, und selbst wenn du nicht gut wärst – das wäre dir nicht entgangen. Johnny – es war keine Bremsflüssigkeit im Vorratsbehälter.«

»Ein Leck?« Delgado zog die Stirn in Falten und rieb sich die stoppeligen Wangen.

»Nein, kein Leck«, sagte Dave. »Jemand muß die Bremsflüssigkeit rausgenommen und nicht ersetzt haben.«

»War der Wagen zuvor in der Reparatur?«

»Nein, nie. Es war ein neuer Wagen, und bisher hatte es keinerlei Schwierigkeiten damit gegeben.«

Delgado stöhnte und trank aus.

»Warum hörst du nicht auf damit?« fragte Dave. »Die Arbeit bewirkt das gleiche, und du kommst hinaus in die frische Luft.«

»Ja, du hast recht.« Delgado nickte. »Du hast recht, aber du kommst zu spät. Ich bin gerade gefeuert worden. Sehr freundlich, sehr verständnisvoll, aber gefeuert. Ich bin hier, um meine persönlichen Dinge zu holen und dann abzuhauen.«

»Nur noch eines, dann lasse ich dich in Ruhe«, sagte Dave. »Der Bruder dieser Gail Ewing, Thomas Owens, ist zwei Tage nach dem Unfall seiner Nichte von einer Terrasse gestürzt, die über die Felsen seines Hauses hinausragt; er hat sich dabei beide Beine gebrochen. Jemand hat die Bolzen, mit denen das Terrassengeländer gesichert war, entfernt. Ich habe den Beweis dafür.«

Zum erstenmal schaute ihn Delgado an. »Ich erinnere mich«, sagte er und warf dann wieder einen Blick auf die Aktenstapel. »Die Papiere sind nicht hier. Ich habe sie schon unterschrieben, Dave. Ich hab' alles mögliche unterschrieben. Es war in der zweiten Woche. Die Arbeit hatte sich angehäuft, genau wie jetzt. Ich hab' einfach alles unterschrieben. Ich kam hierher, nachdem ich den Brief vom Anwalt meiner Frau erhalten hatte. Ich war völlig fertig, hab' mich hingesetzt und mir gesagt, zum Teufel damit. Ich hab' keinen von den Anträgen gelesen, aber einen nach dem anderen unterschrieben.«

»Das kostet die Sequoia eine schöne Stange Geld«, sagte Dave. »Aber sie wird es überstehen. Wichtiger ist, daß jemand versucht, Thomas Owens zu töten. Beide Versuche sind danebengegangen. Aber ich fürchte, es wird einen dritten Anschlag geben. Das heißt, eigentlich hat es schon einen dritten gegeben, und auch dabei ist Owens nichts passiert. Dafür hat ein anderer eine Kugel in die Brust bekommen und ist daran gestorben. Es wäre nicht passiert, Johnny – nicht, wenn du dir diesen Wagen und das Terrassengeländer angesehen hättest.«

Delgado war kalkweiß geworden. »Mach, daß du rauskommst«, sagte er mit belegter Stimme. »Mach bloß, daß du rauskommst, ja?«

Der Plankenweg, der die Dünen zu den hölzernen Segeln des Hauses von Tom Owens überquerte, war zu schmal für zwei Wagen. Als der Vega aus dem Schatten des Abstellplatzes kam, bremste Dave seinen Electra ab und legte den Rückwärtsgang ein. Dann sah er Jomays leuchtend blondes Haar durch die Windschutzscheibe schimmern, schaltete das Getriebe auf Leerlauf und stieg aus dem Wagen. Gail Ewing hielt an, hupte und rief mit scharfer Stimme hinaus: »Wir müssen zum Flugplatz und haben es eilig.«

Er ging auf den Wagen zu. Larry Johns saß auf der winzigen Rückbank, wo er kaum Platz für seine Beine hatte. Er hatte sich quer auf den Kunstledersitz niedergelassen und zog den Kopf ein, um nicht gegen das niedrige Wagendach zu stoßen.

»Wie kommen Sie denn hierher?« fragte Dave.

»Tom hat seinen Anwalt in meinen Fall eingeschaltet«, antwortete Johns. »Mr. Greenglass. Es war, wenn überhaupt, Totschlag, hat man jetzt festgestellt, und da kann man auf Kaution freikommen.«

»Die gesetzlichen Möglichkeiten hatten wenig damit zu tun«, zischte Gail Ewing. »Es waren die fünfzigtausend Dollar von Tom. Das ist die Kaution, die der Richter festgelegt hat – woraus man sehen kann, was er von dem Fall hält.«

»Bis jetzt ist es noch gar kein Fall«, erklärte Dave. »Und ich glaube kaum, daß es einer werden wird.«

»Glauben Sie, was Sie wollen«, sagte Gail Ewing, »aber jetzt machen Sie gefälligst den Weg frei.«

Dave schaute hinüber zu Jomay. BB lag schlafend auf dem Schoß der jungen Frau, hatte den Kopf zwischen die kleinen Brüste gelegt, und der Rosenknospenmund nuckelte an der frischen weißen Bluse, die vermutlich Trudy gehörte. Dave fragte: »Zurück nach Texas?«

Jomay nickte mürrisch. »Ich hab' meine Aussage gemacht bei dem komischen Mann mit der Baseballmütze. Sie haben es in die Maschine getippt, und ich habe es unterschrieben. Ich brauche nicht mehr länger zu bleiben.« Dann warf sie einen bitteren Blick auf Gail. »Ich wäre gerne geblieben. Tom – er hat gesagt, ich bin hier willkommen.«

»Er hat dir die fünfzehnhundert Dollar gegeben«, sagte Johns. »Deshalb bist du doch hierhergekommen, oder?«

Jomay verzog den Mund und warf dann ihr Haar in den Nacken.

Dave wandte sich an Johns. »Fahren Sie mit zum Flughafen, um sich zu verabschieden? Ich dachte, Sie hätten sich schon vor fünf Monaten in Austin verabschiedet?«

»Ich will sehen, wie die Maschine abhebt«, sagte Johns. »Ich will ihr nachschauen, bis sie nicht mehr zu sehen ist.«

Jomay drehte sich ruckartig um. »Mama hat dich verjagt«, brüllte sie. »Hast du das nicht selbst gesagt? Du hast immer in ihren Schönheitssalons saubermachen müssen und kein Geld dafür bekommen. Jetzt tust du so, als ob ich an allem schuld wäre.«

Er seufzte und sagte dann leise: »Ich erinnere mich kaum noch an dich, Jomay. Warum machst du es nicht genauso? Versuche, mich zu vergessen.«

Jomay nahm ihr Baby hoch und zeigte es ihm. »Das hier ist deins.«

Das Baby begann zu weinen, und Johns wandte sein schmales Knabengesicht ab und schaute zum Fenster hinaus.

»Es ist gutes Flugwetter«, sagte Dave. »Die Maschine wird sicher pünktlich starten. Und ich bin ebenso sicher, daß Sie, Mrs. Ewing, danach rechtzeitig zurückkommen werden. Ich muß mit Ihnen reden. Und mit Tom. Es hat gewisse Entwicklungen gegeben.«

»Verdammt!« Gail Ewing riß die Tür auf, stieg aus und kippte den Rücksitz nach vorn gegen das Lenkrad. »Wenn Sie nicht mitfahren, dann steigen Sie aus. Wir haben gerade noch eine Stunde Zeit bis zum Abflug.«

Johns duckte sich und fiel halb aus dem Wagen. Dann setzte sich Gail wieder hinter das Lenkrad, schlug die Tür zu und ließ den Motor aufheulen. Dave ging zurück zu seinem Electra, fuhr über die hohl polternden Planken rückwärts bis zu der festen Fläche, wo der Plankenweg begann, und machte Gail Ewing Platz. Der Vega schoß vorbei; Jomays Gesicht war gerötet, und BB heulte immer noch. Das Schreien des Babys mischte sich mit dem Kreischen der Möwen, die über den Dünen am blauen Himmel kreisten.

Dave ließ den schweren Wagen wieder zu der Stelle rollen, wo Johns stand, die Hände in den Taschen seiner ausgebleichten Levis.

Sie betraten das Haus durch die Küche, wo die Hunde bellten und um Johns herumsprangen. Johns ließ seine Jeans fallen, der kürbisgelbe Hund schnappte sie sich, und die anderen Hunde rannten ihm hinterher. Johns war nicht völlig nackt darunter; er hatte eine sehr knappe Badehose an. Jetzt zog er sein T-Shirt aus, während er unter der Galerie zu dem Zimmer am entgegengesetzten Ende vorausging. Tom Owens rief ihm von seinem Krankenhausbett zu: »Gut – du bist nicht gefahren!«

Er streckte Johns die Arme entgegen, dann sah er Dave, ließ die Arme sinken, und sein Lächeln verschwand. Es war das schönste Lächeln, das Dave seit langer Zeit gesehen hatte, und er bedauerte, daß es verschwand.

»Was gibt's?« fragte Owens. »Larry ist frei. Ist das nicht gut?« Der Junge hatte sich auf die Bettkante gesetzt. Owens streichelte seine Schulter, dann schaute er Dave schief an. »Sind Sie nicht froh darüber?«

»Es ist zu früh«, sagte Dave. »Ich kann erst froh sein darüber, wenn Sie Ihre Kaution zurückhaben und er endgültig frei ist, wovon zur Zeit nicht die Rede sein kann. Und das ist nur die eine Hälfte meines Problems. Die andere sind Sie.«

»Ich? Mir geht es gut – jetzt.«

»Sie sind in Gefahr«, sagte Dave. »Jemand hat versucht, Sie umzubringen. Und zwar nicht einmal, sondern zweimal.« Er schaute den blonden Jungen mit dem Schnurrbart an. »Möglicherweise sogar dreimal.« Owens versuchte, ihn zu unterbrechen. Dave ließ sich nicht beirren; er berichtete von der Bremsflüssigkeit, von den entfernten Bolzen, davon, wie Johnny Delgado seine Arbeit vernachlässigt hatte, und was der Arbeiter, der bei Elmo Sand angestellt war, ausgesagt hatte.

Owens war blaß geworden. Er langte nach Zigaretten auf seinem Beistelltisch, und seine Hand zitterte. Er fummelte ungeschickt an dem Päckchen herum, ließ es schließlich fallen. Larry Johns hob es auf, zündete zwei Zigaretten an und reichte eine davon Owens. Der Architekt schaute Dave düster an. »Das stimmt. Der Fotograf ließ mich da draußen posieren, wie ich am Geländer lehne. Zweimal – einmal vorwärts und einmal rückwärts. Es war seine Idee.«

»Also war die Bildlegende in der Zeitschrift eine Erfindung«, sagte Dave. »Sie gehen nicht jeden Abend mit einem Martini hinaus auf die Terrasse und betrachten den Sonnenuntergang.«

»Sonnenuntergänge«, sagte Owens, »sind meistens geschmacklos und kitschig.«

»Aber Sie sind hinuntergestürzt«, sagte Dave. »Wie kam es dazu?«

»Trudy und Mark machten Tonbandaufnahmen.« Owens lachte ironisch. »Ich habe mich um ihre Angelegenheiten gekümmert.«

»Erinnern Sie sich, ob am Abend zuvor die Hunde gebellt

haben?« fragte Dave. »Jemand muß da draußen gewesen sein, um die Bolzen zu entfernen. Das kann nur in der Dunkelheit geschehen sein.«

»Wir sahen ein Theaterstück, eine Video-Aufzeichnung von Mark – Larry und ich. Und Gail?« Er zog die Stirn in Falten. »Wo ist sie gewesen?«

»Im Kinderheim für berufstätige Mütter«, sagte Johns. Er blinzelte in den Rauch seiner Zigarette und tastete nach dem Aschenbecher. »Was würde wohl geschehen, wenn Gail sich eine Woche lang um ihre eigenen Angelegenheiten kümmern würde?«

Owens lachte ohne Humor und ohne Hoffnung. »Die Welt wäre bis über beide Ohren voller Ölteppiche und verlassener Kinder.« Dann zog er wieder die Brauen hoch. »Mark und Trudy waren an dem Abend auch nicht zu Hause. Wo waren sie?«

»Bei einem Lyrik-Marathon«, sagte Larry Johns. »In dieser ausgeflippten Buchhandlung in Santa Monica. Neunundneunzig Dichter oder so, die zwei Tage und Nächte ununterbrochen gelesen haben. Die Buchhandlung wollte in das Guinness-Buch der Rekorde kommen. Sie haben über fünfzig Tonbänder aufgenommen und danach festgestellt, daß die Mikrofone nicht eingeschaltet waren. Erinnerst du dich?«

Diesmal lachte Owens etwas weniger gezwungen. »Ja – du hast recht.«

»Also war niemand hier, der gehört haben kann, ob die Hunde bellten oder nicht«, sagte Dave. »Wie war es denn, als jemand an den Bremsen des Wagens Ihrer Schwester herumgefummelt hat?«

»Das kann nicht mir gegolten haben«, sagte Owens. »Ich fahre den Wagen nie.«

»Das war an einem Wochenende.« Larry Johns zupfte an den Spitzen seines blonden Schnurrbarts und zog ebenfalls nachdenklich die Stirn in Falten. »Vielleicht waren die Hunde gar nicht hier. Wir sind am Samstag mit ihnen zum Tierarzt gefahren. Sie sollten gegen Tollwut geimpft werden.« Er ging zu einem Aktenschrank und brachte Dave einen Zettel mit der Aufschrift TIERKLINIK LOS SANTOS. Das Datum, das dort vermerkt war, stimmte. Dave gab Johns den Zettel zurück, und der Junge räumte ihn weg. Owens beobachtete Larry Johns, und seine gelben Augen wirkten hungrig. Dave sagte zu Owens: »Madge Dunstan und Ray Lollard haben Sie mir als einen Menschen geschildert, den jeder mag. Das sagt auch Elmo Sands. Er meint, Sie hätten nur Freunde.«

»Das dachte ich auch«, antwortete Owens. »Wenigstens in dieser Hinsicht habe ich immer Glück gehabt.«

»Denken Sie nach. Gibt es niemanden, dem Sie in die Quere gekommen sind?« Dave saß in einem der Regiesessel. »Angenommen, Sie wären nicht eines Tages bekannt geworden – wer hätte an Ihrer Stelle diese Strandhäuser gebaut?«

»Alle oder keiner.« Johns setzte sich wieder auf die Bettkante, und Owens streichelte seinen Rücken. »Es paßt einfach nicht, Dave.«

»Hat Larry schon mal den Wagen Ihrer Schwester gefahren?«

»Nein.« Owens Hand hielt inne. »Nur Gail und Trudy. Larry fährt meinen Wagen, den Camino. Worauf wollen Sie hinaus?«

»Sie sehen sich ähnlich – helles, langes Haar, schlank, Schnurrbart«, sagte Dave. »Und in der Nacht, als Rick Wendell getötet wurde, trug Larry Ihren Sarape und Ihren Hut.«

Die beiden auf dem Bett schauten ihn verblüfft an.

Dave wandte sich an Johns. »Versuchen Sie, sich zu erinnern. Wir wissen jetzt, daß Ihnen Mark an dem Abend nachgefahren ist. Sie haben das vermutlich nicht gemerkt. Haben Sie vielleicht jemand anders bemerkt, als Sie das Haus verließen und zur Straße hinaufgingen, wo Wendell auf Sie wartete?«

»Nein. Aber ich bin über die Zufahrt gegangen. Mit meinen Cowboystiefeln. Die sind ganz schön laut auf den Planken. Wenn jemand unten im Sand gegangen wäre, hätte ich ihn nicht hören können.«

»Und Ihnen ist kein Wagen aufgefallen, der Ihnen folgte, als Sie mit Rick hinauf zum Canyon fuhren?«

»Um die Wahrheit zu sagen ...« Johns lief purpurrot an, stand vom Bett auf und trat ans Fenster, um hinauszuschauen. »Rick konnte seine Hände nicht beherrschen. Er hat an mir herumgefummelt, zumindest mit einer Hand. Ein paarmal wären wir fast von der Straße abgekommen.«

»Sie haben also nicht in den Rückspiegel geschaut. Sie haben nicht die Scheinwerfer des Caminos gesehen, den Mark fuhr. Und Sie sahen auch nicht die Scheinwerfer eines anderen Wagens?«

»Tut mir leid.« Johns kam wieder zum Bett und tippte seine Asche in dem braunen Keramikaschenbecher ab. »Sie glauben also, derselbe, der Tom töten wollte, indem er die Bremsen außer Funktion setzte und die Bolzen des Terrassengeländers entfernte, ist an dem Abend wieder hier gewesen, hat gesehen, wie ich wegging, mich mit Tom verwechselt und ist mir gefolgt, um mich zu töten?«

Owens, wieder sehr blaß, nahm die Hand des Jungen und drückte sie fest. Dann schaute er Dave an. »Sie glauben, er kam direkt in Wendells Haus; das war es, was Larry hörte, und –«

»– und Wendell ging hinüber in das andere Zimmer, fand einen Fremden, nahm die Pistole aus dem Schreibtisch; der Fremde versuchte, ihm die Waffe abzunehmen, und dabei ging sie los und tötete Wendell. Ja. So könnte es gewesen sein.«

»Mein Gott«, flüsterte Johns. »Dann hätte Rick mir das Leben gerettet.«

»Es muß aber jemand gewesen sein, der mich nicht allzu gut kennt«, bemerkte Owens. Es klang so, als wäre er von Daves Theorie überzeugt. »Er hat an dem falschen Wagen herumgefummelt, dann an dem Terrassengeländer, wo ich mich nur durch Zufall angelehnt hatte.« Er atmete scharf ein. »Er muß das Foto in der Zeitung gesehen haben.«

»Und er hat der Bildlegende geglaubt«, sagte Dave. »Außerdem trugen Sie den Sarape und den Hut. Übrigens auch im Fernsehen, nicht wahr?«

»Wegen der Farbe.« Owens' Lächeln war ironisch.

»Aber Sie können sich nicht vorstellen, wer Ihnen den Tod wünscht.« Dave stand auf und ging zur Tür mit dem Oberlicht darüber. »Versuchen Sie es, Tom. Denken Sie nach. Es muß jemanden geben. Wenn wir ihn nicht finden, wird Larry nicht freikommen.«

Johns hörte nicht zu. Besorgt zupfte er wieder an seinem Schnurrbart. »Tom? Heute abend gibt es eine Gedächtnisfeier für Rick, beim Mr.-Wunderbar-Wettbewerb. Ich weiß, daß Gail, Trudy und Mark weg sein werden. Aber ich glaube, ich sollte trotzdem hingehen. Ich bleibe nicht lange. Ich meine – verdammt, er hat mir das Leben gerettet.«

»Ein Freund.« Owens' Stimme war voller Ironie, aber sein Lächeln wirkte echt. »Sicher, geh nur. Ich komme schon allein zurecht.«

»Ich konnte nicht zur Beerdigung gehen«, erklärte Johns.

»Mach dir keine Gedanken«, sagte Owens. »Es ist okay.«

Als er die beiden beobachtete, den Jungen, der neben dem Bett stand, und den Mann im Bett, der seine Hand hielt, hatte Dave plötzlich das Gefühl, das alles schon einmal erlebt zu haben.

»Tragen Sie den Sarape und den Hut«, sagte er.

Und ging, während sich die beiden anderen verblüfft ansahen.

Kapitel 14

Auf dem westlichen Abschnitt des breiten Santa Monica Boulevards, außerhalb des Amtsbereichs der Stadt, dort, wo die Gesetze von Los Angeles nicht mehr galten, leuchteten Neonschriften in Rot, Blau und Gelb herüber zu den Leihwagen der Touristen, die Stoßstange an Stoßstange dort vorbeikrochen, wobei die braven Leute aus Iowa in den Wagen, die Augen weiß umrandet von den dunklen Sonnenbrillen, die sie tagsüber getragen hatten, die Köpfe schüttelten und sich wunderten. Auf den Schildern stand: INSTITUT FÜR ORALEN SEX, MODELLSTUDIO MACH'S SELBST, SCHAU REIN – BÜCHER FÜR ERWACHSENE, PUSSYCAT-THEATER. In gläsernen Kalligraphien leuchteten GIRLS GIRLS GIRLS in den schwarzen Nachthimmel; OBEN OHNE, UNTEN OHNE, GO-GO-TÄNZERINNEN, BOYS BOYS BOYS schrien die Schilder, TOTAL NACKT. Und dazu gab es Neonskultpuren von riesigen nackten Hüften und Brüsten und grinsenden Gesichtern.

Überraschend, aber nur für diejenigen, die Los Angeles nicht gut genug kannten, ragte inmitten dieses Durcheinanders ein ehemaliger großer Mietstall in die Höhe, jetzt frisch mit roter Farbe getüncht und mit weißen Zierkanten bemalt – die GROSSE SCHEUNE. Es war die größte Homo-Bar von Los Angeles, und logischerweise wurde dort der Mr.-Wunderbar-Wettbewerb ausgetragen. An seiner rustikalen Vorderfront flatterten Fähnchen in Leuchtfarben. Ein Scheinwerfer, der auf einem Lastwagen montiert war, schickte einen bläulichen Lichtstrahl in die Dunkelheit. Barbara Streisand sang aus Lautsprechern, die über einem Eingangstor mit elektrischen Stallaternen angebracht waren.

Auf dem Gehsteig war ein roter Teppich ausgelegt. Am Randstein hielten funkelnde Mietlimousinen, und aus ihnen entstiegen schöne junge Männer, die nervös aussahen und ein wenig zu muskulös für ihre geliehenen Fräcke und Smokings wirkten. Da sich der Verkehr nur sehr langsam vorwärts bewegte, hatte Dave Gelegenheit, sie zu betrachten. Die meisten von ihnen hatte er schon kennengelernt. Aber die Kleidung und die Frisuren ließen sie noch ähnlicher erscheinen. Nein, so hatten sie nicht geglänzt in ihren Jeans und Arbeitshemden in den Bars. Nur Bobby Reich: Ob angezogen oder nicht, Bobby sah hinreißend aus. Er stieg gerade aus Ace Kegans blankpoliertem kleinen Fiat aus.

Eine fünf Reihen tiefe Zuschauermenge hinter roten Seidenkordeln bildete eine Gasse vom Randstein bis zur Tür. Sie hielten den Atem an oder seufzten beim Anblick der befrackten Schönheiten. Blitzlichter flammten auf. Mikrofone funkelten vor lächelnden Mündern wie kleine, betrunkene Mondraketen. Ein gelangweilt dreinsehender Mann mit einer Filmkamera auf den Schultern schubste die Zuschauer zur Seite. Dave erreichte die nächste Ecke und fuhr durch eine Seitenstraße, wo alte Akazien die Straßenbeleuchtung verdunkelten. Er war schon drei Blöcke weit, als er endlich einen Parkplatz fand, der groß genug für seinen Electra war.

Als er zurückkam zur *Großen Scheune*, drängten die Zuschauer gerade hinein. Vor ihm sah er den billigen roten Anorak und das braune Haar von Vern Taylor. Als er selbst drinnen war und einem knabenhaften Mann mit rosigen Wangen, der in einem Holzstall saß, welcher als Kasse diente, das Eintrittsgeld gegeben hatte, drehte Dave sich um und warf einen Blick über die nachdrängenden Männer und Jungen hinter ihm. An der Tür standen Kovaks und Ray Lollard – Lollard, strahlend vor Freude und Stolz, Kovaks, unrasiert in seinem lehmverkrusteten Overall. Dave mußte lachen. Er hatte Kovaks' Geschenktopf an Lollard geschickt. Und heute, beim Abendessen mit Madge, hatte Doug ihm erzählt, daß Kovaks dabei war, seine Werkstatt in den Schuppen hinter Lollards altem Herrenhaus zu verlegen.

Der Hauptraum der *Großen Scheune* war riesig; die Decke wurde von roh behauenen Pfosten gestützt, von denen Heuhaufen herabhingen. Überall leuchteten die elektrischen Stalllaternen, die meisten gelb, aber einige auch rot und grün oder sogar weiß. Auf dem Boden lag dick das Sägemehl, und an den Wänden hingen Sporen, hölzerne Joche, Sättel und zusammengerollte Lassos, alles bis zur Unbrauchbarkeit lackiert und gefirnißt. Daves Fuß stieg gegen einen Spucknapf aus Messing. Ein Ziergegenstand – in ihm wuchsen Plastikblumen. Das war der wilde Westen – aber nur der von Los Angeles.

Auf der gegenüberliegenden Seite des Raums reflektierten lange Spiegel in alten Mahagonirahmen – vermutlich von einem pleite gegangenen Filmstudio – die funkelnden Flaschen. Vielleicht konnte sich Dave einen Drink besorgen. Er begann, Entschuldigungen murmelnd und Schultern und Ellbogen benützend, sich zu der langen Bar durchzudrängen. Es dauerte fast fünf Minuten.

Er mußte noch eine Weile warten, aber schließlich bekam er einen doppelten Scotch. Der Whisky roch wie das Geheimrezept eines ausgeflippten Apothekers. Aber die sich mischenden Gerüche verschiedener, starker Eaux de Colognes überlagerten ohnehin den Geschmack, und Dave trank einen Schluck. Dann bemerkte er das Gemälde oberhalb der Bar und mußte grinsen. Was dort dargestellt war, hatte nichts mit den in Bars üblichen Gemälden von hochbusigen Ladys aus den neunziger Jahren auf einem üppigen, roten Samtsofa zu tun; hier vergnügten sich Cowboys miteinander, während sie sich in einem vom Mondlicht erleuchteten Schuppen die Jeans auszogen – Cowboys, so hübsch wie Mädchen und bestückt wie Hengste. Eine Stimme neben seinem Ohr sagte:

»Ich hab' Sie aber noch nie hier gesehen.«

Dave drehte sich nicht um. »Ich habe nur mal kurz vorbeigeschaut«, sagte er. »So kurz wie möglich.«

Der Besitzer der Stimme wandte sich ab. »Du hast recht – sie ist von der Sitte.«

»Von der Sitte?« sagte jemand anders. »Ausgeschlossen. Sie trägt Schuhe, die zu ihrer Hose passen.«

Jetzt veränderte sich der Geräuschpegel der Gespräche, die den riesigen Raum erfüllten. Dave schaute auf seine Armbanduhr, dann auf die Stelle, wo die Scheinwerfer ihr Licht nach unten warfen. Dort, auf einer provisorischen Bühne unter den Planken des Heubodens, kletterte ein schlanker Mann in einem weißen Frack mit gerüschtem Hemd und einer silbernen Perücke, die mit Flitter bestäubt war, zu einem Mikrofonpult hinauf. Hinter ihm war bunte Alufolie angebracht, die unter dem Licht der Scheinwerfer in allen

Regenbogenfarben leuchtete. Auf einem Tisch daneben funkelten Messingpokale und Siegestrophäen hinter einer Ausstellung von Armbanduhren und Manschettenknöpfen in samtgepolsterten Juwelierschächtelchen, und daneben hatte ein erfahrener Schaufensterdekorateur Hemden, Pullover, Hosen und Jacken rings um einen Stützbalken drapiert.

Der Mann auf der Bühne bewegte die Lippen, aber kein Ton drang aus den Lautsprechern über den riesigen See aus bläulichem Tabaksqualm. Gelächter und Schreie prasselten auf den Mann hernieder. »Wir können dich nicht hören, Vic!« Der Mann schirmte seine Augen vom Licht ab mit einer Hand, an der zu viele Ringe blitzten. Er schaute in die Dunkelheit jenseits der Bühne. Plötzlich heulten Rückkoppelungstöne durch den Raum. Einige der Gäste kreischten laut. Dann kam ein »Willkommen!« von dem Mann in Weiß durch die Lautsprecher. Es war zu laut und rief ein dröhnendes Echo hervor. Der Mann trat lachend vom Mikrofon zurück, stemmte eine Hand in die Hüfte und schaute noch einmal ins Dunkel vor ihm. Dann versuchte er es wieder, und diesmal war der Ton in Ordnung – so gut, wie man es unter den Umständen erwarten konnte.

»Willkommen zum dritten Mr.-Wunderbar-Wettbewerb! Ich bin euer Conferencier, Vic Waverly, und ich muß euch sagen, es waren bisher immer großartige Abende. Aber dieser wird noch großartiger als die beiden letzten, das verspreche ich euch, meine Lieben. Großartiger, was die Show betrifft, die euch geboten wird, vor allem aber im Hinblick auf die Männer – ich lege meine stärkste Betonung auf dieses Wort, und ob ich es betone, meine Lieben! –, die Männer also, die in die Endausscheidung des Wettbewerbs gekommen sind. Ihr werdet sie in ein paar Minuten kennenlernen. Doch zuvor möchte ich die Preisrichter bitten, sich zu erheben, so daß ihr sie sehen könnt. Es sind würdige Mitglieder der großen südkalifornischen Gemeinschaft von Gays! Ich werde ihre Namen in der alphabetischen Reihenfolge aufrufen ...«

Der erste war ein Geistlicher mit schwarzer Bluse und

weißem Kragen, der in irgendeinem Provinzseminar der Baptisten im tiefen Süden ausgebildet worden war. Der nächste war ein mondgesichtiger Mann mit einem Bauch, der erst mit fünfzig begonnen hatte, als Gay-Aktivist zu arbeiten, nachdem er zuvor ein Leben lang versucht hatte, Jugendliche aus dem Gefängnis freizubekommen, und der jetzt seine Abende bei Talkshows im Fernsehen verbrachte, wo er den Zauber der Homosexuellen zu erklären versuchte, was immer das sein mochte. Der letzte war ein aknenarbiger Verleger, der die Homosexuellen in fünfzig Staaten mit einem bunten Tiefdruck-Magazin belieferte, welches Sadismus, Masochismus und die texanischen Stiernacken-Typen glorifizierte. Es gab nicht viel Applaus für die Männer, was Dave allerdings keine Genugtuung bereitete, da jedermann die Hände mit Drinks und dem Programm voll hatte.

Aus den Lautsprechern kam jetzt Musik. Hawaiianische Klänge, ausgerechnet. Dave zuckte zusammen, hielt sein Glas hoch, stellte fest, daß nur noch Eis drinnen war, und bat um einen neuen Drink. Während er wartete, ließ er besorgt seinen Blick über die Menge schweifen und lächelte gleich danach mit grimmiger Genugtuung. Da war er, der weiße Stetson, und darunter der bunte Sarape. Dave legte Geld auf die Theke und nahm sein Glas. Es war Zeit, sich in Bewegung zu setzen. Wenn tatsächlich etwas passierte, wollte er auf jeden Fall verhindern, daß jemand zu Schaden kam, geschweige getötet wurde. Er bahnte sich einen Weg durch die Menge und murmelte Entschuldigungen dazu.

Aber als er die Stelle erreichte, wo er Larry Johns gesehen hatte, neben einem Pfosten, an dem imitierte Brandeisen hingen, war der Junge verschwunden. Dave stieß sich weiter zum Ausgang durch und reckte den Hals, um über die unzähligen modisch geschnittenen Frisuren hinwegschauen zu können, drängte sich dabei erst auf die eine, dann auf die andere Seite des Raums. Schließlich kam er zu einer freien Stelle von der Bühne. Das überraschte ihn. Hier gab es sogar leere Stühle, zwei Reihen Klappsessel aus grauem Stahlrohr mit weißen Plastiksitzen. Sie standen direkt vor den Preisrichtern, die sich über Blätter und Fotos beugten.

Ein fetter, kleiner Mann mit schwarzem Bart, behängt mit Kamerataschen an Lederriemen, fotografierte mit Blitzlicht. Dieser freie Raum und die Stühle waren natürlich für die Presse reserviert, deren Vertreter zur Zeit noch mit den Interviews der Teilnehmer und der grauhaarigen Manager hinter der Bühne beschäftigt waren. Dave sah Ace Kegan, dessen große, fleischige Hände an Bobbys Krawatte herumfummelten. Dave ließ sich auf einen Stuhl sinken und zündete sich eine Zigarette an. Vielleicht würde ihn Larry Johns finden. Aber dann war es nicht Johns, der ihn an der Schulter berührte. Er drehte sich herum und erblickte das falsche Lächeln von Vern Taylor. Taylor sagte:

»Ich hab' Sie reinkommen sehen und war ziemlich überrascht. Ich meine, ich habe natürlich gewußt, daß Sie schwul sind, das merke ich immer. Aber ich hätte nicht gedacht, daß Sie zu so einer Veranstaltung kommen. Ich dachte, Ihr Lebensstil sei ein bißchen anders als der unsrige. Sie hätten einen Freund, eine feste Sache. Und Sie würden in Ballettvorstellungen und Opernaufführungen gehen, ins Theater und in Kunstgalerien. Zusammen mit Ihrem Freund. Ich dachte nicht, daß Sie sich in solchen Bars, in Saunen und so weiter herumtreiben.«

»Ich arbeite«, erklärte Dave. »Bin immer noch dabei, etwas über Tom Owens' Unfall herauszufinden.«

Taylor gab keine Antwort. Er schaute Dave noch einen Moment lang an, dann richtete er den Blick auf die Bühne. Dave folgte seinem Beispiel. Ein Trio kleiner, schlanker Polynesier, braun, glatt und lächelnd, war aus dem Dunkeln gekommen. Die Jungen waren bis zur Taille in helles Kattun gewickelt. Ihre kleinen Hände drehten sich elegant wie Blüten im Wind, und ihre schmalen Hüften wackelten verträumt. Taylor gab einen anerkennenden Laut von sich. Dave schaute ihn an. Taylors Augen strahlten, und er leckte sich die Lippen.

Das Tempo der Musik wurde schneller. Die Jungen beweg-

ten sich völlig synchron. Langsam, ohne einen Takt oder eine Geste untergehen zu lassen, drehten sie sich um. Langsam fanden ihre Hände die Knoten an den Hüften, fummelten daran herum, und die hellen Kattunröcke fielen. Die Jungen waren nackt darunter. Es gab Pfiffe und Schreie im Publikum. Die polynesischen Jungen wackelten mit den kleinen braunen Hintern und drehten sich, immer noch im Takt der Musik, langsam um. Bravorufe. Schrille Schreie. Jemand rief: »Meine Güte, eine Invasion von Feldmäusen!« Die Polynesier stimmten in das allgemeine Gelächter ein.
Dave drehte sich zur Seite, um Taylors Reaktion zu sehen, aber Taylor war nicht mehr neben ihm. Der rote Anorak leuchtete zwischen einer Gruppe von Männern auf, die vor der Treppe standen, welche von der Bühne nach unten führte. Aber Taylor beobachtete nicht die Tänzer. Er schaute zu Dave herüber. Aus der Entfernung sah er wie ein Sechzehnjähriger aus – bis auf seinen Gesichtsausdruck. Dave wußte nicht, was er bedeuten sollte. Vielleicht Angst, aber zugleich auch noch etwas anderes – etwas Häßliches. Und jetzt merkte Dave, daß der Blick gar nicht ihm galt, sondern jemandem, der neben ihm stand. Er drehte sich zur Seite. Da war Larry Johns, der nicht wußte, ob er lächeln sollte, die Finger nervös an dem noch etwas schütteren, jugendlichen Schnauzbart. Dann zupfte er an dem bunten Sarape.

»Ich hab' genau das getan, was Sie wollten«, sagte er zu Dave. »Obwohl ich nicht weiß, warum.«

Dave stand auf, vielleicht nur, um den Jungen vor dem bösen Blick von Vern Taylor zu schützen. Er sagte: »Ihr Foto war in der *Times*. Bevor Yoshiba Sie abgeholt hat, kamen die Reporter. Sie waren auf dem Foto zu sehen, als sie die Treppe vom Haus der Wendells herunterkamen. Und dabei hatten sie diesen Sarape an und den Hut auf dem Kopf.«

»Ja.« Johns' helle Brauen zogen sich zusammen. »Und?«

»Sie sollten einmal darüber nachdenken«, sagte Dave, »warum jemand dreimal versucht hat, Tom zu töten – und warum er bisher keinen vierten Versuch unternahm.«

»Oh – Mann!« Johns setzte sich, als wären seine Beine schwach geworden. Er schaute einen Augenblick lang die nackten, braunen Jungen an, ohne sie wirklich zu sehen. Dann blinzelte er Dave zu. »Nein, ich habe, ehrlich gesagt, noch nicht darüber nachgedacht. Aber es ist irgendwie komisch, nicht wahr?«

»Ich hoffe, es bleibt auch komisch«, sagte Dave. »Obwohl ich fürchte, daß davon nicht die Rede sein kann. Bleiben Sie in meiner Nähe, verstanden?«

»Was ist los?« Johns schaute erschreckt drein und sah sich nach allen Seiten um.

»Immer mit der Ruhe«, sagte Dave. »Ich gehe nur einer Vermutung nach. Und auf Vermutungen kann man sich nicht immer verlassen.«

Die Musik erreichte das Finale, ein letztes Aufheulen der Gitarren, und die braunen Jungen schnappten sich ihre zu Boden gefallenen Sarongs, flohen von der Bühne und kicherten dabei wie Schulmädchen. Der Applaus wurde von den Holzwänden reflektiert. Dafür hatten die Leute ihre Gläser abgestellt. Konfetti fiel von der Zwischendecke. Ein paar bunte Luftballons stiegen nach oben. Jemand, der an einem der Balken lehnte, streckte den Arm aus und berührte einen der Ballons mit der Zigarette. Er platzte, und es hörte sich an wie ein Schuß.

Der Mann im weißen Frack kam auf die Bühne zurück und applaudierte, dann wandte er sich dem Mikrofon zu. »Unser Dank gilt der Geschäftsleitung von *The Flower Lei*, die uns Mei Mei, Tei Tei und Laverne geschickt haben.« Gelächter. »Nein, wirklich, wenn euch das nicht in Stimmung gebracht hat, dann könnt ihr euch ruhig hinlegen, meine Lieben, dann seid ihr nämlich tot. Na schön. Soviel zum Vorspiel.« Er lachte mit der Menge. »Ich weiß, daß ihr jetzt alle einer Begegnung mit den Stars dieses Abends entgegenfiebert – diesen hübschen, talentierten und sexy aussehenden Bewerbern um den Titel des Mr. Wunderbar. Was?« Er wandte sich vom Mikrofon ab und ging zur Rückseite der Bühne. »Ja, in

Ordnung.« Dann drehte er sich wieder der Menge zu. »Sie sind fertig – ist das nicht toll? Sie hatten nur vier Monate Zeit. Schaut sie euch genau an, solange sie noch angezogen sind. Es wird eure letzte Gelegenheit für heute abend sein.« Er zog die Augenbrauen hoch und legte sich eine Hand auf die Brust. »Hab ich's nicht gesagt? Jetzt ist es soweit. Als ersten sehen wir, vom *The Barracks*, Bewerber Nummer eins, Skeets McIntyre, einssechsundsiebzig, zweiundsiebzig Kilo, Schauspieler und Texaner vom Scheitel bis zur Sohle. Applaus für Skeets McIntyre!« Er trat vom Mikrofon zurück und applaudierte selbst. McIntyre erschien im Rampenlicht. Seine Augen lagen zu dicht beisammen.

Die Vorstellung ging weiter, während der Rauch dichter wurde und die Kommentare des Conferenciers dünner, und die Preisrichter schauten hinauf und machten sich mit angekauten Kugelschreibern Notizen. Den größten Applaus heimste Bobby Reich ein. Aber soweit Dave es verstand, war die Vorstellung nur ein erster Schritt. Irgendwie sollten im Verlauf des Abends auch noch Talent und Intelligenz der Bewerber vorgeführt werden. Dave stellte sein Glas zwischen die Füße in das Sägemehl und applaudierte Bobby. Es war vielleicht seine einzige Gelegenheit, und er meinte es ehrlich. Ballons schwebten nach oben. Diesmal zerplatzten zwei. Dave wünschte sich, daß sie damit aufhören würden. Danach kam ein haariger Bursche in einem hautengen Plastikanzug vom *The Rawhide*, und als letzter ein geschmeidiger Prinz – eine Prinzessin? – vom *The Queen and Court*.

Dave langte nach seinem Glas, und dabei stieß sein Kopf beinahe mit dem von Ace Kegan zusammen, der geduckt auf ihn zukam und versuchte, sich in dem Geschrei, dem Klatschen, dem Stampfen, der Musik und dem Klappern leerer Bierdosen Gehör zu verschaffen. Im gleichen Augenblick stellte Dave fest, daß Vern Taylor versuchte, an den Knien und den Kamerataschen der Pressefotografen vorbeizukommen, die jetzt die Stühle eingenommen hatten. Aber der Stuhl neben Dave war leer. Wo, zum Teufel, war Larry Johns?

Dave wandte sich dem zerschundenen Gesicht des Ex-Boxers zu. Ob er ihm Schlimmes über Bobby Reich zu berichten hatte? Er näherte sein Ohr dem Mund von Ace. Aber Kegan sagte:

»Sie werden am Telefon verlangt. Ich war glücklicherweise dort, als der Anruf kam. Bei so vielen Leuten kann man niemanden ausrufen lassen. Außerdem fürchten viele, ihr Boß würde erfahren, wo sie sich gerade aufhalten. Aber ich habe gehört, wie der Bursche, der den Anruf entgegennahm, Ihren Namen wiederholte. Es scheint ein Notfall zu sein. Die Mutter von irgend jemand. Dabei stehen Sie nicht gerade an der Spitze der Liste von Leuten, denen ich Gefälligkeiten erweise.« Er richtete sich auf und machte eine Kopfbewegung. »Das Telefon ist auf der Rückseite der Bar.«

»Danke.« Dave stand auf, schob seinen Stuhl zur Seite und ging auf die Spiegelwand zu. Während er sich durchkämpfte, schaute er sich um und versuchte, Larry Johns zu entdecken. Er war nirgends zu sehen. Dave fluchte leise. Der Telefonhörer lag wie ein totes Tier neben einer versilberten, gußeisernen Registrierkasse in der Mitte der Bar. Dave öffnete die Türklappe, die hinter die Theke führte. Ein stämmiger, junger Kerl in einer Lederweste mit gewachstem Schnauzbart blokkierte ihm den Weg. Dave nannte seinen Namen. Der Bursche ging zurück zu den großen Zapfhähnen und den schäumenden Bierkrügen, die er füllen sollte. Dave nahm den Hörer.

»Komm bitte so schnell wie möglich in die Zoohandlung.« Es war Doug. »Bitte, sofort. Dave, diesmal hat sie es wirklich geschafft. Sie hat alle Tiere freigelassen. Auf allen Bäumen in der Gegend sitzen Kanarienvögel und Papageien. Die Hasen, die Meerschweinchen, die Hamster; die weißen Ratten verstecken sich in sämtlichen Abflußrohren, Katzen und Affen hocken in den Büschen. Sie waren politische Gefangene. Mutter ist Generalsekretär der UNO, oder was weiß ich. Sie hat eine weltweite Amnestie erlassen. Die Schildkröten und ein paar Frösche habe ich inzwischen wieder eingefangen. Ich bin schneller gewesen als sie. Und zum Glück hat sie die

Fische vergessen. Ja, die Feuerwehr ist schon unterwegs. Und jemand vom Veterinärinstitut. Aber ich brauche dich.«

Während er zuhörte, beobachtete Dave die Bühne. Der Pastor seiner schwulen Herde kam ans Mikrofon. Seine weichen Südstaatentöne trafen auf bierselige Ergriffenheit. Den Kopf nach hinten geneigt, die Augen geschlossen, die Hände züchtig über dem Bauch gefaltet, berichtete er seinem Gott, was dem großen, netten, liebenswerten Rick Wendell geschehen war. Als ob Gott seine Fälle auf dem Schreibtisch stapelte wie Johnny Delgado ... Dann war das Gebet zu Ende. Eine Elektronenorgel mit bronchialen Problemen und verlangsamtem Puls begann mit dem Vorspiel zum »Vaterunser«. Ein dicker, glatzköpfiger junger Mensch trat nach vorn und sang den Text.

Und eine Schußwaffe ging los. Nicht sehr nah, aber nah genug. Es hörte sich ganz anders an als das Platzen der Ballons. Die Menge kannte den Unterschied nicht. Die Orgel und der falsch singende Bariton fuhren fort, und die Gäste lauschten andächtig. Doch Dave erkannte den Unterschied, und ihm wurde übel. Larry Johns! Warum war er abgehauen, obwohl Dave ihm den Befehl gegeben hatte, in seiner Nähe zu bleiben? Wo war Vern Taylor? Warum mußte Dougs Mißgeschick ausgerechnet in diesem Augenblick passiert sein? Er hielt noch den Hörer in der Hand. »Doug, ich kann nicht. Jetzt nicht. Tut mir leid.« Er knallte den Hörer auf die Gabel und setzte sich in Bewegung.

Er murmelte keine Entschuldigungen mehr, während er sich zur Rückseite der Bühne durchkämpfte. Als er dort ankam, hatte er sich eine Menge blauer Flecke eingehandelt, und eine Tasche seines Sakkos war abgerissen. Im schwachen, gelblichen Licht zogen sich die Teilnehmer des Wettbewerbs schweigend bis auf die Badehosen aus, vielleicht war es Respekt vor Rick Wendell, vielleicht auch nur Lampenfieber. Der Besitzer der *Großen Scheune*, ein knochiger Mann in den Sechzigern, der einen babyblauen Cowboyanzug mit silbernen Einfassungen trug, fuhr mit einem elektrischen Rasierapparat sanft über die gewölbte Brust seines Bewerbers. Dave nahm ihm den Apparat ab, schaltete den sirrenden Motor aus, drückte den Apparat dem Jungen in die Hand, packte den mageren Mann am Arm und zog ihn zur Seite.

»Es ist geschossen worden«, sagte Dave leise. »Draußen hinter dem Lokal, glaube ich. Wie komme ich dort hin?«

Der Mann blinzelte, wurde blaß, schluckte hart. Aber er setzte sich in Bewegung. Er führte Dave um eine Trennwand herum. Auf der linken Seite waren zwei Türen mit den Aufschriften »Wir« und »Die anderen«. Außerdem sah Dave eine Küchentür, und dahinter war es dunkel. Am Ende des Korridors schimmerte ein rotes Ausgangslämpchen über einer Tür mit vielen Riegeln und einer Sperrkette. Die Riegel waren nicht vorgeschoben, die Kette war nicht eingehängt. Der magere Mann stieß die Tür auf. Die Lampe draußen war noch schwächer als die im Korridor. Höchstens vierzig Watt hinter einem Drahtkäfig, mehr Schatten als Licht. Draußen standen große, viereckige Müllcontainer, stinkende Abfalltonnen, Körbe, gefüllt mit Flaschenscherben. Und in einer Ecke, neben durchnäßtem Abfallpapier, lag ein Mann. Er lag mit dem Gesicht nach unten in einer Pfütze, auf der Öl in den Regenbogenfarben schimmerte. Und etwas Dunkleres. Blut.

»Mein Gott!« Der Mann mit den vorstehenden Zähnen hielt sich eine Hand vor den Mund.

Dave kniete sich neben Ace Kegan und drückte zwei Finger gegen die Schlagader an seinem Hals. Sein Puls schlug noch, aber das war nicht Daves Verdienst. Zorn stieg in ihm hoch, Ekel. Wenn schon so vieles in diesem Fall schieflief – mußte er denn alle Möglichkeiten auskosten bis zur Neige? Und warum kam er immer zu spät? Er stand auf. »Der Mann ist nicht tot«, sagte er zu dem Hageren. »Rufen Sie die Polizei. Und einen Krankenwagen.«

»Was machen Sie denn?«

»Ich fahre zum Strand.« Dave lief auf die funkelnden Neonlichter am Ende der Gasse zu. »So schnell ich kann. Und ich hoffe, das ist schnell genug.«

Kapitel 15

Aber der Verkehr in Hollywood an einem Samstagabend im Sommer ist schleppend. Dave konnte nicht rasch genug durchkommen. Er verzweifelte fast in einem Verkehrsstau, der sich bereits über drei Blöcke ausdehnte. Schließlich ließ er den Wagen mit laufendem Motor in der mittleren Spur stehen und lief zu einer Telefonzelle hinüber. Sie stand an der seitlichen Wand eines Open-air-Tanzpalastes. Es roch stark nach dem Rauch von Marihuana. Dave kramte in seinen Hosentaschen, hatte kein passendes Kleingeld bei sich. An der nächsten Ecke, in einem Drugstore, hätte er sich welches besorgen können. Aber dazu war nicht die Zeit. Die Ampel schaltete auf Grün. Hinter dem verlassenen Electra entstand ein wütendes Hupkonzert. Dave rannte zu seinem Wagen zurück. Danach kam er vorwärts und schaffte die Strecke bis Santa Monica ohne größere Staus, aber das nützte wenig. Auf der Küstenstraße vor den Restaurants war der Verkehr völlig zum Erliegen gekommen. Als er nach fünf Minuten eine Querstraße erreichte, fuhr er nach Westen in Richtung Robertson Street. Er hatte sich entschlossen, von seiner Wohnung aus zu telefonieren.

Er saß auf dem Bett, zog sich sein Jackett aus, lockerte den Knoten seiner Krawatte und hörte zu, wie auf Tom Owens' Seite der Leitung das Belegtzeichen ertönte. Er versuchte es noch zweimal. Aussichtslos. Danach zündete er sich eine Zigarette an und wählte die Nummer der Vermittlung. Sein Hemd war vom Schweiß durchnäßt. Die nächtliche Brise, die durch die großen, leeren Räume wehte, ließ ihn frösteln. »Hören Sie, ich versuche seit einiger Zeit, diese Nummer zu erreichen.« Er nannte sie. »Sie ist ständig besetzt. Können Sie sich in das Gespräch einschalten? Es ist dringend.«

»Einen Augenblick – ich gebe Ihnen die Leiterin der Dienststelle.«

Die Leiterin brauchte länger als einen Augenblick, ehe sie sich meldete. Und als sie sich meldete, war sie keine große Hilfe. »Tut mir leid, diese Nummer scheint nicht in Ordnung zu sein. Ich werde es der Störungsstelle melden.«

»O nein!« sagte Dave. »Hören Sie, mein Gesprächspartner ist gehbehindert. Vielleicht hat er versehentlich den Hörer vom Apparat gestoßen.«

»Ich kann Ihnen diese Information nicht geben«, sagte sie. »Dazu müßten Sie selbst die Störungsstelle anrufen. Von dort aus kann man es überprüfen. Die Nummer lautet sechs-elf.«

Dave wählte sie, und es dauerte sehr lange, aber die Störungsstelle überprüfte schließlich den Anschluß. »Der Hörer ist abgenommen. Wenn es ein Notfall sein sollte, können wir versuchen, den Teilnehmer durch einen Heulton darauf aufmerksam zu machen.«

»Großartig«, sagte Dave. »Aber heulen Sie laut.«

»Der Heulton ist nicht sehr laut«, sagte das Mädchen am Apparat. Und ob das stimmte oder nicht, Tom Owens jedenfalls schien ihn nicht zu hören. »Es antwortet niemand«, sagte das Mädchen.

»Schon gut – danke.« Dave legte auf und drückte seine Zigarette im Aschenbecher aus, der auf dem Boden stand. Verdammt, er hatte nur Zeit vergeudet. Und was nützte es auch, wenn er Tom Owens warnte, daß jemand zu ihm kommen und ihn töten würde? Owens konnte doch nicht von seinem Bett aufstehen. Dave wählte eine andere Nummer.

»Polizei Los Santos. Officer Zara am Apparat.«

Die Stimme klang so, als wäre ihr Besitzer noch keine sechzehn.

»Lieutenant Yoshiba, bitte. Dave Brandstetter am Apparat. Es ist ein Notfall.«

»Tut mir leid, Sir. Er ist nicht hier. Ich bin zur Zeit der einzige hier auf der Station. Wenn Sie anrufen wegen der Sache in Paradiso –«

»Nein. Was ist los?«

»Die Studenten wieder. Sie haben die Straße verwüstet und

eine Bank besetzt. Sie versuchen, Feuer zu legen. Und jemand schießt auf die Polizei. Unser gesamtes Personal ist dort im Einsatz.« Es klang so, als fühlte er sich verlassen und traurig.

»Hören Sie, Officer Zara«, sagte Dave, »ich habe Grund zu der Annahme, daß jemand versuchen wird, einen meiner Bekannten zu töten. Im Haus von Thomas Owens.« Er nannte Zara die Adresse an der Küstenstraße. »Können Sie jemanden hinschicken? Der Mann ist allein dort; er liegt im Bett und hat beide Beine in Gips.«

»Er hat uns bis jetzt nicht benachrichtigt«, sagte Zara.

»Er weiß nichts von der Gefahr, in der er sich befindet«, erklärte Dave. »Und während wir hier reden –«

»Okay, Sir. Ich verstehe. Ich habe die Adresse notiert. Ich werde versuchen, einen Streifenwagen per Funk zu erreichen und ihn hinschicken. Sie sagten, Mr. Owens sei allein dort? Ohne jemanden, der sich um ihn kümmert?«

»Seine ganze Familie ist heute abend unterwegs.«

»Was ist mit Hunden? Diese Leute draußen am Strand halten sich meistens Hunde.«

»Das stimmt«, antwortete Dave. »Er hat Hunde.«

Der große Hund lag hinter der offenen Haustür. Er lag zwischen Glassplittern auf den gewachsten Dielenbrettern. Eine Scheibe der Haustür war eingedrückt worden. Dave bückte sich hinunter zu dem Hund. Das Licht war schwach. Es kam von einer Korblampe am anderen Ende des Raums. Aber es reichte, um zu sehen, daß sich unter dem Tier eine Pfütze gebildet hatte. Dave berührte den bewegungslosen Körper. Er kühlte rasch aus in der Luft, die vom Meer hereinkam, und wurde allmählich steif. Das Fell war nicht mehr glatt; es fühlte sich rauh an. Von den anderen Hunden war nichts zu sehen.

Eine Brise strich draußen über die Dünen. Man hörte das Klatschen der Brandung. Irgendwo im Haus knackte ein Balken. Dave richtete sich auf. Und dann hörte er eine Stimme. Sie kam von der Tür mit dem Oberlicht, sprach eindringlich, ohne Modulation und ohne Veränderung im Tempo. Sie klang wie die Stimme eines Verrückten. Dave erkannte sie sofort.

Wenn er noch daran gezweifelt hatte, als er sich über die Küstenstraße mühsam vorwärtsbewegt hatte – dieser Zweifel war beseitigt worden durch das, was er vor einer Minute auf Tom Owens' Parkplatz gefunden hatte: einen zehn Jahre alten, europäischen Kleinwagen, dessen Ölwanne tropfte. Die zerbeulte Motorhaube war noch warm.

Jetzt zog er sich die Schuhe aus und ging leise an dem großen Gemälde unterhalb der Galerie entlang in Richtung auf diese sonderbare Stimme. Die Diele auf der anderen Seite der Trennwand war dunkel, aber durch das Oberlicht über der Tür zu Tom Owens' Zimmer kam Licht. Sein Schein fiel auf die Deckenbalken und auf die dunklen Glasscheiben der Fenster. Auch die Stimme brach sich dort oben und wurde im Dunkeln reflektiert, so daß Dave jedes Wort verstand.

»... könntest kotzen, wie? Wenn du nur davon hörst. Ja, aber ich habe es durchgemacht – zwei Jahre, fünf Monate und elf Tage lang. Und weißt du auch, warum? Weil man nicht mehr in Ruhe gelassen wird, wenn sie einen einmal erwischt haben. Sie beobachten dich die ganze Zeit, und wenn es soweit ist, schnappen sie dich. Du machst einen Fehler, der bei keinem anderen auch nur auffallen würde, aber dich schnappen sie. Und du hast ja ein Vorstrafenregister, also bekommst du keinen Job.«

»Vern«, sagte Tom Owens geduldig, »es tut mir leid. Warum hast du mir das neulich nicht gesagt? Gib mir das Telefon. Ich werde dir einen Job besorgen, jetzt gleich.«

»Es ist zu spät. Außerdem ist es nicht das, was ich von dir will. Ich habe es dir gesagt, damals im Sommer, als ich siebzehn war. Du erinnerst dich: im Schwimmbad im Cahuenga Park. Ich wollte so weitermachen mit dir, Tommy, genau so, wie es angefangen hat. Vergiß nicht, es war deine Idee. Du warst der Ältere.«

»Vern, das ist lange her. Vergiß es. Also schön – ja. Es war herzlos, wie ich mich dir gegenüber verhalten habe, und es tut mir leid. Aber, Vern, ich war damals auch noch fast ein Kind.«

»Klar, es tut dir leid«, zischte Taylor, »jetzt, wo ich dir die Pistole auf die Stirn drücke. Glaubst du, mit deinem ›es tut mir leid‹ kannst du die siebzehn schrecklichen Jahre auslöschen? Verdammt, es hat mir nichts ausgemacht, daß du dich mit Nofziger und den Jungs mit den Autos und den reichen Eltern zusammengetan hast. Auch nicht, als sie mich eine Tunte nannten. Ich wollte doch nur, daß du ein bißchen Zeit übrig hast für mich.«

Owens unterbrach ihn. Eine Minute lang redeten die beiden gleichzeitig, und das Echo von den großen Balken an der Decke brach die Worte, so daß Dave sie nicht verstehen konnte. Dann sagte Taylor:

»Ich rieche nach miesen Absteigen, nach billigen Kneipen und nach öffentlichen Toiletten. Und du – du bist groß rausgekommen. Laß mich von dieser Pistole erzählen. Ich habe sie in der Main Street in Los Angeles gekauft. Von einem Schwarzen, der Transis laufen hat. Jungen, die in Frauenkleidern auf den Strich gehen. Er hat sie mir für fünf Dollar verkauft. Ich habe das Ricketts-Hotel verlassen, als ich dich im Fernseher in der Halle gesehen habe. Ich habe mir eine Pistole gekauft, um dich damit zu töten, Tommy.«

Dave legte seine Hand auf den Türknopf.

Owens sagte: »Aber du hast sie nicht benützt. Statt dessen hast du die Bremsflüssigkeit aus dem Wagen entfernt, in der Hoffnung, daß ich damit verunglücken würde. Dann hast du die Bolzen aus dem Geländer der Veranda gezogen und gehofft, ich würde mich zu Tode stürzen.«

»Mir ist eingefallen, daß Kugeln Spuren hinterlassen«, sagte Taylor. »Aber du bist nicht umgekommen. Sie hätten es sicher im Fernsehen gebracht. Nichts davon. Also bin ich wieder hergefahren. Mit der Pistole. Abends, als es dunkel war. Ich wartete draußen auf den Dünen, weil hier drinnen das Licht brannte. Dann hab' ich gesehen, wie du das Haus verläßt. Aber du warst es nicht, sondern der junge Kerl mit deiner Kleidung – doch das wußte ich nicht, es war ja dunkel draußen. Er stieg in einen Wagen, der oben an der Straße wartete, dieser große Mann hat ihn geküßt, und ich dachte: Ich werde sie beide im Bett umbringen. Kannst du das verstehen, Tommy?«

»Er wurde mit seiner eigenen Pistole getötet«, sagte Owens.

»Ich habe meine fallen gelassen«, erwiderte Taylor. »Er hat es gehört. Deshalb ist er herübergekommen in das andere Zimmer. Ich bin auf ihn los, und –«

»Du hast also deine Pistole wieder nicht benützt«, sagte Owens. »Du kannst also nicht aufgespürt werden. Warum gibst du nicht –«

»Warum ich nicht das Ganze einfach aufgebe, meinst du?« Taylors Stimme klang triumphierend. »Tut mir leid, aber ich habe die Waffe doch schon benützt. Rings um das alte Haus im Canyon waren eine Menge Leute. Ein junger Kerl vor dem Fenster, mit einem Tonbandgerät. Ein großer Mann mit einem Cowboyhut. Als er kam, rannte der junge Bursche genau auf die Bäume zu, wo ich mich versteckt hatte. So nah, daß ich seinen Schweiß riechen konnte. Er lief hinter dem großen Mann her, aber da war noch jemand. Ein kleiner, stämmiger Mann mit gebrochener Nase. Als ich zurückrannte zu meinem Wagen, wäre ich beinahe mit ihm zusammengestoßen. Und heute abend war er beim Mr.-Wunderbar-Wettbewerb. Er hat mich gesehen und ist sofort zu diesem Versicherungsmenschen gegangen, Brandstetter. Ich mußte den kleinen Mann umlegen, Tommy.«

»Aber Brandstetter weiß jetzt alles«, sagte Owens. »Vern, es ist Zeit, daß du aufgibst. Es ist alles schiefgelaufen.«

»Wie immer«, sagte Vern Taylor. »Bei mir ist immer alles schiefgelaufen. Zunächst hat es ganz gut ausgesehen, als ich in der Zeitung las, daß sie den jungen Kerl wegen Mord verhaftet haben. Ich wußte, was er dir bedeutet hat. Deshalb habe ich dich an diesem Tag besucht, Tommy. Ich wollte sehen, wie du um ihn weinst, genau wie ich um dich geweint habe. Aber er ist wieder frei. Heute abend habe ich ihn gesehen. Ich hätte wissen müssen, daß er nicht lange sitzen muß. Du hast Geld genug, um ihn rauszupauken. Mit Geld kann man sich alles kaufen. Es gibt also nur noch eine Möglichkeit, wie ich mich an dir rächen kann. Ich muß dich töten, und –«

Ein Wagen rumpelte über die Planken der Zufahrt.

»Was ist das?« fragte Taylor.

»Meine Familie kommt heim«, antwortete Owens. »Du kannst immer noch abhauen, Vern. Geh über die Treppe da hinaus, durch die Halle.«

»Nein!« rief Taylor. »Ich bringe sie alle um. Sie bedeuten dir etwas. Ich bedeute dir nichts, aber sie. Vielleicht bringe ich dich gar nicht um, Tommy. Statt dessen töte ich die anderen, dann kannst du den Rest deines Lebens darüber nachdenken, daß du allein schuld bist an ihrem Tod.«

Schritte auf Gummisohlen ließen den Boden leicht zittern. Dave nahm die Hand vom Türknopf und drückte sich an die dunkle Wand. Die Tür ging auf. Taylor kam heraus in den Wohnraum. Dave folgte ihm geräuschlos.

Weit weg, am Fuß der Treppe, die von der Galerie nach unten führte, öffnete sich eine Tür, Licht strömte herein, und dann sah man die Umrisse von Larry Johns in dem Sarape, mit dem Stetson auf dem Kopf. »Tom?« rief er. »Wem gehört der Wagen dort oben? Was ist mit Hans und Fritz? Sie sind draußen auf der Düne und kommen nicht her. Sie –« Er brach ab, lief auf den toten Hund zu, kniete sich hin. »Barney? Barney!« Er berührte den leblosen Körper, und seine Hand zuckte zurück. »O nein, nein!« Er blickte auf.

Und Taylor hob eine kleine vernickelte Pistole. Dave schlug Taylors Arm nach unten. Die Pistole spuckte Feuer, und eine Kugel grub sich in ein Dielenbrett. Taylor drehte sich halb um. Dave versetzte ihm einen Handkantenschlag auf den Hals. Die Pistole fiel klappernd zu Boden. Taylor verlor das Gleichgewicht, stürzte hin, stieß einen rasselnden

Laut aus, griff sich an den Hals und versuchte Luft zu bekommen.

Larry Johns stand neben dem toten Hund und starrte herüber, während Owens aus dem Zimmer nebenan rief: »Larry? Ist etwas passiert? Um Himmels willen, Vern, was hast du –«

»Es ist alles in Ordnung«, brüllte Johns. Er lief auf Dave zu und machte einen großen Bogen um die Pistole, schaute sie an, als ob sie eine Schlange wäre. Dann blickte er Dave unsicher in die Augen. »Es ist doch alles in Ordnung, oder?«

»Den Umständen entsprechend«, sagte Dave. »Warum sind Sie in dem Lokal plötzlich verschwunden?«

»Ich mußte auf die Toilette«, sagte Johns. »Tut mir leid.«

Dave knurrte. Er berührte den sich windenden, nach Luft ringenden Taylor mit der Fußspitze. »Suchen Sie was, womit man ihn fesseln kann. Er wird uns noch eine Weile Gesellschaft leisten. Die Polizei ist heute abend sehr beschäftigt.« Er hob die Pistole auf und ließ sie in seine Jackentasche gleiten. »Ich rufe noch einmal dort an.«

»Brandstetter?« rief Owens herüber.

Dave ging in Owens' Zimmer und hob das Telefon auf, das am Boden lag. »Wie ist das passiert?« fragte er und begann zu wählen.

»Ich muß den Apparat im Schlaf runtergestoßen haben. Ich bin aufgewacht, als das Telefon einen komischen Heulton von sich gegeben hat. Aber ich konnte den Hörer nicht erreichen.«

Während das Telefon am anderen Ende der Leitung klingelte und klingelte, warf Dave einen Blick auf die Gipsverbände an Owens' Beinen. Sie waren bemalt mit Blümchen in fröhlichen Farben, Zeichnungen wie aus dem Kindergarten. LIEBE in glücklichen, trunkenen Lettern. »Haben Sie damit den Nachmittag verbracht?« fragte Dave. »Sie sollten sich doch an jemanden erinnern, dem Sie einmal über den Weg gelaufen sind und der Ihnen aus irgendeinem Grund böse ist.«

Die straffe Haut an Owens' hohen Backenknochen lief rot an. Er nickte betroffen. »Larry hat das gemalt. Wir haben seine Rückkehr gefeiert.« Er schüttelte den Kopf. »Aber im Ernst – mir wäre niemand eingefallen.«

»Jeder hat einen Feind«, sagte Dave.

Endlich meldete sich Officer Zara.